BLITZ
Phantastische
ROMANE

Dave Carson 1999

Bereits erschienen:

2601 *Lovecrafts dunkle Idole*
2602 *Die Saat des Cthulhu*
2603 *Der Lovecraft-Zirkel*
2604 Robert Bloch *Cthulhus Rückkehr*

In Vorbereitung:

2605 Clark Ashton Smith *Necropolis*

Frank Festa (Hg.)

Der Lovecraft-Zirkel

Horrorgeschichten

BLITZ-Verlag, Windeck

BLITZ-Verlag
Postfach 1168 · 51556 Windeck
Fax: 02292/6340 · www.BLITZ-Verlag.de

2. Auflage

Mitarbeiter dieser Ausgabe: Michael Siefener
Umschlaggestaltung: www.babbarammdass.de
Innenillustrationen von Dave Carson
Gesamtherstellung: BLITZ-Verlag

ISBN 3-932171-89-6

Vorwort

Man sagt, der »Einsiedler von Providence«, Howard Phillips Lovecraft, sei ein scheuer Außenseiter gewesen, der sich tagsüber hinter zugezogenen Gardinen verbarg. Nachts soll er in seinem Arbeitszimmer an unheimlichen Erzählungen gefeilt oder die Friedhöfe seiner Heimatstadt besucht haben. Steif und verklemmt soll er gewesen sein und völlig erstarrt in überholten Umgangsformen und Ansichten. Wahrscheinlich war dieser »Poet des Grauens« verhaltensgestört, sogar ein wenig irre ...

So sagt *man.*

Wie aber ist es zu erklären, daß solch ein verschlossener Mensch, wie Lovecraft es angeblich war, so viele Freunde hatte? Wie vereinbart sich das Heer seiner Brieffreunde und auch seiner persönlichen Bekannten mit diesem Bild?

Schlecht bis gar nicht. *Man* sagt, er war nun mal ein Mensch mit starken Widersprüchen; so verachtete er die jüdische Rasse und heiratete doch eine Jüdin ... So sagt *man.*

Aber so einfach möchte *ich* mir es nicht machen. Ich glaube nicht an den »Einsiedler aus Providence«. Ich glaube, daß sich das wahre Bild H. P. Lovecrafts durch die biographischen und psychologischen Schreibversuche diverser Möchtegern-Autoren sehr verfälscht hat. Viele aufgebauschte Darstellungen wurden – wenn sie nur ungewöhnlich und sensationell waren – so oft weitergegeben, bis sie in die Lovecraft-Forschung einflossen und kritiklos übernommen wurden. Weil es passend schien, machte *man* den Autor zu einem Abguß seiner eigenen unheimlichen Schöpfungen – ganz einfach.

Ob man noch von einer »ernsten« Lovecraft-Forschung sprechen kann, sei dahingestellt. Es gibt kaum authentische Quellen, und zeitgenössische Zeugnisse über Howard Phillips Lovecraft existieren nur wenige. Das Gros der Autoren, die über diesen Meister der Phantastik schrieben, hat ihn nicht gekannt. Sie zitieren nur unsichere Quellen, die abgeschrieben wurden von unsicheren Quellen der vorherigen Generation. Lächerlicher Gipfel dieser Entwicklung sind die psychologischen Deutungsversuche seiner jungen Fans, die sich ja selbst kaum verstehen.

Liest man die Erinnerungen seiner Freunde – wie etwa den Text von Muriel E. Eddy in dieser Ausgabe –, präsentiert sich uns ein warmherziger, freundlicher Mensch, der zwar ganz in seiner literarischen Welt lebte, aber sehr wohl Kontakte zu anderen suchte und auch fand.

Dieser »physische Krüppel, dieses seelische Monstrum« (Jörg Drews) trat den Menschen tatsächlich bei vollem Tageslicht entgegen und fand echte Freunde. So traf er sich unter anderen mit Frank Belknap Long, Donald Wandrei, Abraham Merritt, Henry S. Whitehead, Reinhard Kleiner, Seabury Quinn ... Und er stattete sogar Farnsworth Wright, dem Herausgeber des Horrormagazins *Weird Tales,* einen persönlichen Besuch ab. In den Sommern 1934 und 1935 blieb Lovecraft für mehrere Wochen bei Robert H. Barlow und dessen Eltern in Florida. Barlow wiederum hielt sich 1936 sogar über einen Monat in der Höhle der Bestie auf, in Providence, der Heimatstadt Lovecrafts. Auch H. Warner Munn, Samuel Loveman, Frank Belknap Long, W. Paul Cook, George Kirk, Donald Wandrei, Edgar Hoffmann Price und viele, viele andere besuchten ihren Kollegen und Freund. Das klingt nun gar nicht nach dem Mann, als welcher Lovecraft so oft verkauft wird.

Kürzlich formulierte Dr. Marco Frenschkowski, zweifellos Deutschlands bester Lovecraft-Kenner, in der großen Lovecraft-Gesamtausgabe der *Edition Phantasia* sehr treffend: »Lovecraft war kein Einsiedler, aber seine Existenz hat etwas Muschelhaftes: Er öffnet sich nur sehr wenig, und nur wenn er es will ...«

Der Mann, der laut Urs Jenny »eins war mit seinem Werk, ein Monstrum in Person«, heiratete sogar. Seine Frau sprach nie schlecht über ihn – selbst über ihre sexuelle Beziehung äußerte sie nichts Ungewöhnliches; es gab keine versteckte Nekrophilie oder etwas ähnlich Krankhaftes, wie das einige Autoren in ihren Lovecraft-Studien andeuten.

In dieser Richtung ein kleiner Lesetip: Wer herzhaft lachen möchte, greife zu Peter Priskils »ernsthafter« psychologischer Abhandlung *Freuds Schlüssel zur Dichtung. Drei Beispiele: Rilke, Lovecraft, Bernd,* die 1996 im AHRIMAN-Verlag erschien. Hier werden Lovecraft und sein Werk zum Spielball eines phantasievollen Freudianers, der unseren Autor aufs Billigste mißbraucht – und sich selbst dabei lächerlich ernst nimmt.

Selbstverständlich weiß auch ich nicht, was für ein Mensch Lovecraft war. Aber ich weiß, daß ich den Autoren gegenüber mißtrauisch geworden bin und ihnen nicht alles glaube – so etwa, daß Lovecraft über hunderttausend Briefe geschrieben habe. Und wann hat er gelebt? Hätte er als kleiner Junge von zehn Jahren mit dem Schreiben dieser Briefe begonnen, müßte er in den verbliebenen siebenunddreißig Jahren seines Lebens täglich etwa sieben bis acht Briefe geschrieben haben. Täglich! Und die meisten seien obendrein viele Seiten lang gewesen – das sagt *man* zumindest.

Da Lovecraft sexuell verklemmt und bigott erzogen worden sei, soll er die Umschläge des Horror-Magazins *Weird Tales* noch im Laden abgerissen haben. So wollte er angeblich demonstrieren, daß er nun wirklich nicht an den halbnackten Schönheiten interessiert war, die so oft darauf abgebildet worden sind. So sagt *man* – im Nachlaß Lovecrafts fand sich jedoch, daß sämtliche Ausgaben seiner *Weird-Tales*-Sammlung mit den Originalumschlägen versehen waren!

Lovecraft verwandelte sich in Vollmondnächten gewiß nicht in ein Ungeheuer – er war vielmehr ein sehr herzlicher und humorvoller Mann, der viele persönliche Freunde hatte. Dies möchte ich mit diesem Buch demonstrieren und die haltlosen Vorstellungen über diesen großartigen Schriftsteller geraderücken.

Einige seiner Freunde fehlen in dieser Sammlung – etwa Robert Bloch, August Derleth, Henry Kuttner, Fritz Leiber. Diese Autoren haben so viele und wichtige Texte zum Cthulhu-Kosmos geschrieben, daß ich hoffe, ihr Werk innerhalb dieser Reihe in Einzelausgaben veröffentlichen zu können.

Frank Festa, 25. Mai 2000

Frank Belknap Long

H. P. Lovecraft

Die Vielen, die in dir ein Fenster sehen,
Das sich öffnet in die Dunkelheit,
Wo memphitischer Schatten dräut und Glorien vergehen
Im unsteten Flackerschein der Ewigkeit,
Schauen Facetten nur vom Wunderlichte,
Das glanzvoll fiel auf der Erde harte Küste
Und Strahlen weinte, als der Geist entwischte,
Der vor Mammonspriestern unser Tor beschützte.

Jenseits von Bergeshöhen dein Blick erfaßt
Das Gletschergrün, das die Mächte
Zeitlosen Traums bringt in unsere Nächte,
Auf endlosen Schwingen, den Blinden verhaßt.
Größre Schönheit fand bei Poe sich nicht,
Oder wandelte mit Shelley durch weißes Morgenlicht.

(Übersetzung von Andreas Diesel)

C. L. Moore, Abraham Merritt, H. P. Lovecraft, Robert E. Howard und Frank Belknap Long

Jede Art des Schöpfens basiert auf dem Spieltrieb, der in uns allen ruht. Als Lovecraft seinen Mythos von den Großen Alten erschuf, verarbeitete er Erfahrungen, die er bereits als Kind beim Lesen und Spielen in der Bibliothek seines Großvaters gesammelt hatte. So erfand er damals schon den Namen Abdul Alhazred, den er später dem Verfasser des *Al Azif* oder *Necronomicon* geben sollte, und brachte auf einem selbstgebastelten Altar den Göttern kleine Opfer dar.

Lovecraft liebte literarische Spielchen, das ist wohlbekannt. Robert Bloch hat in seinem Roman *Strange Eons* (der in dieser Buchreihe als Band 4 in deutscher Erstveröffentlichung erscheinen wird) an einer Stelle sehr schön herausgestellt: »Erinnerst du dich an den Brief, in dem er einem anderen Autor die Erlaubnis erteilte, ihn als Protagonisten einer Geschichte zu verwenden? Er hat sogar Unterschriften von imaginären Zeugen beigefügt, in Deutsch, Arabisch und Chinesisch. Dann setzte er dem Jux die Krone auf, indem er eine Fortsetzung zur Geschichte des anderen Autors schrieb – und *ihn tötete.* Er hat sogar sein eigenes Haus in Providence als Kulisse benutzt, nur um es authentischer wirken zu lassen. Lovecraft war ein unverbesserlicher, manischer Witzbold. Sobald du das einmal begriffen hast, erklärt es alles andere.« Bloch ist nicht weniger ein Witzbold: Natürlich war er selbst dieser andere Autor.

Die nachfolgende Geschichte ist ein Experiment, das Lovecraft mit viel Spaß gern mitmachte, eine sogenannte »Round-Robin-Story«. Das heißt, eine Geschichte, die von mehreren Autoren verfaßt wird: der erste der Autoren schreibt den Beginn, schickt das Geschriebene zwecks Fortsetzung weiter an den nächsten und so fort, bis der letzte Autor die Sache zu einem logischen Abschluß bringt.

Zur Mitte des Jahres 1935 hatte Julius Schwartz, der damalige Herausgeber des *Fantasy Magazine* (zuvor hieß es *Science Fiction Digest*), die Idee zu dieser Zusammenarbeit. Er wollte zur Feier des dreijährigen Bestehens des Magazins den Lesern etwas Besonderes bieten. So bat er je fünf Science Fiction-Autoren und fünf Weird Fiction-Autoren darum, unter dem Titel ›The Challenge from Beyond‹ eine »Round-Robin«-Geschichte zu schreiben.

Mit Frank Belknap Long war Lovecraft persönlich gut befreundet. Doch auch mit Abraham Merritt, zur damaligen Zeit ein äußert erfolgreicher Autor, kam es zu einem Zusammentreffen, und zwar im Dezember

1933 in New York, wo Lovecraft zu Besuch weilte. Lovecraft beschrieb dieses Treffen in einem Brief an Robert H. Barlow: » ... Es scheint, daß er meine Erzählungen schon länger kannte und eine sehr gute Meinung von ihnen hat. Als er hörte, daß ich mich in NY aufhielt, sah er zu, mit mir in Kontakt zu kommen, und lud mich dann zum Dinner in seinen Club ein ... Merritt ist ein korpulenter, rotblonder, grauäugiger Mann zwischen 45 und 50, extrem freundlich und genial, und ein glänzender und gebildeter Gesprächspartner auf allen Gebieten ...« Lovecraft hielt sehr viel von Abraham Merritt, doch zwei Jahre später, als Merritt bei der Arbeit an ›The Challenge from Beyond‹ einige Launen an den Tag legte, weil er nicht den schwierigeren Mittelteil schreiben wollte, war HPL enttäuscht und meinte, ein solches Verhalten sei »unsportlich«. Auch über Merritts literarische Qualitäten sank Lovecrafts gute Meinung bald, er schimpfte sogar über Merritts »populäre Schreibe«.

Mit Catherine Lucile Moore und Robert E. Howard pflegte Lovecraft ausgedehnte Briefkontakte.

Die Bedrohung aus dem Weltraum

(C. L. Moore)

George Campbell öffnete die schlafverschleierten Augen, sah zunächst nur Dunkelheit, lag einige Minuten da und starrte durch den Zelteingang hinaus in die fahle Augustnacht, bis er zu sich gekommen war und sich fragte, was ihn wohl geweckt haben mochte. Die schneidend kalte, klare Luft dieser kanadischen Wälder war so schlaffördernd wie jedes übliche Narkotikum. Campbell rührte sich einen Augenblick lang nicht und glitt langsam wieder über die köstliche Schwelle des Schlafes. Er war sich einer heftigen Erschöpfung bewußt und eines ungewohnten Gefühls stark beanspruchter Muskeln und entspannte sich völlig. Dies waren schließlich die wunderbarsten Augenblicke des Urlaubs – die Ruhe in der klaren, lieblichen Waldnacht, nachdem die Plackerei vollbracht war.

Als seine Gedanken wieder zurück ins Vergessen glitten, versicherte er sich selbst noch einmal schwelgerisch, daß drei lange Monate der Freiheit vor ihm lagen – er war befreit von den Städten und von der Eintönigkeit, von der Schulmeisterei und der Universität und von Studenten, die nicht einmal ansatzweise an der Geologie interessiert waren, die er ihnen in die tauben

Ohren einzutrichtern versuchte; damit verdiente er sein tägliches Brot. Befreit von ...

Plötzlich brach seine angenehme Schläfrigkeit in sich zusammen. Von irgendwo draußen drang das Kreischen von Metall auf Metall und zerfetzte seinen Frieden. George Campbell richtete sich ruckartig auf und griff nach seiner Taschenlampe. Dann lachte er, ließ sie wieder sinken und spähte mit zusammengekniffenen Augen durch die mitternächtliche Dunkelheit nach draußen, wo zwischen den umherpolternden Vorratsbehältern ein dunkles, schemenhaftes kleines Nachttier umherschlich. Er streckte seinen langen Arm aus und tastete zwischen den Steinen neben dem Zelteingang nach einem Wurfgeschoß. Seine Finger schlossen sich um einen großen Stein, und er holte aus, um ihn zu werfen.

Aber er kam nie dazu, ihn zu werfen. Es war ein so sonderbarer Gegenstand, auf den er da in der Dunkelheit gestoßen war. Er war würfelförmig, glatt wie ein Kristall, offensichtlich künstlichen Ursprungs und besaß stumpfe, abgerundete Ecken. Seine Oberfläche fühlte sich unter den Fingern seltsamerweise wie Stein an, und so griff George Campbell erneut nach seiner Taschenlampe und richtete den Lichtstrahl auf den Gegenstand, den er in der Hand hielt.

Jegliche Schläfrigkeit fiel von ihm ab, als er sah, was er da bei seinem ziellosen Umhertasten aufgehoben hatte. Es war ein sonderbarer, glatter Kubus, so durchsichtig wie Bergkristall. Zweifellos handelte es sich um Quarz, der aber nicht die gewöhnliche hexagonale Kristallstruktur besaß. Irgendwie – er konnte sich nicht einmal vorstellen, wie – war er in einen perfekten Kubus gepreßt worden, der an jeder seiner abgenutzten Kanten etwa zehn Zentimeter maß. Er war in der Tat unglaublich abgenutzt. Der so harte Kristall war dermaßen abgerundet worden, daß seine Ecken beinahe verschwunden waren und der Gegenstand langsam den Umriß einer Kugel angenommen hatte. Ganze Zeitalter der Abnutzung, zahllose Jahre mußten über dieses seltsame, durchsichtige Ding hinweggegangen sein.

Aber das Allerseltsamste war der Umriß, den Campbell schwach im Herzen des Kristalls erkennen konnte. Denn eingebettet in dessen Mitte lag eine kleine Scheibe aus einer blassen und unbenennbaren Substanz, auf deren vom Quarz eingeschlossener Oberfläche tiefe Zeichen eingeritzt waren – zapfenförmige Zeichen, die vage an Keilschrift erinnerten.

George Campbell runzelte die Stirn, beugte sich noch tiefer über das kleine Rätsel in seinen Händen und zerbrach sich verwirrt den Kopf darüber.

Wie konnte so etwas in einen reinen Bergkristall eingebettet worden sein? Er erinnerte sich schwach an uralte Legenden, denen zufolge Quarzkristalle aus Eis bestanden, das zu tief gefroren war, als daß es je wieder auftauen könnte. Eis – und Keilschriften – ja, hatte diese Schrift nicht bei den Sumerern ihren Ursprung, die in den fernsten Anfängen der Menschheitsgeschichte aus dem Norden gekommen waren und in den urzeitlichen Tälern Mesopotamiens gesiedelt hatten? Dann gewann sein gesunder Menschenverstand wieder die Oberhand, und er lachte. Quarz war natürlich in den frühesten geologischen Erdzeitaltern entstanden, als es nirgendwo etwas anderes gab als Hitze und sich auffaltendes Gestein. Eis hatte sich erst Jahrmillionen nach der Erschaffung des Gegenstandes in seiner Hand gebildet.

Aber dennoch – diese Schrift! Sie war sicherlich menschlichen Ursprungs, obwohl Campbell die Zeichen unbekannt waren, wenn er von ihrer vagen Ähnlichkeit mit Keilschriften absah. Oder konnte es im Paläozoikum Lebewesen gegeben haben, die eine Schriftsprache besessen und diese rätselhaften Keile in die quarzumschlossene Scheibe graviert hatten, die er in der Hand hielt? Oder könnte dieses Ding wie ein Meteor aus dem Weltraum in das ungeformte Gestein einer noch geschmolzenen Welt gefallen sein? Oder könnte ...

Er rief sich streng zur Ordnung und spürte, wie seine Ohren unter der unheimlichen Verrücktheit seiner Phantasie glühten. Die Stille und Einsamkeit und das merkwürdige Ding in seinen Händen hatten sich miteinander verschworen und spielten seinem gesunden Menschenverstand Streiche. Er zuckte die Achseln und legte den Kristall an den Rand seiner Pritsche; dann schaltete er das Licht aus. Vielleicht würden ihm der nächste Morgen und ein klarer Kopf eine Antwort auf die Fragen bringen, die ihm nun so unlösbar erschienen.

Aber der Schlaf mied ihn. Es war ihm so vorgekommen, als ob der kleine Kubus noch einen Augenblick in aufgespeichertem Licht nachgeleuchtet habe, nachdem Campbell die Taschenlampe ausgeschaltet hatte; erst langsam war der Gegenstand mit der finsteren Umgebung verschmolzen. Vielleicht aber irrte sich Campbell. Vielleicht war es seinen geblendeten Augen nur so erschienen, daß der Kubus das Licht, das in seinen rätselhaften Tiefen mit seltsamer Beharrlichkeit glimmerte, nur zögernd abgab.

Er lag lange unruhig da und wälzte die unbeantworteten Fragen immer wieder im Kopf herum. Etwas an diesem Kristallkubus, der aus einer unermeßlichen Vergangenheit stammte – vielleicht aus der Morgendämmerung des Seins selbst –, stellte eine bedrohliche Herausforderung für ihn dar, die ihm den Schlaf raubte.

Es schien ihm, als habe er viele Stunden so dagelegen. Es war dieses nachglimmende Licht, dieses nur so zögerlich ersterbende Leuchten, das seine Gedanken in Bann hielt. Es hatte den Anschein gehabt, als sei etwas im Herzen des Kubus erwacht, als habe es sich schläfrig geregt und sei plötzlich munter und auf Campbell aufmerksam geworden.

Das waren doch bloße Hirngespinste!

Er regte sich ungeduldig und richtete den Strahl der Taschenlampe auf seine Uhr. Es war kurz vor ein Uhr; noch drei weitere Stunden bis zur Morgendämmerung. Der Lichtstrahl sank tiefer und richtete sich auf den warmen Kristallkubus. Campbell hielt die Lampe minutenlang darauf gerichtet. Dann schaltete er sie aus und paßte genau auf.

Nun gab es keinen Zweifel mehr. Während sich seine Augen an die Dunkelheit anpaßten, sah er, daß tief im Innern des seltsamen Kristalls winzige, flüchtige Lichter wie Bänder aus saphirnen Blitzen glitzerten. Sie befanden sich im Mittelpunkt des Kubus und schienen aus der blassen Scheibe mit den verwirrenden Zeichen zu kommen. Und die Scheibe selbst wurde größer ... die Schriftzeichen veränderten ihre Form ... der Kubus wuchs ... war es nur eine Illusion, die von den winzigen Lichtblitzen hervorgerufen wurde ...?

Er hörte ein Geräusch. Es war nur der Geist eines Geräuschs, wie der Klang einer Gespensterharfe, die von Geisterfingern gezupft wird. Er beugte sich tiefer herab. Es kam aus dem Kubus ...

Ein Quieken ertönte aus dem Unterholz, ein Wirbeln von Körpern und ein gequältes Jammern wie von einem Kind im Todeskampf. Rasch wurde es wieder still. Eine kleine Tragödie der Wildnis: Jäger und Beute. Campbell ging zu der Stelle hinüber, wo sie sich ereignet hatte, doch er konnte nichts erkennen. Erneut schaltete er die Taschenlampe aus und schaute in die Richtung seines Zeltes. Knapp über dem Boden sah er ein blasses, blaues Glitzern. Es war der Kubus. Campbell bückte sich und wollte ihn aufheben; doch etwas warnte ihn davor, und er zog die Hand zurück.

Und wieder sah er, daß das Leuchten erstarb. Die winzigen Saphirblitze zucken unregelmäßig und zogen sich in die Scheibe zurück, aus der sie hervorgekommen waren. Sie verursachten nicht das geringste Geräusch.

Er setzte sich und schaute zu, wie der Glanz erglühte und verblaßte, erglühte und verblaßte und dabei immer schwächer wurde. Er vermutete, daß zwei Elemente nötig waren, um dieses Phänomen hervorzubringen: der elektrisierende Lichtstrahl und seine eigene ungeteilte Aufmerksamkeit.

Sein Geist mußte an dem Lichtstrahl entlangwandern, sich auf das Herz des Kubus konzentrieren, falls sein Pulsieren zunehmen sollte, bis ... was?

Er spürte ein geistiges Frösteln, als ob er mit etwas Fremdartigem in Kontakt gekommen wäre. Es war fremdartig, das wußte er; es kam nicht von dieser Welt. Nicht aus dem irdischen Leben. Er überwand seine Furcht, hob den Kubus auf und nahm ihn mit ins Zelt. Das Objekt war weder warm noch kalt; wenn nicht sein Gewicht gewesen wäre, hätte Campbell gar nicht bemerkt, daß er überhaupt etwas in der Hand hielt. Er legte das Ding auf den Tisch, wobei er die Lampe zur Seite hielt; dann lief er zur Zeltklappe und schloß sie.

Er ging zum Tisch zurück, zog den Campingstuhl heran und richtete den Strahl der Taschenlampe so genau wie möglich auf das Herz des Kubus. Gleichzeitig schickte er seine ganze Willenskraft und Konzentration mit; er richtete beides genauso auf die Scheibe, wie er es zuvor mit dem Licht gemacht hatte.

Wie auf Kommando brannten die Saphirblitze stärker. Sie brachen aus der Scheibe hervor und in den Kristallkubus hinein, schossen dann zurück und badeten die Scheibe und die Einritzungen in Licht. Nun veränderten sich diese erneut; sie verlagerten sich, bewegten sich, kamen in dem blauen Licht heran und wichen wieder zurück. Es war nicht länger eine Keilschrift. Es waren Dinge – Objekte.

Er hörte die säuselnde Musik, die gezupften Harfensaiten. Lauter und lauter wurden die Klänge, und nun vibrierte der ganze Kubus in ihrem Rhythmus. Die Kristallwände schmolzen und wurden undurchsichtig, als ob sie aus Diamantstaub bestünden. Und die Scheibe wuchs ... die Umrisse veränderten sich, teilten und vervielfältigten sich, als hätte sich eine Schleuse geöffnet, durch die sich nun ganze Heerscharen von Trugbildern ergossen. Während der Kubus heller wurde, hellte sich auch das pulsierende Licht auf.

Campbell verspürte jähe Panik, versuchte den Blick abzuwenden und senkte die Taschenlampe. Der Kubus brauchte den Lichtstrahl nun nicht mehr ... und Campbell konnte nicht wegsehen ... konnte nicht wegsehen? Er wurde geradewegs in jene Scheibe hineingesogen, die nun eine Kugel war, in der unnennbare Schemen zu einer Musik tanzten. Licht übergoß die Kugel mit einem gleichmäßigen Leuchten.

Es gab kein Zelt mehr. Es gab nur noch einen gewaltigen Vorhang aus flackerndem Dunst, hinter dem die Kugel leuchtete ...

Er spürte, wie er durch jenen Dunst gezogen wurde, davon aufgesogen wurde, als ob es ein mächtiger Wind sei und er geradewegs auf die Kugel zutrieb.

(H. P. Lovecraft)

Während das dunstverschillerte Licht der saphirnen Sonnen immer intensiver wurde, schwankten die Umrisse der Kugel vor ihm und lösten sich in ein wirbelndes Chaos auf. Ihre Blässe, ihre Bewegung und ihre Musik vermischten sich mit dem allesverschlingenden Nebel, bleichten ihn zu einem blassen Stahlgrau und versetzten ihn in wellenförmige Bewegung. Und auch die Saphirsonnen verschmolzen unmerklich mit der ergrauenden Unendlichkeit gestaltlosen Pulsierens.

Inzwischen wuchs das Gefühl einer äußerlichen Vorwärtsbewegung unerträglich, unglaublich und gewaltig schnell. Jegliches Maß irdischer Geschwindigkeit erschien zwergenhaft dagegen, und Campbell war klar, daß ein derartiger Flug in körperlicher Realität für jedes menschliche Wesen den sofortigen Tod bedeuten würde. Selbst in dieser seltsamen, höllischen Hypnose – oder war es ein Alptraum? – lähmte die halb sichtbare Impression des meteorähnlichen Dahinsausens beinahe seinen Verstand. Auch wenn es keine wirklichen Anhaltspunkte in der grauen, pulsierenden Leere gab, spürte er doch, daß er sich der Lichtgeschwindigkeit annäherte und über sie hinausschoß. Schließlich verließ ihn das Bewußtsein – und barmherzige Schwärze verschluckte alles.

Sehr plötzlich und inmitten der undurchdringlichsten Finsternis setzten George Campbells Denken und Vorstellungsvermögen wieder ein. Wie viele Augenblicke – oder Jahre – oder Ewigkeiten – seit seinem Flug durch die graue Leere vergangen waren, konnte er nicht einmal abschätzen. Er wußte nur, daß er sich anscheinend in einer Ruhelage befand und keine Schmerzen litt. Tatsächlich war die Abwesenheit jeglicher physischer Empfindungen das herausragendste Merkmal an seinen Zustand. Selbst die Schwärze schien weniger undurchdringlich zu sein – woraus er schloß, daß er eher eine unstoffliche Intelligenz in einem Stadium jenseits physischer Wahrnehmungen war als ein körperliches Wesen, dessen Sinne ihrer gewohnten Wahrnehmungsobjekte beraubt waren. Er konnte scharf und schnell denken – beinahe übernatürlich schnell –, hatte aber keinerlei Vorstellung von seiner gegenwärtigen Situation.

Halb instinktiv erkannte er, daß er sich nicht in seinem Zelt befand. Natürlich wäre es möglich gewesen, daß er aus einem Alptraum in einer nachtschwarzen Welt erwacht war; aber er wußte, daß es sich anders verhielt. Unter ihm befand sich kein Feldbett – er hatte keine Hände, mit denen er die Laken und die Zeltplane und die Taschenlampe ertasten konnte, die sich um ihn herum befinden mußten – er spürte keine kalte Luft – es gab keinen

Zelteingang mehr, durch den er hinaus in die bleiche Nacht schauen konnte ... Irgend etwas stimmte nicht, stimmte ganz und gar nicht.

Er trieb seine Gedanken zurück zu dem fluoreszierenden Kubus, der ihn hypnotisiert hatte, und zu allem, was danach geschehen war. Er hatte gewußt, daß sein Verstand fortschwebte, aber es war ihm unmöglich gewesen, ihn zurückzuhalten. Im letzten Augenblick hatte er eine erschreckende, panische Angst verspürt – eine unbewußte Angst, die noch stärker gewesen war als jene, die der dämonische Flug in ihm hervorgerufen hatte. Sie hatte sich aus einem vagen Gedankenblitz oder einer tiefen Erinnerung gespeist, aber worin diese Erinnerung bestanden hatte, konnte er nicht sofort sagen. Irgendeine Zellansammlung in seinem Hinterkopf schien eine nebelhafte Vertrautheit mit dem Kubus entdeckt zu haben – und diese Vertrautheit war beladen mit undeutlichem Grauen. Nun versuchte er sich daran zu erinnern, worin die Vertrautheit und das Grauen bestanden hatten.

Nach und nach fiel es ihm ein. Früher einmal – vor langer Zeit und in Verbindung mit seinem geologischen Lebenswerk – hatte er etwas über einen ähnlichen Kubus gelesen. Es hatte in Verbindung mit jenen umstrittenen und beunruhigenden Tonfragmenten gestanden, die allgemein die Eltdown-Scherben genannt wurden und vor dreißig Jahren in den Präkarbonschichten Südenglands ausgegraben worden waren. Ihre Form und Musterung war so seltsam, daß einige Wissenschaftler deswegen auf einen künstlichen Ursprung schlossen und wilde Vermutungen über sie und ihre Herkunft anstellten. Sie datierten fraglos aus einer Zeit, als noch keine menschlichen Wesen auf der Welt existiert hatten – aber ihre Konturen und Zeichnungen waren abscheulich verwirrend. So kamen sie zu ihrem Namen.

Jedoch hatte Campbell die Bezugnahme auf eine kristallne, scheibenhaltige Kugel nicht etwa in den Schriften eines ernstzunehmenden Wissenschaftlers entdeckt. Seine Quelle war weitaus weniger angesehen, aber unendlich lebendiger. Um 1912 hatte ein hochgelehrter Geistlicher aus Sussex, der okkulte Neigungen besaß – der Reverend Arthur Brooke Winters-Hall – öffentlich erklärt, er habe eine Identität der Musterung der Eltdown-Scherben mit einigen der sogenannten »prähumanen Hieroglyphen« festgestellt, die in gewissen mystischen Zirkeln so hartnäckig verehrt und nur an Eingeweihte weitergegeben wurden, und er hatte auf eigene Kosten eine angebliche »Übersetzung« der vornehmlichsten und verwirrendsten »Inschriften« veröffentlicht – eine »Übersetzung«, die von Schriftstellern des Okkulten noch immer häufig und ernsthaft zitiert wurde. Unter diesen »Übersetzungen« – einer erstaunlich umfangreichen Broschüre, wenn man die geringe Anzahl der existierenden »Scherben« in Betracht zieht – hatte sich ein Text angeblich vormenschlicher Urheberschaft befunden, der den furchteinflößenden Verweis auf den Kubus enthielt.

Diesem Text zufolge lebte auf einer bestimmten Welt – und möglicherweise auch auf zahllosen anderen Welten – im tiefsten All eine mächtige Gesellschaftsordnung wurmähnlicher Wesen, deren Errungenschaften und Naturbeherrschung jede irdische Vorstellungskraft weit übertraf. Sie hatten bereits in einem frühen Entwicklungsstadium die Kunst des interstellaren Reisens beherrscht und jeden bewohnbaren Planeten ihrer eigenen Galaxie bevölkert, wobei sie die Rassen, die sie dort antrafen, ausrotteten.

Jenseits der Grenzen ihrer eigenen Galaxie – die nicht die unsere war – konnten sie keine körperlichen Reisen unternehmen, aber auf der Suche nach dem vollständigen Wissen über Raum und Zeit entdeckten sie ein Mittel, mit dem sie gewisse transgalaktische Zwischenräume vermittels ihres Geistes überbrücken konnten. Sie ersannen einzigartige Objekte – seltsame, energiegeladene Kuben aus merkwürdigen Kristallen, die hypnotische Talismane enthielten und in kugelförmige, weltraumresistente Behältnisse aus einer unbekannten Substanz eingeschlossen waren –, die gewaltsam über die Grenzen ihres Universums hinausgeschossen werden konnten und ausschließlich auf die Anziehungskraft kalter, fester Materie reagierten.

Diese Kuben, von denen einige notwendigerweise auf verschiedenen bewohnten Welten in fremden Universen landen mußten, bildeten die für die mentale Kommunikation unabdingbaren Ätherbrücken. Die Reibungshitze der Atmosphäre verbrannte den schützenden Behälter und legte so den Kubus frei, auf daß er von den vernunftbegabten Wesen jener Welt, in die er gefallen war, entdeckt werden konnte. Allein durch seine Beschaffenheit mußte der Kubus anziehend wirken und Aufmerksamkeit erregen. Wenn noch die Einwirkung von Licht dazukam, traten seine speziellen Eigenschaften in Aktion.

Der Intellekt, der den Kubus bemerkte, wurde durch die Kraft der Scheibe in ihn hineingezogen und an einem Faden verborgener Energie entlang zu dem Ort geschickt, von dem die Scheibe gekommen war – über gewaltige galaktische Abgründe hinweg zu der unendlich weit entfernten Welt der wurmähnlichen Erforscher des Alls. Wenn der gefangene Geist in einer der Maschinen ankam, mit denen jeder Kubus abgestimmt war, schwebte er in ihr körperlos und ohne Sinne, bis er von einem Mitglied der herrschenden Rasse untersucht wurde. Dazu wurde in einem dunklen Austauschprozeß der Inhalt der Maschine vollständig entleert. Der Geist des Forschers nahm nun die seltsame Maschine in Besitz, während der gefangene Geist in den wurmähnlichen Körper des Forschers schlüpfte. Dann sprang der Geist des

Forschers in einem weiteren Austauschprozeß durch den grenzenlosen Raum in den verlassenen und bewußtlosen Körper aus der transgalaktischen Welt und belebte den fremden, ungewohnten Körper so gut es ging und erforschte die fremde Welt in der Verkleidung eines ihrer Bewohner.

Wenn die Erforschung durchgeführt war, benutzte der Abenteurer den Kubus und dessen Scheibe für die Rückkehr – und manchmal wurde der gefangene Geist zu seiner eigenen, weit entfernten Welt zurückgebracht.

Aber nicht immer war die Herrscherrasse so freundlich. Wenn manchmal eine möglicherweise wichtige Rasse entdeckt wurde, die zur Raumfahrt in der Lage war, benutzte das Wurmvolk den Kubus, um die fremden Geister zu Tausenden einzufangen und zu vernichten und somit diese Rasse aus diplomatischen Gründen auszulöschen, wobei sie die ausforschenden Geister als Agenten der Vernichtung benutzten.

In anderen Fällen besetzten Gruppen aus dem Wurmvolk dauerhaft einen transgalaktischen Planeten, zerstörten die gefangenen Geister und löschten die verbliebenen Bewohner aus, damit sie sich in den ungewohnten Körpern niederlassen konnten. Niemals aber konnte die Mutterrasse auf solche Weise dupliziert werden, denn kein neuer Planet enthielt alle Materialien, die für die Künste der Wurmrasse nötig waren. Die Kuben zum Beispiel konnten nur auf ihrem Heimatplaneten hergestellt werden.

Nur wenige der zahllosen Kuben, die ausgeschickt wurden, fanden jemals einen Landeplatz und einen Widerhall auf einer bewohnten Welt, denn es gab keine Möglichkeit, sie auf konkrete Ziele jenseits jeglichen Sichtkontakts und jeglicher Kenntnis zu lenken. Wie es hieß, waren nur drei jemals auf bewohnten Welten in unserem eigenen Universum gelandet. Einer davon hatte vor zwei Billionen Jahren einen Planeten am Rand der Galaxie getroffen, während ein anderer vor drei Milliarden Jahren auf einer Welt nahe des Mittelpunkts der Galaxie gelandet war. Der dritte – und gleichzeitig der einzige, von dem bekannt war, daß er in das Sonnensystem eingedrungen war – hatte unsere Erde vor 150 Millionen Jahren erreicht.

Mit diesem letzten befaßte sich hauptsächlich Dr. Winters-Halls »Übersetzung«. Als der Kubus die Erde traf, bestand dem Reverend zufolge die herrschende irdische Spezies aus einer gewaltigen, kegelförmigen Rasse, die alle anderen vor oder nach ihr an Geisteskraft und Errungenschaften übertraf. Diese Rasse war so weit fortgeschritten, daß sie ihren Geist durch Raum *und Zeit* gesandt hatte, um den Kosmos zu erforschen, und daher begriff, was geschehen war, als der Kubus aus dem Himmel fiel und einige Individuen unter mentalen Veränderungen litten, nachdem sie ihn angestarrt hatten.

Als sie erkannt hatten, daß ein fremdes Bewußtsein in die veränderten Individuen eingedrungen war, ließen die Führer der Rasse sie vernichten – selbst auf die Gefahr hin, daß dadurch die entkörperlichten Geister in einem fremden Weltraum verbannt blieben. Sie hatten sogar Erfahrungen mit noch seltsameren Austauschvorgängen gehabt.

Als sie durch ihre mentale Erforschung von Raum und Zeit eine grobe Vorstellung von der Wirkungsweise des Kubus erhalten hatten, verbargen sie ihn vorsichtig vor neugierigen Blicken und vor dem Licht und bewachten ihn wie eine große Bedrohung. Sie wollten nicht etwas zerstören, das so reich an späteren experimentellen Möglichkeiten war. Bisweilen verschaffte sich ein tollkühner und skrupelloser Abenteurer heimlich Zugang zu dem Kubus und stellte dessen gefährliche Kräfte ungeachtet der Konsequenzen auf die Probe – doch all diese Fälle wurden entdeckt und zuverlässig und mit drastischen Methoden behandelt.

Das einzige schlimme Ergebnis dieser gefährlichen Einlassungen bestand darin, daß die wurmartige fremde Rasse von den frisch Verbannten erfuhr, was mit ihren Forschern auf der Erde geschehen war, und so faßten sie einen heftigen Haß gegen diesen Planeten und all seine Lebensformen. Sie hätten ihn entvölkert, wenn sie dazu in der Lage gewesen wären, und tatsächlich sandten sie weitere Kuben ins Weltall in der verrückten Hoffnung, die Erde rein zufällig an einer unbewachten Stelle zu treffen – doch dieser Zufall ereignete sich nie.

Die kegelförmigen irdischen Wesen verwahrten den einzigen existierenden Kubus als Reliquie und Grundlage für Experimente in einem Schrein, bis er Äonen später im Chaos des Krieges und der Zerstörung der großen polaren Stadt, in der er unter Bewachung aufbewahrt worden war, verlorenging. Als vor etwa fünfzig Millionen Jahren diese Wesen ihr Bewußtsein unendlich weit in die Zukunft schickten, um einer namenlosen Gefahr aus dem Inneren der Erde zu entgehen, war der Aufenthaltsort des unheimlichen Kubus aus dem Weltall bereits nicht mehr bekannt gewesen.

Soviel sagten dem gelehrten Okkultisten zufolge jedenfalls die Eltdown-Scherben. Was diesen Bericht nun aber für Campbell so ungemein angsteinflößend machte, war die peinliche Genauigkeit, mit der der fremdartige Kubus beschrieben worden war. Jedes Detail stimmte – die Abmessungen, die Beschaffenheit, die mit Hieroglyphen beschriftete innere Scheibe, die hypnotisierende Wirkung. Als er in der Finsternis seiner merkwürdigen Lage immer wieder über diese ganze Angelegenheit nachdachte, fragte er sich allmählich, ob sein Erlebnis mit dem Kristallkubus – und sogar dessen Existenz – nicht bloß ein Alptraum sei, der von der unterbewußten Erinnerung an dieses groteske alte Stückchen überspannter, quacksalberischer Lektüre heraufbeschworen worden war. Wenn dem aber so war, hatte der Alptraum noch immer Macht über ihn; denn an seinem augenblicklichen, anscheinend körperlosen Zustand war nichts Normales.

Wieviel Zeit diese verworrenen Erinnerungen und Überlegungen verschlungen hatten, konnte Campbell nicht einmal abschätzen. Alles an seinem Zustand war so unwirklich, daß gewöhnliche Dimensionen und Maße bedeutungslos geworden waren. Es schien eine Ewigkeit vergangen zu sein, aber vielleicht hatte es nicht wirklich lange gedauert, bis die plötzliche Unterbrechung kam. Was dann geschah, war so seltsam und unerklärlich wie die vorangegangene Schwärze. Er verspürte eine Empfindung – des Geistes, nicht des Körpers –, und unvermittelt fühlte Campbell, wie seine Gedanken auf wirre und chaotische Weise aufgesogen oder fortgespült wurden, ohne daß er etwas daran ändern konnte.

Belanglose und unsinnige Erinnerungen wurden in ihm wach. Alles, was er wußte – sein gesamter persönlicher Hintergrund, seine Traditionen, Erfahrungen, seine Bildung, seine Träume, Vorstellungen und Einfälle – quollen plötzlich und gleichzeitig mit verwirrender Geschwindigkeit und im Überfluß in ihm hoch, so daß er bald keinen einzigen separaten Eindruck mehr verfolgen konnte. Die Parade seiner sämtlichen Gedanken wurde zu einer Lawine, zu einem Wasserfall, zu einem Strudel. Es war genauso schrecklich und schwindelerregend wie sein hypnotischer Flug durch das All, als der Kristallkubus ihn fortgezerrt hatte. Schließlich erschöpfte es sein Bewußtsein und schenkte ihm erneutes Vergessen.

Eine weitere maßlose Leere – und dann ein langsames Rinnsal aus Empfindungen. Diesmal war es physisch, nicht rein mental. Saphirnes Licht und tiefes, fernes Grollen. Er hatte Tastempfindungen – er erkannte, daß er ausgestreckt auf etwas lag, auch wenn sich seine Haltung verwirrend seltsam anfühlte. Er konnte den Gegendruck der Oberfläche, auf der er lag, nicht mit mit seinem eigenen Umriß in Einklang bringen – nicht einmal mit einem normalen menschlichen Umriß. Er versuchte, die Arme zu bewegen, doch darauf folgte keine eindeutige Reaktion. Statt dessen entstand ein kurzes, kraftloses, nervöses Zucken in der gesamten Masse, die sein Körper zu sein schien.

Er versuchte, die Augen weiter zu öffnen, fand sich aber nicht in der Lage dazu, ihren Mechanismus zu kontrollieren. Das saphirne Licht leuchtete auf verschwommene, nebelhafte Weise und ließ sich nirgendwo eindeutig bündeln. Allmählich aber stellten sich seltsame und unbestimmbare Bilder ein. Die Begrenzungen und Qualitäten seines Gesichtssinnes waren nicht jene, an die er gewöhnt war, aber er konnte die Empfindungen grob mit dem in Verbindung bringen, was er als Sehen gekannt hatte. Als diese Empfindungen ein gewisses Maß an Beständigkeit gewannen, erkannte Campbell, daß er sich noch immer in Alptraumwehen befand.

Er schien in einem Raum von beachtlichen Ausmaßen zu sein – von mittlerer Höhe, doch von vergleichsweise großer Ausdehnung. An jeder Seite – er konnte anscheinend alle vier Seiten zur gleichen Zeit sehen – waren hohe, schmale Schlitze angebracht, die als Türen und auch als Fenster zu dienen schienen. Es gab einzelne niedrige Tische oder Postamente, jedoch keinerlei Möbel von normaler Beschaffenheit oder Proportion. Durch die Schlitze strömten Fluten des saphirnen Lichts, und dahinter waren verschwommen die Wände und Dächer phantastischer Gebäude zu erkennen, die an aufgehäufte Kuben erinnerten. In den vertikalen Feldern zwischen den Schlitzen befanden sich seltsame, beunruhigende Muster. Es dauerte eine Weile, bevor Campbell verstand, warum sie ihn so ängstigten – dann erkannte er, daß sie exakt einige der Hieroglyphen auf der Scheibe des Kristallkubus wiederholten.

Doch das wirklich Nachtmahrische war etwas anderes. Es begann mit dem lebendigen Ding, das nun durch einen der Schlitze eintrat, sich ihm bedächtig näherte und eine Metallbox mit bizarren Proportionen und glasigen, spiegelartigen Oberflächen trug. Denn dieses Ding hatte nichts Menschliches – nichts Irdisches – an sich; nichts, was den Träumen und Mythen der Menschen entsprungen sein konnte. Es war ein gigantischer, blaßgrauer Wurm oder Hundertfüßler, etwa so dick wie ein Mensch und zweimal so groß, mit einem scheibenartigen, anscheinend augenlosen, wimpernumrandeten Kopf und einer purpurnen Mundöffnung in dessen Mitte. Es glitt auf den hinteren Beinpaaren dahin; sein Vorderkörper war senkrecht aufgerichtet; die Vorderbeine – oder wenigstens zwei von ihnen – dienten ihm als Arme. Auf dem Wulst des Rückgrates erhob sich ein seltsamer purpurner Kamm, und sein massiger Körper lief in einem fächerartigen, aus einer grauen Membrane bestehenden Schwanz aus. Um den Hals trug es einen Ring aus biegsamen roten Stacheln, deren Zuckungen klickende, schwirrende Laute in abgemessenem, bedachtem Rhythmus verursachten.

Dies war die gräßliche Quintessenz eines Alptraums – der Gipfel grillenhafter Phantasie. Aber auch diese Fieberwahnvision war nicht der Grund dafür, daß George Campbell ein drittes Mal in Bewußtlosigkeit fiel. Dazu bedurfte es noch eines weiteren Umstandes – einer letzten, unerträglichen Steigerung des Grauens. Als der namenlose Wurm mit seiner glitzernden Schachtel näherkam, erhaschte der zurückgelehnte Mann in der spiegelnden

Oberfläche einen flüchtigen Blick auf das, was eigentlich sein eigener Körper hätte sein müssen. Aber gleichsam als schreckliche Bestätigung seiner verwirrten und unvertrauten Sinnesempfindungen erkannte er, daß es nicht sein eigener Körper war, dessen Spiegelbild er in dem polierten Metall sah. Nein, es war die abscheuliche, blaßgraue Masse eines der großen Hundertfüßler.

(R. E. Howard)

Aus der letzten Bewußtlosigkeit erwachte er im vollen Verständnis seiner Situation. Sein Geist war im Körper eines erschreckenden Eingeborenen von eines fremden Planeten eingekerkert, während sein eigener Körper irgendwo auf der anderen Seite des Universums die Persönlichkeit eines Monstrums beherbergte.

Er bekämpfte sein blindes Entsetzen. Warum sollte ihn diese Metamorphose vom kosmischen Spandpunkt aus gesehen schockieren?

Leben und Bewußtsein waren das einzig Reale im Universum. Die *Form* war unwesentlich. Sein gegenwärtiger Körper war nur nach irdischen Maßstäben scheußlich. Angst und Ekel wurden von der aufregenden Erwartung eines titanischen Abenteuers erstickt.

Was war sein früherer Körper denn anderes gewesen als ein Mantel, der sowieso im Tod abgeworfen wurde? Campbell besaß keine sentimentalen Illusionen über das Leben, aus dem er verbannt worden war. Was hatte es ihm denn schon anderes gebracht als Plackerei, Armut, andauernde Frustration und Unterdrückung? Das neue Leben, das nun vor ihm lag, mochte ihm vielleicht nicht mehr bieten, aber sicherlich auch nicht weniger. Seine Intuition verriet ihm, daß es mehr bot – viel mehr.

Mit einer Ehrlichkeit, die nur möglich ist, wenn das Leben auf seine Grundfunktionen zurückgeschraubt wird, erkannte er, daß er sich mit Freude nur an die körperlichen Lustbarkeiten seines früheren Lebens erinnerte. Doch er hatte bereits vor langer Zeit alle physischen Möglichkeiten erschöpft, die dieser irdische Körper bot. Die Erde hielt keinen Nervenkitzel mehr für ihn bereit. Doch in diesem neuen, fremdartigen Körper spürte er die Verheißungen seltsamer, exotischer Freuden.

Ein zügelloses Glücksgefühl wuchs in ihm. Er war ein Mann ohne Welt, von allen Konventionen und Verboten der Erde genauso befreit wie von denen dieses seltsamen Planeten; er war von allen künstlichen Beschränkungen des Universums erlöst. Er war ein Gott! Mit grimmiger Heiterkeit dachte er daran, wie sich sein Körper in der irdischen Gesellschaft bewegte und sich um irdische Angelegenheiten kümmerte, wobei die ganze Zeit über ein fremdartiges Ungeheuer aus den Fenstern heraussah, die einst George Campbells Augen gewesen waren, und auf Leute schaute, die sofort die Flucht ergriffen hätten, wenn ihnen die Wahrheit bewußt gewesen wäre.

Sollte er doch über die Erde wandern und eine Spur aus Totschlag und Vernichtung hinter sich herziehen. Die Erde und ihre Rasse waren für George Campbell nicht mehr von Bedeutung. Er war einer von Milliarden Namenlosen gewesen, die von berghoch aufgetürmten Konventionen, Gesetzen und Umgangsformen gefesselt und dazu verdammt waren, ausschließlich in der eigenen schäbigen Nische zu leben und auch darin zu sterben. Doch mit einem blinden, unbewußten Sprung hatte er sich über alles Gewöhnliche erhoben. Das hier war nicht der Tod, sondern eine Wiedergeburt – die Geburt eines voll ausgeformten Geistes mit einer neu entdeckten Freiheit, der sich nur wenig um eine physische Gefangenschaft auf Yekub scherte.

Er fuhr zusammen. Yekub! Das war der Name dieses Planeten, doch woher wußte er das? Er wußte es einfach, so wie er den Namen des Wesens kannte, dessen Körper er einnahm – Tothe. Die Erinnerungen, die sich tief in Tothes Hirn eingegraben hatten, regten sich – Schatten der Kenntnise, die Tothe besaß. Sie waren tief in das physische Gewebe des Hirns eingeschnitten und flüsterten so leise wie implantierte Instinkte George Campbell etwas zu. Sein menschliches Bewußtsein schnappte sie auf und übersetzte sie, damit sie ihm nicht nur den Weg in Sicherheit und Freiheit zeigten, sondern auch zu der Kraft, nach der es seine auf primitive Impulse reduzierte Seele dürstete. Nicht als Sklave würde er auf Yekub weilen, sondern als König! So wie vor undenklichen Zeiten Barbaren auf den Thronen prächtiger Reiche gesessen hatten.

Zum ersten Mal wandte er seine Aufmerksamkeit seiner Umgebung zu. Er lag noch immer auf dem sofaähnlichen Gegenstand in der Mitte jenes phantastischen Raumes, und der Hundertfüßler stand vor ihm, hielt das polierte Metallobjekt und klackte mit seinen Halsstacheln. Campbell wußte, daß das seine Sprache war, und aufgrund der in Tothes Körper einbeschriebenen Denkprozesse verstand er ein wenig von dem, was das Ding zu ihm sagte, so wie er auch wußte, daß es sich bei diesem um Yukth handelte, den Oberherrn der Wissenschaften.

Aber Campbell beachtete ihn nicht, denn er hatte bereits einen verzweifelten Plan gefaßt – einen Plan, der den Bewohnern Yekubs so fremd sein mußte, daß er jenseits von Yukths Begreifen lag und diesen völlig unvorbereitet traf. Genau wie Campbell sah auch Yukth die scharfe und spitze

Metallscherbe auf einem Tisch in der Nähe, aber für Yukth war sie nur ein wissenschaftliches Werkzeug. Er wußte nicht einmal, daß man sie auch als Waffe benutzen konnte. Campbells irdischer Verstand lieferte das Wissen und die Handlung, die nun folgte und Tothes Körper zu Bewegungen antrieben, die kein Yekubaner je zuvor vollführt hatte.

Campbell ergriff den scharfkantigen Splitter, stach zu und schnitt brutal nach oben. Yukth bäumte sich auf; seine Eingeweide ergossen sich auf den Boden. Sofort schoß Campbell zur Tür. Seine Geschwindigkeit war verblüffend und erregend – die erstc Erfüllung des Versprechens neuartiger physischer Empfindungen.

Als er lief – ausschließlich geleitet von dem instinktiven Wissen, das sich aus Tothes physischen Reflexen ergab –, war es, als würde er von einem getrennten Bewußtsein in seinen Beinen vorwärtsgetragen. Tothes Körper führte ihn einen Weg entlang, den dieser bereits zehntausendmal zurückgelegt hatte, als er noch von Tothes eigenem Geist belebt wurde.

Er rannte einen gewundenen Korridor hinab, dann eine verkrümmte Treppe hinauf, durch eine geschnitzte Tür, und dann sagte ihm derselbe Instinkt, der ihn hergeführt hatte, daß er das gefunden hatte, was er suchte. Er befand sich in einem runden Raum mit einem Kuppeldach, durch das ein blaßblaues Licht herabschien. Ein seltsames Gebilde erhob sich in der Mitte des regenbogenfarbenen Bodens, Schicht für Schicht, jede in einer anderen blassen Farbe. Die oberste Schicht bestand aus einem purpurnen Kegel, aus dessen Spitze blauer, rauchiger Dunst zu einer Kugel hochtrieb, die mitten in der Luft hing und wie durchsichtiges Elfenbein leuchtete.

Tothes tief eingefurchte Erinnerungen verrieten Campbell, daß dies der Gott von Yekub war, doch warum das Volk von Yekub ihn fürchtete und anbetete, war bereits vor einer Million Jahren vergessen worden. Ein Wurmpriester stand zwischen ihm und dem Altar, den keine Hand aus Fleisch je berührt hatte. Daß er überhaupt berührt werden könnte, war ein blasphemischer Gedanke, der noch nie einem Bewohner von Yekub gekommen war. Der Wurmpriester stand starr vor Entsetzen da, bis Campbells Splitter das Leben aus ihm herausschlitzte.

Campbell erkletterte auf seinen hundert Füßen den Stufenaltar, ohne auf dessen plötzliches Erzittern und die Veränderung zu achten, die nun mit der schwebenden Kugel vor sich ging; genausowenig kümmerte er sich um den Rauch, der jetzt in blauen Wolken aus ihr hervorquoll. Campbell war trunken vom Gefühl der Macht. Er füchtete die abergläubischen Vorstellungen von Yekub genausowenig wie die der Erde. Mit dieser Kugel in der Hand würde er der König von Yekub sein. Die Wurmwesen würden es nicht wagen, ihm etwas zu verweigern, wenn er ihren Gott als Geisel hielt. Er streckte die Hand nach dem Ball aus, der nun nicht mehr elfenbeinfarben, sondern so rot wie Blut war ...

(F. B. Long)

Der Körper George Campbells trat aus dem Zelt in die fahle Augustnacht hinaus. Er bewegte sich mit langsamen, taumelnden Schritten zwischen den Stämmen gigantischer Bäume hindurch über einen Waldweg, der mit süß duftenden Fichtennadeln übersät war. Die Luft war klar und kalt. Der Himmel war eine umgedrehte Schüssel aus mattiertem, mit Sternstaub gesprenkeltem Silber, und weit im Norden versprühte die Aurora borealis Bänder aus Feuer. Der Kopf des marschierenden Mannes rollte schrecklich von einer Seite zur anderen. Aus den Winkeln seines schlaffen Mundes hingen bernsteinfarbene Speichelfäden, die im Nachtwind wehten. Zuerst ging er aufrecht, so wie ein normaler Mann geht, doch als er das Zelt allmählich hinter sich ließ, veränderte sich seine Haltung. Sein Oberkörper neigte sich fast unmerklich nach vorn, und seine Gliedmaßen verkürzten sich.

In einer weit entfernten Welt in den Tiefen des Alls drückte die Hundertfüßlerkreatur, die George Campbell war, einen Gott an die Brust, dessen Züge so rot wie Blut waren, und rannte mit insektenhaftem Zittern durch die regenbogenfarbene Halle und durch ein massives Portal hinaus in den hellen Schein fremdartiger Sonnen.

Auf der Erde schlängelte sich der Körper George Campbells zwischen den Bäumen in einer Art und Weise hindurch, die an den unbeholfenen Trott eines Tiermenschen erinnerte, und er wand sich auf ein unbegreifliches Schicksal zu. Lange, klauenhafte Finger klaubten Blätter aus einem Teppich wohlriechender Fichtennadeln auf, während sich das Wesen auf eine ausgedehnte, glitzernde Wasserfläche zubewegte.

In der weit entfernten, außergalaktischen Welt der Wurmwesen huschte George Campbell zwischen zyklopischen Blöcken aus schwarzem Mauerwerk hindurch und lange, farngesäumte Alleen entlang und hielt den runden, roten Gott vor sich in die Höhe.

Auf der Erde, wo der Geist einer Wurmkreatur in einem instinktgetriebenen Körper hauste, ertönte im Unterholz ein schriller, animalischer Schrei. Menschliche Zähne bohrten sich in weichen, tierischen Pelz und zerrissen schwarzes, tierisches Fleisch. Ein kleiner Silberfuchs vergrub seine Fänge in rasender Gegenwehr in ein pelziges menschliches Handgelenk und warf sich vor Entsetzen hin und her, während das Blut aus ihm hervorschoß. Langsam erhob sich der Körper George Campbells; sein Mund war mit frischem Blut verschmiert. Mit seltsam umherschwingenden Armen bewegte er sich auf den See zu.

Als die vielgestaltige Kreatur, zu der George Campbell geworden war, zwischen den schwarzen Steinblöcken umherkroch, warfen sich tausende von Wurmgestalten vor ihm in den funkensprühenden Staub. Eine gottgleiche Macht schien von seinem dahinschlängelnden Körper auszugehen, während er sich mit langsamen, wellenartigen Bewegungen auf den Thron eines geistigen Reiches zubewegte, das alle Herrschaftsgebilde der Erde überragte.

Ein Fallensteller, der auf der Erde erschöpft durch die dichten Wälder in der Nähe des Zeltes stolperte, in dem sich das Wurmwesen in George Campbells Körper aufhielt, kam zu dem glitzernden Wasser des Sees und bemerkte etwas Dunkles, das darin trieb. Er war bereits die ganze Nacht orientierungslos im Wald umhergeirrt, und Erschöpfung hüllte ihn ein wie ein bleierner Mantel im fahlen Licht des Morgens.

Doch die Gestalt im Wasser war eine Herausforderung, der er sich nicht entziehen konnte. Er ging zum Seeufer, kniete sich in den weichen Schlamm und griff nach der treibenden Masse. Langsam zog er sie ans Ufer.

Weit draußen im Weltraum bestieg die Wurmkreatur mit dem glühenden, roten Gott einen Thron, der wie das Sternbild Cassiopeia unter einem gewaltigen Gewölbe aus Hypersonnen glimmerte. Die große Gottheit, die er in die Höhe hielt, lud seinen Wurmkörper mit Energie auf und verbrannte alle tierische Schlacke im weißen Feuer einer überweltlichen Vergeistigung.

Auf der Erde starrte der Fallensteller mit unaussprechlichem Grauen in das geschwärzte und pelzige Gesicht des ertrunkenen Mannes. Es war ein tierisches Gesicht, dessen Umrisse abscheulich anthropoid waren, und aus seinem verzerrten, verformten Mund quoll schwarzes Eitersekret.

»Derjenige, der deinen Körper über die Abgründe der Zeit hinweg beanspruchte, wird eine reaktionslose Behausung besitzen«, sprach der rote Gott. »Kein Abkömmling von Yekub kann den Körper eines Menschen kontrollieren.

Auf der ganzen Erde zerreißen sich die Lebewesen gegenseitig und nähren sich mit unaussprechlicher Grausamkeit von ihresgleichen. Kein Wurmgeist kann einen bestialischen Menschenkörper kontrollieren, wenn dieser nach Nahrungsraub giert. Nur menschlicher Geist, der im Verlauf von zehntausend Generationen instinktiv konditioniert wurde, kann menschliche Instinkte unterjochen. Dein Körper wird sich auf der Erde selbst zerstören; er wird das Blut seiner animalischen Verwandten und das kühle Wasser suchen, in dem er sich nach Lust und Laune suhlen kann. Und schließlich wird er die

Selbstvernichtung suchen, denn der Todesinstinkt ist mächtiger in ihm als der Überlebensinstinkt, und er wird sich selbst vernichten in dem Versuch, zu dem Schleim zurückzukehren, dem er entsprungen ist.«

So sprach der runde, rote Gott von Yekub in einem weit entfernten Abschnitt des Raum-Zeit-Kontinuums zu George Campbell, während dieser von allen menschlichen Gelüsten gesäubert auf dem Thron saß und ein Wurmreich weiser, gütiger und wohlwollender regierte, als je ein Mensch auf der Erde ein Menschenreich regiert hatte.

Clark Ashton Smith

Als Lovecraft sich 1922 nach seiner Heirat mit Sonja Greene in New York aufhielt, wurden ihm von Samuel Loveman die Bücher eines Clark Ashton Smith gezeigt (Smiths dritter Gedichtband *Ebony and Crystal* war gerade erschienen). Lovecraft war fasziniert vom Genius dieses jungen Mannes aus dem kalifornischen Städtchen Auburn, und er besorgte sich sofort die Ausgaben aller erschienen Gedichtbände des Kaliforniers. Loveman zeigte Lovecraft auch Zeichnungen von Smith, die ebenfalls großen Eindruck auf ihn machten.

Anscheinend spürte Lovecraft auf Anhieb eine Seelenverwandtschaft zu Smith. Am 22. August 1922 schrieb er einen begeisterten Brief an den Dichter, und es entwickelte sich eine rege Korrespondenz. Persönlich sollten sich die beiden Autoren jedoch nie begegnen.

Clark Ashton Smith war am 13. Januar 1883 als Einzelkind eines sehr armen, älteren Paares geboren worden und in einer primitiven Blockhütte in der Wildnis aufgewachsen. Schon sehr früh beschäftigte er sich mit dem geschriebenen Wort; die stärksten Einflüsse kamen von Edgar Allan Poe, der Literatur der Dekadenz und den Märchen und den Dichtern des 19. Jahrhunderts.

So wie der junge Lovecraft wollte auch der Kalifornier Dichter werden. Überhaupt weisen ihre beiden Lebenläufe stärke Ähnlichkeiten auf: Beide waren Einzelkinder, frühe Leser, insbesondere der phantastischen Literatur, Autodidakten, die kaum die Schule besuchten, beide hatten zeitlebens finanzielle Probleme ...

Lovecraft übte schnell großen Einfluß auf Smith aus, doch auch umgekehrt war ihre Freundschaft inspirierend. Smith war einer der ganz wenigen des Zirkels um Lovecraft, der ihm, was Intellekt und Bildung betrifft, das Wasser reichen konnte.

Ihr beruflicher Weg verlief von nun an in gleicher Richtung: Lovecraft, der selbst etwas widerwillig seine unheimlichen Geschichten in kleinen, auf billigem Papier gedruckten Magazinen veröffentlichte, sogenannten Pulps, überredete Smith, auch solche zu schreiben und sie den Pulps anzubieten. Smith verkaufte daraufhin einige Gedichte und 1928 seine Erzählung ›The Ninth Skeleton‹ an *Weird Tales*, das führende Pulp-Magazin für unheimliche Phantastik.

Bis 1938 wurden mehr als 60 Geschichten von Smith in *Weird Tales* veröffentlicht und Smith rückte schnell zu einem der bedeutendsten Autoren des Magazins auf; Lyon Sprague de Camp nannte ihn, H. P. Lovecraft und Robert E. Howard einmal die »drei Musketiere« von *Weird Tales*.

Bis 1938 schrieb Clark Ashton Smith mehr als 100 seiner außergewöhnlichen Short-Stories, für die er heute bekannt ist. Als Lovecraft 1937 starb, war das ein schwerer Verlust für Smith, der ohne den Enthusiasmus seines Freundes bald weniger und weniger schrieb.

Eine große Auswahl von C. A. Smiths Erzählungen wird als Band 5 dieser Buchreihe unter dem Titel *Necropolis* erscheinen.

Smiths Erzählung ›The Epiphany of Death‹ wurde erstmals im Juli 1934 in dem Fanmagazin *The Fantasy Fan* gedruckt. Später widmete er diese Geschichte, die offensichtlich von Lovecrafts ›Die Aussage des Randolph Carter‹ beeinflußt wurde, seinem verstorbenen Freund.

Die Epiphanie des Todes

H. P. Lovecraft gewidmet

Es fällt mir besonders schwer, die genaue Natur jener Empfindung auszudrücken, welche Tomeron immerfort in mir hervorgerufen hat. Allerdings bin ich mir gewiß, daß dies Gefühl nie, zu keiner Zeit, dasjenige enthielt, was gemeinhin ward Freundschaft geheißen. Es war eine Zusammensetzung aus ungewöhnlichen ästhetischen und intellektuellen Elementen und war in meinen Gedanken irgendwie eng verbunden mit derselben Faszination, welche mich von Kindheit an stets zu allen Dingen hingezogen hatte, die fern sind in Raum und in Zeit oder welche die unlösbare Dämmrigkeit des Alters an sich haben. Irgendwie schien mir Tomeron nie der Gegenwärtigkeit anzugehören, doch hätt' man sich leicht vorstellen können, wie er in einem vergangenen Zeitalter lebte. Um ihn her gab es überhaupt nichts von jenen Zügen unserer eigenen Zeit, und er ging sogar so weit, daß er in seinem Anzug eine Annäherung an jene vor mehreren Jahrhunderten getragenen Gewänder bewirkte. Sein Antlitz war äußerst bleich und leichenähnlich, und er schritt stets weit nach vorn gebeugt vom Grübeln über alten Folianten und nicht weniger alten Karten. Immerfort bewegte er sich mit dem langsamen, nachdenklichen Tempo eines Menschen, welcher unter fernen Erinnerungen und Träumereien lebt, und er sprach oft von Leuten und Ereignissen und Ideen, die schon längst vergessen waren. Zum größten Teil war er eindeutig unaufmerksam allen gegenwärtigen Dingen gegenüber, und ich fühlte, daß für ihn die titanische Stadt Ptolemides, in welcher wir beide lebten, mit all ihrem vielfachen Lärm und Tumult wenig mehr nur war als ein Labyrinth aus bemalten Dämpfen. Eine ebensolche Unbestimmtheit gab es in der Haltung anderer Tomeron gegenüber, und obschon er immerfort ohne Frage als Repräsentant einer edlen und ansonsten ausgestorbenen Familie, von welcher abzustammen er behauptete, akzeptiert worden war, schien doch nichts bekannt über seine tatsächliche Geburt und seine Ahnen. Mit zwei Dienern, beide taubstumm und sehr alt und gleichermaßen gehüllt in die Bekleidung eines früheren Zeitalters, lebte er im nahezu verfallenen Herrenhaus seiner Vorfahren, wo, wie man flüsterte, seit vielen Generationen niemand aus seiner Familie mehr gelebt hatte. Dort ging er den okkulten und dunklen Studien nach, welche seinem Verstand so angemessen waren, und dort pflegte ich ihn in gewissen Abständen zu besuchen.

An das genaue Datum sowie die Umstände des Beginns meiner Bekanntschaft mit Tomeron vermag ich mich nicht mehr zu erinnern. Obschon ich einer robusten Ahnenlinie entstamme, welche wohlbekannt ist für ihre geistige Gesundheit, sind meine Fähigkeiten doch elendiglich erschüttert worden durch den Schrecken jenes Geschehens, mit welchem diese Bekanntschaft endete. Mein Gedächtnis ist nicht mehr das, was es früher einmal war, und es gibt gewisse Lücken, die zu verzeihen meine Leser gebeten sind. Das einzige Wunder ist, daß meine Erinnerungskräfte überhaupt Bestand gehabt unter der schrecklichen Bürde, welche sie zu tragen hatten, denn in einem mehr als metaphorischen Sinne bin ich gleich jemandem gewesen, der verdammt ist, zu allen Zeiten und an allen Orten die abscheulichen Nachtmahre von längst toten und modrig-verfallnen Dingen zu ertragen.

Jedoch vermag ich mich leicht jener Studien zu erinnern, welchen Tomeron sich gewidmet, die vergessenen, dämonischen Folianten von Hyperborea und Mu und Atlantis, mit denen seine Regale angehäuft bis zur Decke hinan waren, und die seltsamen Karten von keinem Land, welches auf der Oberfläche des Erdreichs liegt, worüber er bei ständigem Kerzenschein gebrütet.

Nicht von diesen Studien werde ich sprechen, denn zu makaber und phantastisch würde dies klingen, um Glauben zu finden, und jenes, was ich zu berichten habe, ist an sich schon unglaublich genug. Jedoch werde ich von gewissen befremdlichen Gedanken sprechen, mit welchen Tomeron übervoll beschäftigt war und hinsichtlich derer er mir so oft Vorträge gehalten in dieser seiner dunklen, gutturalen und monotonen Stimme, welche in ihren Tönen und Kadenzen den Widerhall nicht vermessener Höhlen in sich trug. Er stellte die Behauptung auf, Leben und Tod seien nicht jene festgefügten Zustände, für welche die Leute sie gemeinhin hielten; beide Bereiche seien auf oft nicht leicht zu unterscheidende Art miteinander verflochten, und schattenhafte Grenzgebiete seien nur normal; und die Toten seien nicht immerfort die Toten gewesen und auch die Lebenden nicht die Lebenden, wie solcherlei Begriffe üblicherweise verstanden würden. Doch die Art und Weise, wie er von derlei Gedanken sprach, war äußerst nebelhaft und allgemein, und ich vermochte ihn niemals zu bewegen, seine Absicht zu spezifizieren oder eine konkrete Erläuterung zu bieten, welche sie einer Mentalität wie der meinen, die es nicht gewohnt, mit den Spinnweben der Abstraktion umzugehen, verständlicher hätte machen können. Hinter seinen Worten schwebte – oder schwebte anscheinend – eine Legion dunkler, amorpher Schemenbilder, die ich selbst bis zum schließlichen Ausgang unseres Abstiegs in die Katakomben von Ptolemides nie in irgendeiner Art und Weise formulieren oder schildern konnte.

Bereits erwähnt hab' ich, daß mein Gefühl für Tomeron nie als Freundschaft hätte klassifiziert werden können. Doch sogar von Anfang an vermochte ich nur allzu gut zu spüren, daß Tomeron eine eigenartige Vorliebe für mich hatte – eine Vorliebe, deren Natur mir nicht begreiflich war und die ich schwerlich erwidern konnte. Obschon er mich jederzeit faszinierte, gab es Gelegenheiten zuhauf, bei denen mein Interesse nicht unvermengt war mit einem echten Gefühl des Ekels. Manches Mal war seine Blässe zu leichenhaft, zu sehr gemahnend an Pilze, welche im Dunkeln gewuchert, oder an lepröse Knochen im Mondenschein, und das Gebeugtsein seiner Schultern übermittelte meinem Hirn den Gedanken, daß sie eine Bürde von Jahrhunderten trugen, welche kein Mensch durchlebt haben konnte. Immerfort weckte er eine gewisse heilige Scheu in mir, die oft mit einer undeutbaren Furcht gemischt war.

Mir ist nicht erinnerlich, wie lange unsere Bekanntschaft bestand, doch ich entsinne mich, daß Tomeron gegen Ende mit sich häufender Begeisterung von jenen bizarren Ideen sprach, welche ich angedeutet. Immerzu hatte ich das Empfinden, daß er aus irgendeinem Grunde beunruhigt war, denn oft betrachtete er mich mit einem traurigen Glanz in den Augen; und manchmal pflegte er mit seltsamer Betonung von jener großen Achtung zu sprechen, welche er vor mir habe.

Und eines Nachts sprach er zu mir: »Theolus, die Zeit kommt, da Ihr die Wahrheit erfahren müßt – mich erkennen müßt, wie ich bin, und nicht, wie ich habe scheinen dürfen. Es gibt ein Ende aller Dinge, und alle Dinge gehorchen unerbittlichen Gesetzen. Gern hätt' ich's, daß es anders wär', doch weder ich noch irgendein Mensch unter den Lebenden oder Toten vermag willentlich die Dauer eines Daseinszustandes zu verlängern oder jene Gesetze zu verändern, welche solcherlei Umständ' bestimmen.«

Vielleicht war es gut, daß ich ihn nicht verstand und daß ich nicht imstande war, seinen Worten oder der eindringlichen Einzigartigkeit seines Verhaltens, als er sie aussprach, sonderlich viel Bedeutung beizumessen. Einige Tage später noch war mir jenes Wissen erspart, welches ich heute hüte.

Sodann sprach Tomeron eines Abends folgendermaßen: »Jetzt bin ich gezwungen, Euch um einen eigenartigen Gefallen zu bitten, welchen Ihr mir hoffentlich gewähren werdet in Anbetracht unserer langen Freundschaft. Dieser Gefallen ist, daß Ihr mich genau in dieser Nacht in jene Grabgewölbe meiner Familie geleiten werdet, welche in den Katakomben von Ptolemides gelegen.«

Obschon ich über diese Bitte beträchtlich überrascht und keinesfalls sehr erfreut war, vermochte ich ihn dennoch nicht abzuweisen. Ich konnte mir den Zweck eines solchen Besuches, wie er ihn vorschlug, nicht vorstellen, doch wie es meine Gewohnheit war, hielt ich mich zurück, Tomeron auszufragen, und beschied ihn lediglich, ich würde ihn in die Gewölbe begleiten, wenn solches sein Begehr sei.

»Ich danke Euch, Theolus, für diesen Freundschaftsbeweis«, erwiderte er voller Ernst. »Glaubt mir, ich bitte ungern darum, doch gab es eine gewisse Täuschung, ein seltsames Mißverständnis, welches nicht mehr andauern darf. Heute nacht werdet Ihr die Wahrheit erfahren.«

Fackeln tragend, verließen wir Tomerons Haus und suchten die uralten Katakomben von Ptolemides auf, welche jenseits der Stadtmauern liegen und schon lange nicht mehr benutzt worden sind, denn es gibt jetzt eine ansehnliche Totenstadt genau im Herzen der Metropole. Der Mond war hinter der Wüste niedergesunken, die nach den Katakomben greift, und so waren wir gezwungen, unsere Fackeln anzustecken, lange bevor wir zu den unterirdischen Stollen gelangten: Die Strahlen des Mars und des Jupiters an einem aufgedunsenen, finsteren Himmel waren nicht genug, jenen gefährlichen Pfad hell auszuleuchten, welchem wir zwischen Hügeln und umgestürzten Obelisken und aufgebrochenen Gräbern folgten. Schließlich gewahrten wir den düsteren und von Unkraut überwucherten Eingang der Gebeinhäuser, und hier ging Tomeron mit einer Schnelligkeit und Sicherheit des Schritts voran, die von langer Vertrautheit mit diesem Ort kündeten.

Als wir eintraten, befanden wir uns in einem zerbröckelnden Gang, wo die Knochen zerfallener Skelette zwischen Geröll, welches von den Wänden und der Decke herabgestürzt, verstreut herumlagen. Ein würgender Gestank zäh stehender Luft und uralter Fäulnis ließ mich einen Augenblick lang innehalten, Tomeron jedoch schien dies kaum wahrzunehmen, schritt er doch weiter, die Fackel hochhaltend; und sodann winkte er mir, ihm nachzufolgen. Zahlreiche Gewölbe durchmaßen wir, in denen schimmliges Gebein und grünspanzerfressene Sarkophage an den Wänden gestapelt oder dort verstreut lagen, wo schändende Diebe sie in vergangenen Jahren zurückgelassen. Die Luft ward zunehmend dumpfig, kalt und krankheitserregend, und verpestete Schemen hockten und schwankten vor unseren Fackeln in jeder Nische und Ecke. Auch wurden die Wände noch brüchiger, während wir weitergingen, und die Knochen, welche wir auf einer jeden Seite schauten, waren grüner noch vom Schimmel der Zeit.

Schließlich umrundeten wir eine plötzlich auftauchende Ecke des niedrigen Stollens, welchem wir folgten. Hier gelangten wir zu Grüften, welche offenbar einer edleren Familie gehörten, denn sie boten sich recht geräumig den Blicken dar, und in einer jeden Gruft gab es nur einen einzigen Sarkophag.

»Hier liegen meine Vorfahren und meine Familie«, verkündete Tomeron.

Wir erreichten das Ende der Höhle und wurden mit einer schlichten Mauer konfrontiert. Auf der einen Seite schloß sich die letzte Gruft an, in welcher ein leerer Sarkophag geöffnet stand. Er war aus feinster Bronze gearbeitet und reich verziert.

Tomeron verhielt den Schritt vor dieser Gruft und wandte sich dann zu mir um. Im flackernden Schein glaubte ich einen Ausdruck seltsamer und unerklärlicher Qual in seinem Gesicht zu sehen.

»Ich muß Euch bitten, Euch für einen Augenblick zurückzuziehen«, sagte er mit leiser und kummervoller Stimme. »Hernach könnt Ihr zurückkehren.«

Überrascht und verwundert leistete ich seiner Bitte Folge und schritt langsam den Weg ein Stück zurück. Sodann kehrte ich zu jener Stelle wieder, wo ich ihn verlassen hatte. Meine Überraschung wurde größer, als ich feststellte, daß er seine Fackel gelöscht und auf die Schwelle der letzten Gruft hatte fallen lassen.

Und Tomeron selbst war nirgendwo zu sehn.

Indem ich in die Gruft eintrat, da es anscheinend keinen andern Ort gab, wo er sich versteckt haben konnte, sah ich mich um nach ihm, aber der Raum war leer. Zumindest hielt ich ihn für leer, bis ich abermals den reich verzierten Sarkophag ansah und gewahrte, daß er jetzt nicht mehr ohne Inhalt war – ein Leichnam lag darinnen, verhüllt mit einem Wickeltuch von einer Art, wie sie seit Jahrhunderten schon nicht mehr verwendet werden in Ptolemides.

Ich schritt näher an den Sarkophag heran, und als ich in des Leichnams Antlitz blickte, da sah ich, daß es eine furchtbare und seltsame Ähnlichkeit besaß mit dem Antlitz Tomerons, obschon es aufgebläht und aufgeblasen war vom Leichengift des Todes und purpurn verfärbt von den Schatten des

Zerfalls. Und als ich abermals hinunterschaute, da gewahrte ich, daß es wahrhaftig Tomeron und kein anderer war.

Ich hätte laut geschrien vor Entsetzen, das mich überkam, doch meine Lippen waren betäubt und erstarrt, und ich vermochte nur Tomerons Namen zu flüstern. Und als ich dies getan, da schienen sich des Leichnams Lippen halb zu öffnen, und die Spitze seiner Zunge ragte in ihrer Mitte leicht hervor, und ich meinte, diese Spitze zittern zu sehen, als habe Tomeron vor, zu sprechen und mir Antwort zu geben. Doch als ich genauer hinstarrte, gewahrte ich, daß das Zittern lediglich der Bewegung von Würmern zu verdanken war, die sich auf und ab und hin und her ringelten und danach trachteten, sich gegenseitig von Tomerons Zunge zu drängen.

Duane W. Rimel

Duane Weldon Rimel (geb.1915) trat 1934 mit H. P. Lovecraft in Kontakt und verkehrte brieflich bis zu dessen Tod mit ihm. Er war ein inoffizieller Kunde Lovecrafts, der Rimels Erzählungen überarbeitete und ihn unter seine Fittiche nahm. Trotzdem gelang es Rimel nur sehr begrenzt, seine zunächst ausschließlich phantastischen Erzählungen unterzubringen; nur zwei seiner Geschichten wurden in *Weird Tales* veröffentlicht. Nach Lovecrafts Tod schrieb er keine unheimliche Literatur mehr, sondern Western und sogar Soft-Pornos.

›The Small, Dark Thing‹ ist von besonderer Bedeutung, weil die Grundidee dieser Erzählung auf Lovecraft zurückgeht. In einem Brief an Rimel vom 12. September 1934 berichtet er, daß er gegenüber Henry Whitehead einige Ideen geäußert habe, die dieser schließlich in seiner Erzählung ›Cassius‹ verwendete. Lovecraft war jedoch nicht ganz zufrieden mit der Umsetzung und unterbreitete Rimel seine Vorstellungen, die letztlich zu einer zwar thematisch mit ›Cassius‹ verwandten, aber doch eigenständigen Geschichte führen sollten.

Rimel nahm Lovecrafts Anregungen auf und formte aus ihnen seine Erzählung ›The Small, Dark Thing‹. Lovecrafts Vorschläge und Ideen an dieser Stelle bereits mitzuteilen, würde bedeuten, der Geschichte die Spannung zu nehmen ...

Das kleine schwarze Ding

»Jetzt mal ganz im Ernst, Mann. Leichen laufen nicht durch die Gegend und erstechen Menschen, und schon gar nicht mit Nadeln.«

Ich zählte die Blätter des Manuskriptes, die dabei raschelten. Als Russel Sanders begriff, daß ich es ernst meinte, verging ihm das Lächeln. Er nahm seine Pfeife aus der Tasche und stopfte sie.

An jenem kühlen Frühlingsabend saßen wir in meinem Arbeitszimmer. Auf dem Tisch zwischen uns lagen mehrere gelbe Papierbögen mit handschriftlichen Notizen, sowie zwei Zeitungsartikel.

»So habe ich das auch nicht gesagt, Sanders. Aber ich glaube, daß Carver sich an Bullit gerächt hat, obwohl er zwei Wochen vor Bullits Tod begraben worden ist. Und ich glaube, daß Carver es selbst getan hat ...«

»Ich glaube nicht an Geister, Andy.«

»Das ist vielleicht auch gar nicht nötig, wenn Sie dieses Tagebuch lesen. Ich habe es unter Carvers Habseligkeiten (die er mir ja testamentarisch vermacht hat) in seiner Hütte am Waha-See gefunden, wo man ihn am zwanzigsten Mai entdeckt hat. Auf der rechten Seite unterhalb der Rippen hatte er eine große, unverheilte Narbe. Das berichtet ein erster Zeitungsartikel.

Im übrigen sind die Ärzte sich nicht sicher, woran Carver starb. Ein zweiter Artikel schreibt über Bullits Tod. Beide Texte werden auch Ihnen ein wenig merkwürdig erscheinen, wenn Sie sie lesen. Doktor Bullit wurde vor knapp einer Woche um zwei Uhr morgens in seiner Garage aufgefunden. Er hatte am ganzen Körper Stichwunden wie von einer langen Nadel, einer Hutnadel etwa.

Nun möchte ich, daß Sie Carvers Tagebuch lesen, und dann werden wir sehen, ob Sie meine Auffassung teilen. Vielleicht bin ich auch voreingenommen, weil ich mit ihm so eng befreundet war. Ich will Ihre offene Meinung hören.«

Sanders nahm die gelben Blätter vom Tisch und begann zu lesen.

02. Mai 1940: Clara hat unsere Verlobung bekanntgegeben, und ich bin so glücklich, wie ein Mensch es nur sein kann – abgesehen von dem einen Schatten, der zwischen uns beiden schwebt: jenem Ding, das mein Fluch ist. Ich fürchte mich davor, es ihr zu sagen. Von all meinen Freunden weiß nur Anderson davon. Meine Eltern wußten es natürlich auch, aber sie weilen nicht mehr unter uns. Ich bin froh, daß sie mich nicht mehr aufwachsen gesehen haben …

Ich muß mich einer Operation unterziehen, bevor wir heiraten – das ist lebenswichtig. Aber auch davor habe ich Angst. Mein innerer Widerstreit raubt mir alle Nerven.

Bullit sagt, daß die Entfernung keine große Sache sei. Die Handgriffe dieser Operation sollten für einen derart fähigen Chirurgen wie ihn kein Problem sein, doch er versteht den psychologischen Aspekt meiner Lage nicht. Er merkt nicht, wie sehr ich mich über all die Jahre daran gewöhnt habe, daß es schon zu einem Teil meiner Selbst geworden ist. Meines Wissens könnte das Ding einen Teil meiner Seele in sich tragen. Ich bin mir dessen nicht sicher, ich bin weder Arzt noch Zauberer.

Morgen habe ich einen Termin bei Bullit. Ich fürchte, er wird auf einer sofortigen Operation bestehen, wenn ich bis Ende Juni ganz geheilt sein will.

03. Mai: Ich war bei Bullit, und er hat mir ein Ultimatum gestellt. Er duldet keinen Aufschub mehr. Morgen wird es vorüber sein, und dank Gottes Gnade werde ich dann das erste Kapitel meines zukünftigen Glücks beginnen können.

Es ist eine merkwürdige Vorstellung, ohne dieses Ding leben zu sollen. Und ich habe Angst, daß die Entfernung eine Narbe hinterlassen wird – wenn schon keine körperliche, dann eine seelische. Und doch ist es das Risiko wert. Wer kann das schon richtig beurteilen, wenn nicht Bullit? Er sagt, daß es nicht wirklich lebt, es sei einfach eine abnorme Wucherung. Er sagt, es gebe keine geheimnisvolle Verbindung zwischen dem Ding und mir. Ich hoffe, er hat recht …

Den ganzen Abend mit Clara verbracht. Wir haben uns den *Glöckner von Notre Dame* angesehen, und danach saßen wir in meinem Wagen und redeten bis in die frühen Morgenstunden und schmiedeten Pläne. Sie hat mich wirklich umgehauen! Sie hat vor, ihre Stelle zu behalten, zumindest für eine Weile. Das war mir nicht ganz recht, aber ich nehme an, daß es heutzutage so am besten ist. Mein Einkommen ist ja wirklich unregelmäßig, und meine Wohnung bietet nicht Platz genug für zwei.

04. Mai: Nun ist es vollbracht! Ich verspüre weder Übelkeit noch Schwindel, wie ich es anfangs befürchtet hatte. Bullit hat mich örtlich betäubt, und nach zwanzig Minuten war er fertig mit seiner Arbeit. Er ist wirklich gut. Ich habe ihm gesagt, er soll das Ding in den Ofen werfen, und das hat er mir auch versprochen. Ich habe natürlich etwas Blut verloren, aber weniger als erwartet. Eine Woche lang muß ich vorsichtig sein, bis die Wunde zu heilen anfängt. Ich habe den ersten Entwurf meines langen afrikanischen Romans beendet und eine Kurzgeschichte überarbeitet. Ich bin sehr zufrieden mit der chirurgischen Leistung meines Freundes – vielleicht hatte ich die Folgen des Eingriffs ein wenig zu schwarz gezeichnet. In einem Monat werde ich mehr wissen.

Morgen werde ich Clara wiedersehen. Ich habe ihr gesagt, ich würde mich heute nicht ganz wohlfühlen. Bullit sagt, ich könnte alles tun wie sonst auch, solange ich meinen Unterleib nicht verdrehe. Gott sei Dank muß ich Clara nun nichts mehr davon erzählen; sie wird nie wissen, daß mit mir etwas nicht gestimmt hat. Ich fühle mich fünf Jahre jünger! Mein Befinden ist so gut wie seit Monaten nicht mehr. Als sie mich heute abend angerufen hat, mußte ich lügen, was meine Gesundheit angeht, aber der Doktor hat gesagt, ich solle daheimbleiben und mich ausruhen. Er bewundert Clara und meinte, ich hätte mir ein großartiges Mädel ausgesucht. Er hat keine Ahnung, wie recht er damit hat!

05. Mai: Den ganzen Morgen schwer gearbeitet. Abends ging ich mit Clara aus. Ich fühlte mich nicht gut, also sind wir früher heimgegangen. Stechende Schmerzen in der Seite. Vermutlich die Heilung. Es war meine einzige Operation, abgesehen von den Mandeln, und dieser Rückfall ist nicht angenehm. Zwei Uhr morgens, und ich kann immer noch nicht schlafen …

06. Mai: Am Morgen fühlte ich mich müde und erschöpft, und nachmittags ging ich zu Bullit, obwohl ich noch gar keinen Termin hatte. Er erneuerte den Verband und sagte, daß die Wunde gut verheilt. Es gebe keinen Grund zur Sorge. Er verschrieb mir Nembutal-Tabletten, und ich hoffe, daß ich heute nacht schlafen kann. Ich habe Clara absagen müssen, sie war darüber enttäuscht. Ist doch nicht meine Schuld, wenn es mir nicht gutgeht … Ich sollte mich mit meiner Kurzgeschichte über Mesmerismus ablenken.
Notiz: In der Bibliothek nach Informationen suchen.

08. Mai: Am Dienstag blieb ich daheim, schlief und las und ging im Zimmer umher. Die letzten zwei Nächte habe ich kaum geschlafen. Sehr merkwürdige Träume. Ich weiß, es klingt dämlich, aber ich träumte, durch die Augen eines kleinen Tieres zu sehen, einer Ratte etwa. Ich muß diese morbiden Hirngespinste vergessen und einen Spaziergang machen. Ich habe die Geschichte über Mesmerismus wieder beiseite gelegt; bestimmt war sie der Auslöser dieser sonderbaren Visionen.

Abends war Clara kurz hier und wollte mich abholen. Sie sagte, die Nachtluft würde mir guttun, aber ich lehnte ab. Wir hatten einen Streit … Es war meine Schuld, verflucht. Ich war in fürchterlicher Stimmung, war gar nicht mehr ich selbst. Ich erzählte ihr von meinen Träumen, und sie sagte, ich solle besser damit aufhören, diese wilden, makabren Geschichten zu schreiben. Ich regte mich auf und sagte ihr, daß ich das schreiben würde, was mir verdammt noch mal gefällt. Sie stürmte aus der Wohnung und rief noch zurück, daß sie nicht die Absicht habe, einen blassen Tagträumer zu heiraten …

Wie völlig irre man doch bei einem Streit werden kann! Ich kann mir meine plötzliche Wut gar nicht erklären. Ich werde sie morgen besuchen und die Sache wenn möglich wieder ausbügeln. Ich bin in den letzten Tagen nicht mehr derselbe, und ich fühle mich vollkommen aus dem Gleichgewicht gebracht. Ich muß morgen Bullit aufsuchen. Ich hoffe, daß diese verfluchten Träume mich nicht wieder heimsuchen. Ich kann so gut wie nicht mehr schlafen.

09. Mai: Mittags rief ich in Claras Lieblingsrestaurant an, doch da war sie nicht. Ich ging zu Bullit ins Krankenhaus, und als ich gerade dort ankam, verließ Clara das Gebäude. Sie starrte mich sonderbar an und ging weiter. Ich ergriff ihren Arm und drehte sie zu mir um. Ich verursachte eine Szene, aber ich wollte mich nicht mehr auf später vertrösten lassen. Entweder jetzt oder nie. Ich bat sie höflich, mir zu vergeben. Sie machte Ausflüchte und trat zur Seite. Sie gab mir keine direkte Antwort. Dann warf ich ihr vor, Bullit besucht zu haben. Daraufhin wurde sie so wütend, daß ich wußte, ins Schwarze getroffen zu haben. Sie sagte, sie würde dann zu einem Arzt gehen, wann es ihr paßte, und was sie anginge, sei unsere Verlobung Geschichte. Ich erwiderte, daß mir das nur recht sei. Sie zog den Ring vom Finger und schmiß ihn auf den Gehsteig. Der Diamant brach aus der Fassung und rollte wie ein höhnisches Teufelsauge über die Straße. Ich sah noch, wie er in den Abfluß fiel, dann wandte ich Clara und dem gaffenden Pöbel den Rücken zu und taumelte ins Krankenhaus. Ich war so zornig, daß ich kaum sehen konnte.

Ich suchte Bullit nicht auf. Ging in die *Idle-Hour*-Bar und trank mich besinnungslos. Larson brachte mich heim und warf mich aufs Bett. Ich schlief zum ersten Mal seit dieser verfluchten Operation tief und fest. Ich gewinne immer mehr den Eindruck, daß all das ein gewaltiger Fehler war. Morgen werde ich Bullit einen Besuch abstatten …

10. Mai: Wieder diese wilden Träume letzte Nacht – sie treiben mich noch in den Wahnsinn. Bullit meinte, ich sei einfach nur durcheinander, weil es zwischen Clara und mir eine kleine Auseinandersetzung gegeben hatte. Das hat sich ja sehr schnell herumgesprochen. Bullit wirkte äußerst selbstzufrieden, als er meine Wunde neu verband und mich zu beruhigen suchte. Ich frage mich, wie gut Clara und Alfred Bullit einander eigentlich kennen … Nicht, daß es jetzt noch von Belang wäre. Diese kleine Intrigantin! Ich liebe und hasse sie zugleich. Ist das möglich? Ich weiß es nicht. Es ist aus mit uns – das steht fest.

Bullit sagt, daß die Wunde nicht so gut verheilt wie erwartet. Spätestens in einer Woche sei ich jedoch wieder gesund und munter. Er empfahl mir frische Luft und Sport. Die Ringe unter meinen Augen seien nicht sehr vielversprechend.

Etwas, das Bullit gesagt hatte, erinnerte mich an meine Geschichte. Ich erzählte ihm, daß ich keine verläßlichen Informationen über Mesmerismus und Telepathie hätte, und fragte ihn, wo ich Bücher darüber finden könne. Diese Frage verwirrte ihn offensichtlich. Er sagte, er besitze ein paar Bücher, und bot an, sie mir zu leihen. Dieses Angebot nahm ich gerne an.

Vielleicht kann ich mich heute abend hinsetzen und einige Seiten schreiben.

Während unserer Unterhaltung erzählte ich Bullit von meinen Träumen. Er lachte und meinte, ich würde mir zuviel den Kopf zerbrechen. Die Träume seien vermutlich das Ergebnis meiner merkwürdigen psychologischen Verbundenheit mit der wegoperierten Wucherung.

12. Mai: Muttertag. Wie üblich ging ich mit weißer Nelke im Knopfloch zur Kirche ... Ich ertrage das Leben in dieser Stadt nicht mehr. Ich werde zu meiner Hütte am Waha-See fahren. Vielleicht finde ich dort ein wenig Ruhe und Seelenfrieden. Mittlerweile träume ich Tag und Nacht von Clara. Ich kann kein Wort schreiben. Scheine mich überhaupt nicht mehr konzentrieren zu können. Mein Geist muß sich erholen. Zu viele emotionale Umbrüche in der letzten Zeit. Muß eine Weile weg von hier. Noch heute treffe ich Vorkehrungen und fange mit dem Packen an.

16. Mai: Endlich bin ich in meiner Hütte. Dem Postbeamten hier habe ich gesagt, er soll alle Briefe und Benachrichtigungen eine Woche lang zurückhalten. Ich brauche völlige Abgeschiedenheit. Muß alleine damit fertigwerden. Heute habe ich einen langen Spaziergang gemacht und viele alte Picknickplätze und Schwimmbuchten aufgesucht. Quälende Erinnerungen an Clara, die früher mit mir gemeinsam die prachtvolle Landschaft genossen hat. Wegen des kalten Wetters sind nur wenige Touristen hier, die Saison hat ja auch noch nicht begonnen.

Habe eine neue Geschichte angefangen, sie aber wieder aufgegeben. Ruhelos, von Schlaflosigkeit und Alpträumen geplagt. Letzte Nacht (die erste hier) hatte ich weitere verstörende Visionen und wachte mehrmals schweißgebadet auf. Die Wunde heilt sehr langsam. Bei der kleinsten Bewegung sticht und brennt sie. Aber ich glaube, nach einer Woche hier wird es mir wieder gutgehen. Die Berge sind so schön zu dieser Jahreszeit. Mehr Maiglöckchen, als sonst so früh blühen. Wenn ich dem Ladenbesitzer glauben darf, dann kann man gute Barsche fangen. Brauche einen Drink. Gut, daß ich eine Flasche Bourbon mitgebracht habe.

17. Mai: Letzte Nacht habe ich mich in den Schlaf getrunken und fühle mich schon den ganzen Tag schrecklich. Die Träume werden immer grauenhafter. Ich kann es mir gar nicht erklären. Ich habe die Bücher, die Bullit mir gegeben hat, nicht mal angerührt. Und auch an der Geschichte habe ich nicht weitergearbeitet. Zuerst träumte ich davon, hoch über dem Boden in der Luft zu schweben, wie ein körperloser Geist. Doch diese Welt war nicht die meine – ich war gefangen, und eine äußere Kraft bewegte mich. Später hatte ich wieder dieses sonderbare zweite Gesicht: Ich sah durch die Augen einer winzigen Kreatur. Die ständige Wiederkehr dieses einen Traumes erweckt in mir einen furchtbaren Verdacht. Es muß einen *Grund* für diese Träume geben, und ich glaube zu wissen, um was es sich handelt …

Meine Vermutung ist abstrus. Ich muß sie vergessen und ein wenig spazierengehen. Die Sonne geht zwar schon unter, aber ich habe viel Zeit. Etwas Frischluft wird mich wieder beleben.

Ich habe über Doktor Bullit nachgedacht. Warum ist er so an Mesmerismus und Telepathie interessiert? Zwischen seinen Büchern habe ich auch ein paar Abhandlungen über Hypnose entdeckt.

Ich nehme an, er und Clara leisten einander jetzt Gesellschaft. Sie sollen beide verflucht sein! Wenn ich wieder wohlauf bin, werde ich ihnen schon Bescheid sagen.

18. Mai: Hatte eine schreckliche Nacht. Bin gestern abend nicht weit gegangen, weil es zu bald dunkel wurde. Eine merkwürdige Sache – nie zuvor habe ich mich vor der Dunkelheit gefürchtet. Kindischer Unsinn. Die kühle Bergluft hatte mich etwas erfrischt, doch wenige Stunden später ging es mir so schlecht wie vorher.

Gegen Mitternacht ging ich zu Bett. Stundenlang wälzte ich mich von einer Seite auf die andere. Nahm einige Schlaftabletten und fiel halb ins Koma. Ich träumte wieder, und diesmal war die Vision wirklich erschreckend. Ich zögere, alles zu berichten … Mein ursprünglicher Verdacht hat sich erhärtet, und ich fürchte, daß meine Tage gezählt sind.

Ich träumte wieder davon, durch die Augen eines anderen zu blicken, und wo ich mir zuvor nur meiner Lage bewußt war, konnte ich nun Dinge sehen, die mir schrecklich vertraut waren. Als ich in dieser merkwürdigen Traumwelt die Augen öffnete, in diesem kleinen Körper, erblickte ich einen strahlenden Operationssaal in Bullits Krankenhaus, und ich sah sein rundes, fettes Gesicht auf mich herabgrinsen. Dann glaubte ich ihn lachen zu sehen. Und Gott helfe mir – hinter ihm stand Clara, so dunkel und schön wie immer. Er ging auf sie zu. Dieses Bild hat sich für immer in meine Seele eingebrannt. Clara in Bullits Armen, wie sie seine wilden Küsse und Liebkosungen erwidert …

Und mir schien, als sei ich auf dem niedrigen Tisch in einen Körper gesperrt, der klein und dunkel und gräßlich war …

Ich erwachte schreiend und um mich schlagend. Seitdem kann ich nicht mehr schlafen. Ich habe Angst, daß das, was ich geträumt habe, nur ein Schatten der Wirklichkeit ist! Die Wunder des Geistes sind noch unerforscht, und Zeit und Raum scheinen sehr wenig Bedeutung zu haben ... Wenn das geschieht, wovor ich mich fürchte, werde ich nicht mehr lange leben.

Ich kann mich jetzt nicht schlafen legen, ich darf nicht. Ein neuer Morgen ist gekommen, und ich fühle mich erschöpft. Mir ist schwindlig, und meine Umgebung erscheint mir fremd: das kleine Zimmer, die Gartenstühle, die schmale Koje. Mehr Whiskey ... doch auch der kann die Angst nicht schmälern oder Vergessen bringen.

Ich muß raus an die frische Luft. Ich wünschte, Anderson wäre hier – er könnte mir vielleicht helfen. Ich hoffe, er ist nicht nach Seattle gefahren. Meine Gedanken sind chaotisch, unablässig drehen sie sich im Kreise.

Eines ist sicher – wenn ich je wieder auf die Beine komme, werde ich diesen Teufel umbringen ... ich werde ihn um jeden Preis umbringen. Er hat versprochen, das Ding zu verbrennen ... Er hat mir meinen teuersten Besitz genommen, und nun hat er mich, so glaube ich, mit einem grauenhaften Fluch belegt, dem ich nicht entrinnen kann. Doch ich werde mich rächen! Verflucht sei sein schwarzes Herz ...

Sanders ließ die letzte Seite des Manuskriptes fallen und suchte in seiner Jacke nach der Pfeife. Plötzlich schien ihm ein Gedanke zu kommen, und er griff nach dem Artikel mit dem ausführlichen Bericht von Bullits Tod. Er las ihn zweimal und ließ ihn dann fallen, als würde die ganze Sache gewaltig stinken.

Er räusperte sich. »Wissen Sie, Anderson, es ist schon merkwürdig. In der Zeitung steht, daß Bullit nicht sofort starb. Er wurde ins Krankenhaus gebracht, wo er wie ein Irrer herumschrie, daß etwas lebendig geworden sei und ihn verfolge, auf Schritt und Tritt. Ein kleines, dunkles Ding ...

Ach, übrigens – Sie sagten doch, Sie hätten Carver gut gekannt. Haben Sie je dieses – Ding an seiner Seite gesehen? Wie sah es denn aus?«

Ich antwortete nicht gleich, sondern zündete mir zuvor noch eine Zigarette an. »Ja, ich habe es gesehen, und es war kein schöner Anblick. Er wurde einmal ohnmächtig, und ich mußte ihn ausziehen und ins Bett legen. Ich würde sagen, es war eine Art deformierter ›siamesischer Zwilling‹, der sich einfach nie richtig entwickelt hatte.«

Über den Tisch hinweg trafen sich unsere Blicke. Wir haben dieses Thema nie wieder angeschnitten.

Robert H. Barlow und H. P. Lovecraft

Robert Hayward Barlow habe ich in Band 1 dieser Reihe bereits ausführlich vorgestellt. Er war der jüngste des »Lovecraft-Zirkels«, geboren am 18. Mai 1918. Kurz nach seinem dreizehnten Geburtstag schrieb Barlow einen Brief an das Magazin *Weird Tales,* um seinem Lieblingsautor H. P. Lovecraft seine Bewunderung zu zollen. Schon wenige Tage später erhielt er Post von Lovecraft aus Providence. Ein reger Briefwechsel begann. Die beiden besuchten einander auch mehrmals: In den Sommern 1934 und 1935 reiste Lovecraft nach Florida und blieb für einige Wochen bei Barlow und seinen Eltern, 1936 verbrachte Barlow mehr als einen Monat in Providence. Ihre Freundschaft hielt bis zum Tode Lovecrafts 1937 an.

Gemeinsam verfaßten die beiden auch einige Erzählungen. Unter diesen Texten ragt besonders das stimmungsvolle ›The Night Ocean‹ hervor. Diese Geschichte wurde erst 1975 von dem Lovecraft-Kenner Dirk W. Mosig aufgespürt. Immer wieder wurden Vermutungen darüber angestellt, wie groß Lovecrafts Anteil an dieser Erzählung gewesen sein mag. Mosig vermutete, daß ›The Night Ocean‹ zum Großteil Lovecrafts Arbeit sei, inzwischen ist man aber sicher, daß es Barlow war, der sie ersann und schrieb. Lovecraft hat diese Geschichte wohl nur »korrigiert«, wie er in einem Brief von 4. November 1936 an Hyman Bradofsky, den Herausgeber des *The Californian* schrieb. Einige typisch lovecraft'sche Stilelemente lassen vermuten, daß er kräftig »korrigiert« hat. Wie groß Lovecrafts Eingriffe tatsächlich waren, werden wir wohl nie erfahren.

Das Nachtmeer

Ich ging nicht nur der Vergnügungen von Sonne und Meer wegen nach Ellston Beach, sondern auch, um meinen erschöpften Geist auszuruhen. Da ich keine Menschenseele in der kleinen Stadt kannte, die von den Sommerurlaubern lebt und den größten Teil des Jahres nur leere Fenster präsentiert, schien es wenig wahrscheinlich, daß ich gestört werden würde. Das gefiel mir, denn ich wollte nichts anderes sehen als die Weite der rollenden Brandung und den Strand, der vor meinem Ferienhaus lag.

Meine lange Arbeit des Sommers war beendet, als ich die Stadt verließ, und das große Wandgemälde, das sie hervorgebracht hatte, war beim

Kunstwettbewerb eingereicht worden. Es hatte mich den größten Teil des Jahres gekostet, das Bild fertigzustellen, und als der letzte Pinsel gereinigt war, zögerte ich nicht mehr, mich den Bedürfnissen der Gesundheit zu beugen und eine Weile Ruhe und Abgeschiedenheit zu suchen. Tatsächlich erinnerte ich mich, nachdem ich mich eine Woche am Strand aufhielt, nur noch hin und wieder an die Arbeit, deren Erfolg mir noch vor so kurzer Zeit als das einzig Wichtige erschienen war. Keine Sorgen mehr wegen hundert Farbschattierungen und Ornamenten; keine Angst und Mißtrauen vor meiner Fähigkeit, ein Abbild im Geiste auch tatsächlich wiederzugeben und allein kraft meiner Begabung die halb ausgegorene Vorstellung zum sorgfältigen Entwurf eines Gemäldes zu gestalten. Und doch mag das, was mir später an dem einsamen Strand widerfuhr, einzig und allein aus dem geistigen Zustand hinter derlei Befürchtungen und Ängsten und Mißtrauen erwachsen sein. Denn ich bin stets ein Suchender gewesen, ein Träumer, der über das Suchen und Träumen nachsann; und wer kann sagen, daß eine solche Natur nicht verborgene Augen öffnet, die für ungeahnte Welten und Wesenheiten empfänglich sind?

Nun, da ich zu beschreiben versuche, was ich gesehen habe, bin ich mir Tausender nervtötender Grenzen bewußt. Dinge, die das innere Sehvermögen wahrnimmt, wie die blitzartigen Visionen, die zu uns kommen, wenn wir in die Leere des Schlafs hinabsinken, sind in dieser Form lebhafter und bedeutsamer für uns, als würden wir versuchen, sie mit der Wirklichkeit zu verschweißen. Versucht man, einen Traum niederzuschreiben, verliert er die Farbe. Die Tinte, mit der wir schreiben, scheint mit etwas verdünnt zu sein, was zuviel Wirklichkeit enthält, und wir müssen feststellen, daß wir außerstande sind, die unglaublichen Erinnerungen festzuhalten. Als schwelge unser inneres Selbst, von den Fesseln des Tages und der Objektivität befreit, in eingesperrten Gefühlen, die hastig erstickt werden, wenn wir sie übersetzen wollen. In Träumen und Visionen liegen die größten Schöpfungen des Menschen, denn auf ihnen lastet kein Joch von Strich und Farbe. Vergessene Bilder und Länder, geheimnisvoller als die goldene Welt der Kindheit, springen im schlafenden Geist empor und herrschen, bis das Erwachen sie wieder vertreibt. Unter diesen können wir etwas von dem Ruhm und der Zufriedenheit finden, nach denen wir uns sehnen; ein Bildnis glanzvoller Schönheit, vermutlich zuvor niemals enthüllt, das für uns so ist wie der Gral für die heiligen Denker der mittelalterlichen Welt. Derlei Dinge auf der Drehbank der Kunst zu formen, zu versuchen, eine verblichene Trophäe aus diesem ungreifbaren Gefilde von Schatten und Sommerfäden mitzubringen, erfordert Talent und Erinnerungsvermögen zu gleichen Teilen. Denn wenngleich Träume in uns allen sind, vermögen nur wenige Hände ihre Falterschwingen zu greifen, ohne sie zu zerstören.

Über solche Kunstfertigkeit verfügt diese Erzählung nicht. Wäre ich ihrer mächtig, würde ich Ihnen die verborgenen Geschehnisse offenbaren, die ich schattenhaft wahrgenommen habe, wie einer, der in ein unbeleuchtetes Gefilde schaut und Gestalten erblickt, deren Bewegungen verborgen sind. In meinem Wandgemälde, das sich nun zusammen mit einer Vielzahl anderer in dem Gebäude befindet, für das es entworfen wurde, hatte ich mich ebenso bemüht, eine Spur dieser schwer faßbaren Schattenwelt einzufangen, was mir vielleicht besser gelungen ist als hier. Mein Aufenthalt in Ellston diente dazu, das Urteil über diesen Entwurf abzuwarten; und nachdem die Tage ungewohnten Müßiggangs meine Perspektive verändert hatten, mußte ich feststellen – trotz der Makel, die der Schöpfer selbst stets am deutlichsten entdeckt –, daß es mir tatsächlich gelungen war, mit Pinselstrich und Farbgebung einige Fragmente der grenzenlosen Welt der Phantasie einzufangen. Der schwierige, kräftezehrende Vorgang der Gestaltung hatte meine Gesundheit angegriffen und dazu geführt, daß ich diesen Strand aufsuchte, um die Wartezeit zu verbringen. Da ich ganz allein sein wollte, mietete ich mir (sehr zum Entzücken des fassungslosen Besitzers) ein kleines Haus in einiger Entfernung vom Dorf Ellston – wo es wegen des Saisonendes von abreisenden Touristen, die mich allesamt nicht interessierten, nur so wimmelte. Das Haus, vom Meerwind dunkel geworden, obwohl es nicht gestrichen war, war nicht einmal ein Satellit des Dorfs; sondern lag darunter an der Küste wie das Pendel einer stehengebliebenen Standuhr, recht abgelegen auf einer grasbewachsenen Sanddüne. Dort kauerte es wie ein einsames, warmblütiges Tier, dem Meer zugewandt, und die undurchsichtigen, schmutzigen Fenster blickten auf ein verlassenes Gebiet aus Erde und Himmel und endlosem Meer. Ich möchte meine Erzählung, deren nackte Tatsachen, könnten sie vergrößert und zu einem Mosaik zusammengefügt werden, an sich schon seltsam genug wären, nicht übertrieben ausschmücken, aber ich glaubte, daß das kleine Haus einsam sei, als ich es sah, und daß es sich, wie ich selbst, seiner unbedeutenden Natur vor dem gewaltigen Meer bewußt sei.

Ich bezog das Haus Ende August, einen Tag früher als erwartet, und begegnete zwei Arbeitern mit einem Lastwagen, welche die vom Vermieter zur Verfügung gestellten Möbel abluden. Ich wußte zu dem Zeitpunkt noch nicht, wie lange ich bleiben würde, und nachdem der Lieferwagen, der die Lebensmittel brachte, wieder weggefahren war, trug ich mein weniges Gepäck hinein und schloß die Tür ab (ich fühlte mich, nachdem ich monatelang in einer Mietwohnung gelebt hatte, voller Besitzerstolz, wieder in einem Haus zu sein), um die grasbewachsene Düne zum Strand hinabzugehen. Da das Haus fast quadratisch war und nur aus einem Zimmer bestand, gab es darin wenig zu erkunden. Zwei Fenster an jeder Seite sorgten für ausreichend Licht, und irgendwie hatte man noch, als eine Art Coda, eine Tür in die meerwärts gerichtete Mauer gequetscht. Das Haus war vor etwa zehn Jahren erbaut worden, doch aufgrund der Entfernung von Ellston war es selbst während der Sommersaison nur schwer zu vermieten. Da es keine Feuerstelle enthielt, stand es von Oktober bis weit in den Frühling hinein leer. Obwohl es tatsächlich weniger als eine Meile von Ellston entfernt war, schien es weiter zu sein, da man aufgrund einer Biegung im Küstenverlauf vom Haus aus nur grasbewachsene Dünen in Richtung des Dorfes sah.

Am ersten Tag, der halb verstrichen war, bis ich mich eingerichtet hatte, genoß ich die Sonne und das rastlose Wasser – Dinge, in deren Angesicht stiller Majestät das Entwerfen von Wandgemälden fern und ermüdend erschien, aber das war die natürliche Reaktion auf eine lange Beschäftigung mit bestimmten Gewohnheiten und Aktivitäten. Ich war fertig mit der Arbeit, und der Urlaub hatte begonnen. Diese Tatsache, im Augenblick noch nicht spürbar, zeigte sich in allem, was mich am Nachmittag meiner Ankunft umgab, und in der völligen Veränderung alter Szenerien. Das grelle Sonnenlicht spiegelte sich auf einem wogenden Meer von Wellen, deren windgetriebene Kurven scheinbar von Bergkristall gekrönt wurden. Vielleicht hätte ein Aquarell die soliden Massen unerträglichen Lichts einfangen können, die über dem Strand lagen, wo Sand und Meer sich vereinten. Obgleich das Meer einen eigenen Farbton besaß, wurde es völlig und auf unglaubliche Weise von dem gewaltigen Glanz beherrscht. Kein Mensch war in meiner Nähe, daher konnte ich das Schauspiel ohne das Ärgernis eines fremden Gegenstands auf der Bühne genießen. Jeder meiner Sinne wurde auf unterschiedliche Weise berührt, aber manchmal schien es, als sei das Tosen des Meeres eins mit der großen Helligkeit, oder als schienen die Wogen anstelle der Sonne, und die waren so kraftvoll und beharrlich, daß die Impressionen, die sie vermittelten, sich vermischten. Seltsamerweise sah ich in der Nähe meines kleinen quadratischen Hauses niemanden baden, weder an diesem noch an einem der folgenden Nachmittage, obwohl das gekrümmte Ufer einen ungleich einladenderen Strand als den beim Dorf bot, wo der Sand wahllos mit Gestalten gesprenkelt war. Ich nahm an, das stand mit der Entfernung und der Tatsache in Zusammenhang, daß nie andere Häuser außerhalb der Stadt gebaut worden waren. Ich konnte mir nicht erklären, weshalb dieser unbebaute Landstrich existierte, da sich viele Unterkünfte am nördlichen Küstenabschnitt drängten und mit stetem Blick zum Meer schauten.

Ich schwamm, bis der Nachmittag vorüber war, und später, als ich mich ausgeruht hatte, ging ich in die kleine Stadt. Dunkelheit verbarg das Meer vor mir, als ich sie betrat, und in den schäbigen Lichtern der Straßen fand ich Anzeichen eines Lebens, das sich des großen, in Düsternis gehüllten Dings nicht einmal bewußt war, das so nahe lag. Da waren geschminkte Frauen in Flitterkleidern und gelangweilte Männer, die nicht mehr jung waren – eine Menge närrischer Marionetten, die am Rand der Meereskluft zusammengepfercht waren; blind, nicht willens, zu sehen, was sich über ihnen und ringsum in Gestalt der vielfältigen Pracht der Sterne und des meilenweiten Nachtmeeres befand. Ich lief an diesem verdunkelten Meer entlang, als ich zu dem kahlen, kleinen Haus zurückging, und schickte den Strahl meiner Taschenlampe in die nackte und undurchdringliche Leere hinaus. Da kein Mond am Himmel stand, legte der Lichtstrahl einen soliden Balken schräg über die Wände der unruhigen Gezeiten, und ich verspürte ein unbeschreibliches Gefühl angesichts der Geräusche des Wassers und des Wissens um meine eigene Winzigkeit, während ich den Lichtstrahl auf ein Gebiet richtete, das, riesig in sich, dennoch nur die schwarze Grenze der Erdentiefen war. Diese nächtliche Tiefe, über die sich Schiffe allein in der Dunkelheit dahinbewegten, wo ich sie nicht sehen konnte, gab das Murmeln eines fernen, wütenden Pöbels von sich.

Als ich meine hochgelegene Residenz erreichte, wußte ich, daß ich auf der Meile des Wegstücks vom Ort niemandem begegnet war, und doch blieb irgendwie der Eindruck zurück, als sei ich die ganze Zeit vom Geist des einsamen Meeres begleitet worden war. Es war, dachte ich, in einer Gestalt personifiziert, die sich mir noch nicht offenbart hatte, sich aber lautlos außer Reichweite meines Verstandes bewegte. Es war wie bei den Schauspielern, die sich hinter verdunkelten Kulissen für die Textzeilen bereithalten, die sie in Kürze vor unseren Augen vortragen werden, um sich, plötzlich durch das Rampenlicht enthüllt, zu bewegen und zu sprechen. Schließlich schüttelte ich diese Vorstellung ab und suchte den Schlüssel, um in das Haus hineinzugehen, dessen kahle Wände mir plötzlich ein Gefühl der Sicherheit gaben.

Meine Hütte lag völlig außerhalb des Dorfs, als sei sie irgendwie an der Küste entlangspaziert und nun außerstande, wieder zurückzukehren; und dort vernahm ich nichts von dem beunruhigenden Lärmen, wenn ich jeden Abend nach dem Essen zurückkehrte. Normalerweise hielt ich mich nur kurz auf den Straßen von Ellston auf, doch manchmal ging ich auch nur des Spaziergangs wegen in den Ort. Überall fand man die Vielzahl von

Andenkenläden und falschen prunkvollen Theaterfassaden, die Ferienorte kennzeichnen, aber diesen stattete ich nie einen Besuch ab; der Ort schien einzig wegen seiner Restaurants nützlich zu sein. Es war erstaunlich, mit wieviel sinnlosen Dingen die Leute die Zeit totschlugen.

Anfangs folgten mehrere sonnige Tage hintereinander. Ich stand früh auf und betrachtete den grauen Himmel, wo sich der Sonnenaufgang ankündigte; eine Prophezeiung, die noch erfüllt wurde, während ich als Zeuge dastand. Diese Dämmerungen waren kühl, ihre Farben schwach, verglichen mit der einförmigen Strahlung des Tages, die jeder Stunde den Eindruck eines weißen Nachmittags verlieh. Das große Licht, das schon am ersten Tag so offensichtlich gewesen war, machte jeden darauffolgenden Tag zu einer gelben Seite im Buch der Zeit. Mir fiel auf, daß viele Leute am Strand wenig erfreut über die strahlende Sonne waren, wogegen ich sie suchte. Nach grauen Monaten der Mühsal hatte die von der körperlichen Existenz in einer von einfachen Dingen beherrschten Gegend – Wind und Licht und Wasser – verursachte Lethargie eine prompte Wirkung auf mich, und da ich eifrig bedacht war, diesen Heilungsprozeß fortzusetzen, verbrachte ich die ganze Zeit draußen im Sonnenschein. Das bewirkte einen Zustand, der teilnahmslos und ergeben zugleich war und mir ein Gefühl der Sicherheit vor der gierigen Nacht gab. Wie Dunkelheit dem Tode verbunden ist, so das Licht dem Leben. Aufgrund des Erbes von einer Million Jahren, als die Menschen der Mutter Meer noch enger verbunden waren und die Geschöpfe, von denen wir geboren wurden, träge im seichten, sonnenerwärmten Wasser lagen, suchen wir auch heute noch die ursprünglichen Dinge, wenn wir müde sind, und überantworten uns ihrer einlullenden Sicherheit, wie die frühen Halb-Säugetiere, die noch nicht das schlammige Land erobert hatten.

Die Monotonie der Wellen spendete Ruhe, und ich hatte keine andere Beschäftigung, als die Myriaden Stimmungen des Meeres zu betrachten. Im Wasser herrscht unablässige Veränderung – Farben und Schatten huschen darüber hinweg wie die fließenden Mienen eines wohlbekannten Gesichts; und diese werden uns unverzüglich durch halbbewußte Sinne übermittelt. Wenn das Meer ruhelos ist, sich an alte Schiffe erinnert, die seine Abgründe überquert haben, überkommt unsere Herzen stumm das Sehnen nach einem verschwundenen Horizont. Aber wenn es vergißt, dann vergessen wir ebenfalls. Auch wenn wir es ein Leben lang kennen, behält es stets eine Aura des Fremden, als lauere etwas, das zu groß ist, um Gestalt zu haben, in dem Universum, dessen Tür es ist.

Das morgendliche Meer, das im reflektierten Nebel blauweißer Wolken und rauschender diamantener Gischt schimmert, hat die Augen von einem, der über seltsame Dinge nachdenkt; und sein kompliziert gewobenes Netz, durch das Myriaden farbenfroher Fische schießen, enthält den Hauch eines großen, müßigen Dings, das zu Zeiten aus den altersgrauen, undenklichen Abgründen aufsteigen und an Land gehen wird.

Ich war viele Tage lang zufrieden und glücklich, daß ich das einsame Haus gewählt hatte, das wie ein kleines Tier auf den abgerundeten Sandklippen saß. Von den angenehm ziellosen Ablenkungen, die ein solches Leben mit sich bringt, entschied ich mich dafür, über weite Strecken hinweg dem Rand der Fluten zu folgen (wo die Wellen einen feuchten, unregelmäßigen Umriß hinterließen, der von schwindender Gischt gesäumt war); und manchmal fand ich ungewöhnliche Muschelstücke im wahllosen Treibgut des Meeres. An jenem landeinwärts gekrümmten Abschnitt der Küste, den mein kahles kleines Haus überblickte, gab es eine erstaunliche Menge Abfall, und ich kam zu dem Ergebnis, daß Strömungen, deren Verlauf von denen an der Dorfküste abwich, zu diesem Fleckchen führen mußten. Wie dem auch sei, meine Taschen – wenn ich welche hatte – enthielten normalerweise eine Menge Treibgut, wovon ich das meiste eine oder zwei Stunden, nachdem ich es gefunden hatte, wieder wegwarf und mich fragte, warum ich es aufgehoben habe. Einmal jedoch fand ich einen kleinen Knochen, dessen Herkunft ich mir nicht erklären konnte, wenn man davon absah, daß er sicher nicht von einem Fisch stammte –, und den behielt ich, zusammen mit einer großen Metallkugel, deren minutiös ausgearbeitete Verzierung recht ungewöhnlich war. Letztere zeigte etwas Fischartiges vor einem Hintergrund von Tang und Algen anstelle der üblichen geometrischen Formen oder Blumenmuster, und es war immer noch deutlich erkennbar, obwohl jahrelanges Umherschleudern in der Brandung es schon abgenutzt hatte. Da ich etwas Ähnliches noch nie zuvor gesehen hatte, kam ich zu der Überzeugung, daß es eine heute vergessene Mode aus einem vergangenen Jahr in Ellston darstelle, als derlei Marotten üblich waren.

Ich war etwa eine Woche dort, als sich das Wetter allmählich veränderte. Jedem Stadium dieser fortschreitenden Dunkelheit folgte ein neues, etwas Intensiveres, so daß sich am Ende die ganze Atmosphäre um mich herum vom Tag zum Abend gewandelt hatte. Das wurde mir durch eine Reihe geistiger Eindrücke deutlicher als durch das, was ich tatsächlich erlebte, denn das kleine Haus war einsam unter dem grauen Himmel, und manchmal wehte ein heftiger Wind vom Meer herein, der Feuchtigkeit mit sich brachte. Die Sonne wurde von langen Intervallen der Bewölkung abgelöst – Schichten grauen Nebels, hinter deren unbekannten Tiefen die Sonne verborgen lag. Über diesem gewaltigen Schleier mochte sie mit ungebrochener

Kraft scheinen, aber sie konnte ihn nicht durchdringen. Der Strand war mitunter stundenlang Gefangener in einer farblosen Gruft, als fließe etwas von der Nacht in die anderen Stunden herüber.

Wenngleich der Wind stärker war und das Meer durch die wohlriechenden Böen zu kleinen, brodelnden Spiralen der Regsamkeit aufgepeitscht wurde, stellte ich fest, daß das Wasser kälter wurde und ich nicht so lange wie früher darin bleiben konnte, daher gewöhnte ich mir ausgedehnte Spaziergänge an, die – wenn ich gar nicht schwimmen konnte – die Bewegung gewährleisten, auf die ich so erpicht war. Bei diesen Spaziergängen erforschte ich größere Strandabschnitte als bei meinen vorherigen Wanderungen, und da sich das Ufer meilenweit jenseits des abgedroschenen Dorfes erstreckte, fand ich mich am Abend häufig völlig isoliert inmitten einer endlosen Ausdehnung von Sand. Wenn das passierte, schritt ich hastig am flüsternden Meeresufer entlang, folgte aber genau dessen Verlauf, damit ich nicht landeinwärts geriet und mich verirrte. Und manchmal, wenn es bei diesen Spaziergängen spät wurde (was immer häufiger vorkam), kehrte ich zu dem kauernden Haus zurück, das wie ein Vorbote des Dorfs aussah. Es verharrte unsicher auf den windgepeitschten Klippen, ein dunkler Klecks auf den morbiden Schattierungen des Sonnenuntergangs über dem Meer, und sah einsamer aus als im Schein von Sonne oder Mond – in meiner Phantasie kam es mir dann wie ein stummes, fragendes Gesicht vor, das mir in Erwartung einer Tat zugewendet wurde. Ich habe gesagt, daß die Stelle abgelegen war, und anfangs freute mich das. Aber in der kurzen Abendstunde, wenn sich die Sonne mit einem blutroten Untergang verabschiedete und die Dunkelheit wie ein wachsender formloser Fleck heraufzog, hatte der Ort etwas Fremdartiges an sich; einen Geist, eine Stimmung, einen Eindruck, die von dem tosenden Wind, dem unermeßlichen Himmel und dem Meer hervorgerufen wurden, das schwarze Wogen an ein Ufer geiferte, welches plötzlich fremd geworden war. Zu diesen Zeiten verspürte ich ein Unbehagen, das keine eindeutige Ursache besaß, wenngleich meine einzelgängerische Natur mich seit langem mit dem uralten Schweigen und der uralten Stimme der Natur vertraut gemacht hatte. Diese bösen Ahnungen, denen ich keinen eindeutigen Namen geben konnte, beeinträchtigten mich nicht lange; dennoch schien es mir, als würde ich die ganze Zeit über allmählich ein Gespür für die unglaubliche Einsamkeit des Meeres entwickeln, eine Einsamkeit, die durch Andeutungen – und mehr als das waren sie nie – von Leben und Vernunft, die verhinderten, daß ich mich wirklich jemals ganz allein fühlte, etwas unterschwellig Schreckliches bekam.

Die lärmerfüllten gelben Straßen der kleinen Stadt mit ihrem seltsam unwirklichen Treiben waren sehr weit entfernt, und wenn ich dorthin ging, um mein Abendessen einzunehmen (da ich einer Diät mißtraute, die ganz allein aus meinen eigenen zweifelhaften Kochkünsten hervorging), achtete ich zunehmend und eigentlich grundlos darauf, daß ich noch vor Einbruch völliger Dunkelheit zu der Hütte zurückkehrte, wenngleich ich häufig bis etwa zehn Uhr unterwegs war.

Sie werden sagen, daß ein solches Vorgehen unvernünftig ist, daß ich die Dunkelheit, hätte ich sie auf irgendeine kindliche Weise gefürchtet, völlig gemieden hätte. Sie werden sich fragen, weshalb ich das Haus nicht verlassen habe, wenn mir seine Einsamkeit Depressionen verursachte.

Auf das alles weiß ich keine Antwort, abgesehen davon, daß jede irgendwie geartete Unrast, die ich empfand, jede entfernte Beunruhigung, die mich in momentanen Aspekten der dunkler werdenden Sonne, des schneidenden, salzschwangeren Windes oder im Gewand des dunklen Meeres, das zerknittert wie ein gewaltiges Kleidungsstück so dicht bei mir lag, überkam, etwas war, das seinen Ursprung halb in meinem eigenen Herzen hatte, sich nur in flüchtigen Augenblicken offenbarte und nicht lange Gewalt über mich besaß. In den wiederkehrenden Tagen diamantenen Lichts, an denen verspielte Wellen blaue Spitzen an den sonnigen Strand warfen, schien die Erinnerung an düstere Stimmungen fast unglaublich; und doch konnte es sein, daß ich nur eine oder zwei Stunden später diese Stimmungen erlebte und in das lichtlose Reich der Verzweiflung hinabstieg.

Vielleicht waren diese inneren Empfindungen nur eine Reflexion der Stimmungen des Meeres, denn die Hälfte dessen, was wir sehen, ist durch die Interpretation eingefärbt, welche unser Denken ihm auferlegt, viele unserer Gefühle sind recht eindeutig von äußerlichen physischen Dingen geprägt. Das Meer kann uns an seine zahlreichen Stimmungen fesseln, uns durch subtile Mittel eines Schattens oder Schimmerns über dem Wasser zuflüstern und auf diese Weise seine Trauer oder Freude andeuten. Es erinnert einen stets an alte Dinge, und diese Erinnerungen werden uns mitgeteilt, auch wenn wir sie nicht fassen können, so daß wir an Fröhlichkeit oder Niedergeschlagenheit teilhaben können. Da ich keiner Arbeit nachging, keinen Menschen sah, den ich kannte, war ich vielleicht für die Schattierungen seiner rätselhaften Botschaften empfänglich, die ein anderer übersehen hätte. Das Meer beherrschte mein Leben diesen ganzen Spätsommer lang; beanspruchte es als Gegenleistung für den Genesungsprozeß, den es mir gebracht hatte.

In diesem Jahr ertranken Menschen im Meer, und wenngleich ich nur am Rande davon hörte (das ist unsere Gleichgültigkeit dem Tod gegenüber, der uns nicht persönlich betrifft und dessen Zeuge wir nicht wurden), wußte ich doch, daß die Einzelheiten unerfreulich waren. Die Menschen, die ums Leben kamen – darunter einige überdurchschnittlich gute Schwimmer –, wurden manchmal erst nach vielen Tagen gefunden, wenn die böse Rache der Tiefe ihre verwesten Leiber genügend gegeißelt hatte. Es war, als hätte das Meer sie in den Abgrund hinabgezogen, als hätte es sie in der Dunkelheit vernichtet, bis es sich versichert hatte, daß sie nicht mehr von Nutzen waren, um sie dann in einem gräßlichen Zustand ans Ufer zu spülen. Niemand schien zu wissen, was die Todesfälle verursacht hatte. Ihre Häufigkeit schreckte die Zaghaften auf, denn die Strömung bei Ellston war nicht stark, und man wußte, daß es auch keine Haie gab. Ich erfuhr nie, ob die Leichen Spuren von Angriffen trugen, aber der Schrecken eines Todes, der durch die Wellen gleitet und von einem reglosen, dunklen Ort zu einsamen Menschen kommt, ist ein Schrecken, den die Menschen kennen und nicht mögen. Sie müssen rasch einen Grund für diesen Tod finden, auch wenn es keine Haie gibt. Da Haie nur eine mögliche Ursache waren, die meines Wissens niemals bestätigt wurde, waren die Schwimmer in der verbleibenden Saison mehr vor tückischen Strömungen als vor irgendwelchen Meeresbewohnern auf der Hut. Tatsächlich war der Herbst nicht mehr fern, und ein paar Leute nahmen das zum Anlaß, das Meer dort zu meiden, wo Menschen zu Tode kamen, und die Geborgenheit der Felder im Landesinneren zu suchen, wo man das Meer nicht einmal hören kann. So ging der August zu Ende, und ich hatte viele Tage am Strand verbracht.

Seit dem vierten Tag des neuen Monats drohte ein Sturm, und als ich mich zu einem Spaziergang im feuchten Wind aufmachte, hing eine formlose Wolkenmasse, farblos und bedrückend, über dem aufgewühlten, bleigrauen Meer. Die Richtung des Windes, der sich auf kein bestimmtes Ziel konzentrierte, sondern rastlos umherwehte, brachte eine Vorahnung kommender Regsamkeit mit sich – eine Andeutung von Leben in den Elementen, das der lange erwartete Sturm sein konnte. Ich hatte mein Mittagessen in Ellston eingenommen, und obwohl der Himmel wie ein riesiger, zuklappender Sargdeckel aussah, ging ich weit den Strand entlang, fort von der Stadt und meinem Haus, das längst nicht mehr zu sehen war. Als das Grau von einem widerlich aasigen Purpur durchsetzt wurde – trotz der düsteren Farbe seltsam leuchtend –, stellte ich fest, daß ich mehrere Meilen von jedem möglichen Unterschlupf entfernt war. Freilich schien das nicht besonders wichtig zu sein, denn trotz des dunklen Himmels mit dem düsteren Glühen böser Vorzeichen war ich in einer eigentümlichen Stimmung, welche einen Körper erfüllte, der plötzlich wachsam und aufgeschlossen für die Umrisse von

Formen und Bedeutungen war, die zuvor nur vage gewesen waren. Eine verschwommene Erinnerung suchte mich heim; Auslöser war, daß die Situation Ähnlichkeit mit einer anderen aufwies, die ich mir als Kind vorgestellt hatte, als ich eine Geschichte vorgelesen bekam. Diese Geschichte – an die ich viele Jahre nicht mehr gedacht hatte – handelte von einer Frau, die vom dunkelbärtigen König eines Unterwasserreichs verschleierter Klippen geliebt wurde, wo Fischwesen lebten; und die ein dunkles, mit einer Mitra, wie sie Priester trugen, bekleidetes Wesen mit den Gesichtszügen eines wettergegerbten Affen dem goldblonden Jungen entführte, der ihr ewige Treue geschworen hatte. Was sich in einer Nische meiner Erinnerung hielt, war das Bild von Klippen unter der Wasseroberfläche vor dem farblosen, dämmerigen Nicht-Himmel dieses Reiches; und das wurde mir recht unerwartet durch dasselbe Muster von Klippen und Himmel, wie ich sie mir damals vorgestellt hatte, wieder ins Gedächtnis gerufen, obwohl ich den Rest der Geschichte fast völlig vergessen hatte. Der Anblick glich außerordentlich dem, was ich mir in einem heute, abgesehen von zufälligen, bruchstückhaften Bildern, völlig vergessenen Jahr vorgestellt hatte. Andeutungen dieser Geschichte könnten hinter bestimmten ärgerlichen, unvollendeten Erinnerungen gelauert haben, und in gewissen Werten, die meinen Sinnen durch bestimmte Szenen angedeutet wurden, deren tatsächlicher Wert erstaunlich gering war. Ab und zu spüren wir, in einer vorübergehenden Wahrnehmung, daß eine federartige Landschaft (zum Beispiel), das Kleid einer Frau nachmittags an der Biegung einer Straße oder ein stattlicher, den Jahrhunderten trotzender Baum vor einem bleichen Morgenhimmel (wobei die Umstände wichtiger als der Gegenstand selbst sind) etwas Wertvolles enthalten, eine goldene Tugend, die wir begreifen müssen. Und doch stellen wir fest, wenn wir eine solche Szenerie später sehen, oder von einer anderen Warte aus, daß sie ihren Wert oder ihre Bedeutung für uns verloren hat. Vielleicht liegt das daran, daß dem, was wir suchen, nicht diese flüchtige Eigenschaft innewohnt, sondern der Verstand lediglich etwas völlig anderes andeutet, das vergessen bleibt. Der verblüffte Verstand, der den Grund für seine blitzartigen Assoziationen nicht vollständig begreift, konzentriert sich auf den Gegenstand, der sie ausgelöst hat, und ist dann überrascht, wenn er nichts Wertvolles darin findet. So war es, als ich die purpurnen Wolken sah. Sie drückten die Würde und das Geheimnisvolle alter Klostertürme in der Dämmerung aus, aber ihre Erscheinung glich auch den Klippen in dem Märchen. Als ich so unerwartet an dieses verlorene Bild erinnert wurde, rechnete ich fast damit, in der fein gekräuselten schmutzigen Gischt und den Wogen, die mittlerweile aussahen, als wären sie aus unreinem schwarzen Glas gegossen, die gräßliche Gestalt des Wesens mit dem Affengesicht zu sehen, mit einer vom Grünspan befallenen Mitra, das aus seinem Königreich in einem vergessenen Abgrund heraufkam, wo diese Wellen der Himmel waren.

Ich sah kein solches Geschöpf aus dem Reich der Phantasie, aber als der kalte Wind toste und den Himmel wie ein rostiges Messer zerteilte, lag in der Düsternis, wo Wasser und Wolken eins wurden, nur ein grauer Gegenstand, wie ein Stück Treibholz, der geheimnisvoll auf der Gischt tanzte. Er war ein gutes Stück draußen, und da er nach kurzer Zeit wieder verschwand, könnte es sich nicht um Holz, sondern um einen Delphin gehandelt haben, der zur unruhigen Oberfläche kam.

Ich stellte fest, daß ich zu lange geblieben war und über den aufziehenden Sturm sowie die Beziehung seiner majestätischen Erscheinung zu den Phantasiegespinsten meiner Kindheit nachgedacht hatte, denn ein eisiger Regen setzte ein und legte eine noch einförmigere Düsternis über die Landschaft, die ohnehin schon zu dunkel für die Tageszeit war. Als ich am grauen Strand entlangeilte, spürte ich kalte Tropfen auf meinen Rücken klatschen, und es dauerte nicht lange, bis meine Kleidung vollkommen durchnäßt war. Anfangs war ich gelaufen, von den farblosen Tropfen in die Flucht geschlagen, deren Muster als lange, verbundene Stränge von dem unsichtbaren Himmel hing; aber als mir klar wurde, daß ich keinen Unterschlupf mehr in trockenem Zustand erreichen konnte, verlangsamte ich meine Schritte wieder und ging nach Hause zurück wie unter einem klaren Himmel. Es bestand kein besonderer Grund zur Eile, freilich war ich auch nicht müßig, wie bei früheren Ausflügen. Die hinderlichen nassen Kleidungsstücke hingen kalt an mir, und aufgrund der zunehmenden Dunkelheit und des Windes, der unablässig vom Meer heraufwehte, konnte ich ein Zittern nicht unterdrücken. Und doch wohnte den purpurnen Wolkenmassen und den stimulierten Reaktionen des Körpers, abgesehen vom Unbehagen des sintflutartigen Regens, ein latentes Hochgefühl inne. In einer Stimmung teils ausgelassener Freude darüber, dem Regen zu trotzen (der mittlerweile an mir herabströmte und meine Schuhe und Taschen füllte), und teils seltsamer Bewunderung für das dunkle, alles beherrschende Firmament, das seine schwarzen Schwingen über dem aufgewühlten, ewigen Meer ausgebreitet hatte, stapfte ich den grauen Korridor des Strands von Ellston entlang. Schneller als ich erwartet hatte, tauchte das kauernde Haus im schrägen, prasselnden Regen auf, und alle Gräser der Düne schwankten im Einklang mit dem tosenden Wind, als wollten sie sich entwurzeln, um sich dem weitreisenden Element anzuschließen. Meer und Himmel hatten sich überhaupt nicht verändert, und das Panorama war dasselbe, das mich bislang begleitet hatte, abgesehen davon, daß nun ein kauerndes Dach darauf gemalt war, das sich unter dem Ansturm des Regens zu ducken schien. Ich eilte die schlüpfrigen Stufen hinauf und betrat das trockene Zimmer, wo ich, unbewußt überrascht, dem Zerren des Windes entkommen zu sein, einen Augenblick stehenblieb, während Wasser von jedem Zentimeter meines Körpers herabtropfte.

An der Voderseite des Hauses befanden sich zwei Fenster, auf beiden Seiten eines, die fast direkt dem Meer zugewandt waren, das ich nun halb verhüllt von den Schleiern des Regens und der hereinbrechenden Nacht sah. Zu diesen Fenstern sah ich hinaus, während ich mir achtlos trockene Sachen anzog, die ich aus den günstig stehenden Kommoden und von einem Sessel zog, der so überladen war, daß man nicht mehr darauf sitzen konnte. Von allen Seiten hielt mich eine unnatürlich übersteigerte Dunkelheit gefangen, die sich im Schutz des tobenden Sturms in einer nicht genau zu bestimmenden Stunde herabgesenkt hatte. Wieviel Zeit ich in den Weiten des nassen, grauen Sands verbracht hatte und wie spät es tatsächlich war, konnte ich nicht sagen, obwohl ich nach kurzer Suche meine Uhr fand – die ich glücklicherweise zurückgelassen hatte, wodurch ihr das Schicksal erspart geblieben war, genau wie meine Kleidung durchnäßt zu werden. An den undeutlich sichtbaren Zeigern, die man etwas besser erkennen konnte als die Ziffern, konnte ich die Uhrzeit grob abschätzen. Nach einem Moment hatten sich meine Augen an das Halbdunkel angepaßt (das im Haus größer war als vor dem beschlagenen Fenster), und ich sah, es war 18:45 Uhr.

Niemand war am Strand gewesen, als ich heimkam, und selbstverständlich rechnete ich nicht damit, zu dieser Nachtzeit noch Schwimmer zu sehen. Doch als ich wieder aus dem Fenster sah, tauchten eindeutig Gestalten auf, die die schmutziggraue Abendlandschaft sprenkelten. Ich sah drei, die sich auf eine unverständliche Art fortbewegten, und dicht beim Haus eine weitere – doch war das möglicherweise gar keine Person, sondern ein von den Wellen aufgerichteter Pfahl, denn inzwischen hatte die Brandung an Heftigkeit zugenommen. Ich war nicht wenig überrascht und fragte mich, aus welchen Gründen sich diese kühnen Wanderer bei so einem Sturm im Freien aufhielten. Dann überlegte ich mir, daß sie möglicherweise, wie ich, unerwartet vom Regen überrascht worden waren und sich den Sturzbächen ergeben hatten. Einen Augenblick später ging ich, von einer gewissen zivilisierten Gastfreundschaft getrieben, die stärker war als mein Wunsch nach Einsamkeit, zur Tür und kurz auf die kleine Veranda hinaus (der Preis dafür war, daß ich noch einmal durchnäßt wurde, denn der Regen prasselte sofort wieder mit ungestümer Heftigkeit auf mich herab), wo ich den Gestalten zuwinkte. Doch sie erwiderten die Geste nicht, aber ich kann nicht sagen, ob sie mich nicht sahen oder nicht verstanden. Sie verharrten undeutlich im Abendschein, als wären sie halb überrascht oder warteten auf weitere Taten meinerseits. Ihr Verhalten hatte etwas von dieser geheimnisvollen Leere an sich, die alles oder nichts bedeuten konnte, wie das Haus selbst, wenn man es im morbiden Sonnenuntergang sah. Plötzlich überkam mich das Gefühl, daß den reglosen Gestalten, die es vorzogen, sich in einer regnerischen Nacht an einem gottverlassenen Strand aufzuhalten, eine Aura des Bösen anhaftete, und ich schlug die Tür von Zorn erfüllt zu, mit dem ich vergeblich versuchte, die tiefergehende Angst zu verbergen, eine verzehrende Furcht, die aus den Schatten meines Unterbewußtseins emporwallte. Als ich einen Augenblick später ans Fenster trat, schien nur noch die unheilschwangere Nacht draußen zu sein. Von vager Verblüffung und noch vagerem Unbehagen erfüllt – wie jemand, der nichts Beunruhigendes gesehen, aber eine Ahnung hat, was er in der dunklen Gasse finden könnte, die er gleich durchqueren muß –, kam ich zu der Überzeugung, daß ich wahrscheinlich gar niemanden gesehen, sondern die trübe Atmosphäre mich zum Narren gehalten hatte.

Die Aura der Einsamkeit des Hauses nahm in dieser Nacht noch zu, obwohl, gerade außerhalb des Sehbereichs, hunderte Häuser mit verwaschenen gelben Lichtern über Straßen aus poliertem Glas, gleich Koboldaugen, die sich in einem öligen Waldtümpel spiegeln, am nördlichen Strandabschnitt in die regnerische Dunkelheit aufragten. Doch da ich sie nicht zu sehen, geschweige denn bei dem Unwetter zu erreichen vermochte – zumal ich kein Auto besaß und nur zu Fuß von dem kauernden Haus durch die von Gestalten heimgesuchte Dunkelheit gehen konnte –, wurde mir plötzlich bewußt, daß ich in jeder Hinsicht allein mit dem schrecklichen Meer war, das sich unsichtbar und unerkannt im Nebel hob und senkte. Und die Stimme des Meeres war zu einem heiseren Krächzen geworden, wie das von etwas Verwundetem, das sich herumwälzt, bevor es aufzustehen versucht.

Ich drängte die übermächtige Dunkelheit mit einer schmutzigen Lampe zurück – denn die Dunkelheit kroch zu den Fenstern herein und saß lauernd, wie ein geduldiges Tier, in den Ecken, von wo sie mich beobachtete – und machte mir etwas zu essen, da ich nicht vorhatte, in die Stadt zu gehen. Die Stunde schien unglaublich fortgeschritten zu sein, obwohl es nicht einmal neun Uhr war, als ich zu Bett ging. Die Dunkelheit war früh und unentrinnbar gekommen, und während meines ganzen restlichen Aufenthalts überschattete sie ungreifbar jede weitere Szene oder Tat, die ich sah. Etwas war aus der Nacht gekommen – etwas für immer Unbestimmtes, das aber einen latenten Sinn in mit weckte, so daß ich wie ein Tier war, das auf das kurze Rascheln eines Feindes wartet.

Der Wind heulte stundenlang, und die Sturzbäche des Wolkenbruchs prasselten endlos gegen die dünnen Wände, die mich vor ihm schützten. Ich döste immer wieder kurz ein, und dann hörte ich das murmelnde Meer und konnte nur ahnen, daß große, formlose Wellen einander im tonlosen Winseln des Windes verfolgten und mit bitterer Salzgischt ans Ufer brandeten. Und doch fand ich in eben der Monotonie der rastlosen Elemente ein lethargisches Element, ein Geräusch, das mich nach einer Weile in einen Schlaf lullte, der so grau und farblos wie die Nacht selbst war. Das Meer setzte seinen irren Monolog fort, und der Wind sein Heulen, doch beides wurde von den Mauern des Unterbewußtseins abgehalten, und eine gewisse Zeit blieb das Nachtmeer aus meinem schlafenden Geist verbannt.

Der Morgen brachte eine kraftlose Sonne – eine Sonne, wie die Menschen sie sehen werden, wenn die Erde alt ist, sofern es dann noch Menschen gibt; eine Sonne, die erschöpfter wirkte als der verhangene, todgeweihte Himmel. Als schwacher Abklatsch seines alten Glanzes bemühte sich Phoebus, die zerrissenen, zweideutigen Wolken zu durchdringen, als ich erwachte, und ließ manchmal goldene Wogen über die nordwestliche Seite meines Hauses huschen, dann wieder verblaßte er zu einem leuchtenden Ball, wie ein unvorstellbares Spielzeug, das auf dem himmlischen Rasen vergessen worden war. Nach einer Weile gelang es dem Regen – der die ganze vergangene Nacht gefallen sein mußte –, die Ballungen purpurner Wolken fortzuspülen, die den Meeresklippen eines uralten Märchens so ähnlich gewesen waren. Der Tag, um Sonnenuntergang wie Sonnenaufgang gleichermaßen betrogen, verschmolz mit dem vorhergehenden Tag, als habe der dazwischenliegende Sturm nicht eine lange Dunkelheit über die Welt gebracht, sondern sei zu einem einzigen langen Nachmittag angeschwollen. Als sie genügend Mut gesammelt hatte, wandte die blasse Sonne ihre ganze Kraft auf, um den alten Nebel zu vertreiben, der Streifen bekommen hatte wie eine schmutzige Fensterscheibe. Der hellblaue Tag kam hervor, während die Putzstreifen zurückwichen, und die Einsamkeit, die mich umgeben hatte, wich lauernd an einen Ort des Rückzugs aus, wo sie sich nicht weiter entfernte, sondern wartend niederkauerte.

Die Sonne besaß wieder ihren altbekannten Glanz, und das alte Glitzern huschte über die Wellen, deren verspielte blaue Gestalten schon an diese Küste gespült worden waren, ehe es Menschen gab, und die auch dann noch unbeobachtet ihr Spiel treiben würden, wenn die Menschen längst in der Gruft der Zeit vergessen waren. Von diesen kümmerlichen Rückversicherungen ließ ich mich beeinflussen, wie jemand, der dem freundschaftlichen Lächeln im Gesicht eines Feindes glaubt, als ich die Tür aufmachte; und als sie nach außen schwang, ein schwarzer Fleck in der heranstürmenden Lichterflut, sah ich einen Strand, der von allen Spuren freigewaschen worden war, als hätte vor mir keines Menschen Fuß den glatten Sand gestört. Mit dem raschen Hochgefühl, das einer Zeitspanne unbehaglicher Depressionen folgt, spürte ich – auf eine rein fügsame Weise, ohne eigenes Zutun –, daß meine Erinnerung von allem Mißtrauen und allem Argwohn und aller krankhaften Angst eines Lebens reingewaschen worden war, so wie der Schmutz am Ufer von einer besonders hohen Flut erfaßt und fortgespült wird. Der Geruch von feuchtem Brackwasser, den stockfleckigen Seiten eines alten Buchs nicht unähnlich, vermischte sich mit dem süßen Aroma heißen Sonnenlichts auf im Landesinneren gelegenen Wiesen, und diese Mischung wurde mir eingeflößt wie ein berauschendes Getränk und floß kribbelnd durch meine Adern, als wolle sie mir etwas von ihrer eigenen unfaßbaren Natur vermitteln und mich benommen in der willkürlichen Brise treiben lassen. Die Sonne schien weiter auf mich herab, als stünde sie mit alledem im Bunde, so wie gestern der Regen auf mich heruntergeprasselt war, ein unablässiges Bombardement greller Pfeile, als wolle auch sie die mutmaßliche Präsenz im Hintergrund verbergen, die sich dicht außerhalb meines Gesichtsfelds bewegte und sich nur durch ein achtloses Rascheln am Rande meines Unterbewußtseins verriet, oder durch einen Blick auf kahle Gestalten, die aus der Leere des Meeres heraufschauten. Diese Sonne, ein einsamer Glutball im Strudel der Unendlichkeit, glich einem Schwarm goldener Falter vor meinem erhobenen Gesicht. Sie, ein brodelnder weißer Gral aus Feuer, enthielt mir für jedes einzelne Trugbild, das sie mir gewährte, tausend andere vor, die sie mir versprochen hatte. Denn die Sonne schien wirklich und wahrhaftig auf sichere und phantastische Gefilde hinzudeuten, wo ich in diesem seltsamen Hochgefühl hätte umherschlendern können, wenn ich nur den Weg dorthin gekannt hätte. So etwas entspringt stets unserer eigenen Natur, denn das Leben hat nie auch nur einen Augenblick lang seine Geheimnisse preisgegeben, und lediglich in unserer Interpretation der angedeuteten Bilder können wir, einer bewußt erzeugten Stimmung gemäß, Ekstase oder Langeweile finden. Und doch müssen wir immer wieder auf seine Täuschungen hereinfallen und einen Augenblick glauben, daß wir diesmal die uns vorenthaltene Freude finden werden. Auf diese Weise erzählte mir der frische, süße Wind an einem Morgen, der heimgesuchter Dunkelheit folgte (deren böse Andeutungen mir ein größeres Unbehagen beschert hatten als jede körperliche Bedrohung) flüsternd von uralten Geheimnissen, die nur halb zur Erde gehörten, und von Freuden, die umso verlockender waren, da ich spürte, daß ich nur einen Bruchteil davon erleben durfte. Die Sonne, der Wind und der Geruch, den er mit sich brachte, erzählten mir von den Festen von Göttern, deren Sinne millionenfach feiner, und deren Lustbarkeiten millionenfach empfindsamer und länger als die der Menschen sind. Das alles, deuteten sie an, könnte mir gehören, wenn ich mich völlig ihrer hellen, täuschenden Macht ergab; und die Sonne, ein kauernder Gott mit nacktem, himmlischem Fleisch, ein unbekannter, zu starker Brennofen, den kein Auge ansehen konnte, schien im Glanz meiner neu geschärften Empfindungen fast etwas Heiliges zu sein. Das ätherische, donnernde Licht, das sie abstrahlte, war etwas, das alle Lebewesen ehrfürchtig anbeten mußten. Der in den grünen Klüften seines Dschungels umherstreifende Panther muß kurz innegehalten haben, um ihr vom Laub gesprenkeltes Licht zu bewundern, und alles Leben, dem sie Nahrung spendete, muß an so einem Tag ihre lichte Botschaft verehren. Denn wenn sie in den fernen Gefilden der Ewigkeit verschwunden ist, wird die Erde verloren und schwarz in der unermeßlichen Leere sein. Dieser Morgen, als ich am Feuer des Lebens teilhatte, dessen kurzer Augenblick der Freude vor den gefräßigen Jahren sicher in meinem Gedächtnis gespeichert ist, wimmelte von lockenden und seltsamen Wesenheiten, deren unfaßbare Namen niemals geschrieben werden können.

Als ich den Weg zum Ort einschlug und mich fragte, wie er nach dem längst überfälligen Schrubben durch den sintflutartigen Regen aussehen mochte, sah ich im Glitzern sonnenbeschienener Feuchtigkeit, die sich darüber ergoß wie goldener Wein, etwa zwanzig Schritte von mir entfernt einen kleinen Gegenstand, wie eine Hand, über den immer wieder die Gischt hinwegrollte. Schock und Ekel, als ich sah, daß es sich tatsächlich um ein Stück verwesenden Fleischs handelte, verdrängten meine Hochstimmung und erweckten den betroffenen Verdacht, es könnte sich wirklich um eine Hand handeln. Ein Fisch, auch kein Teil davon, konnte mit Sicherheit nicht so aussehen, und ich bildete mir ein, verweste, von Fäulnis unkenntlich gemachte Finger zu erkennen. Ich drehte das Ding mit dem Fuß herum, da ich einen so verfaulten Gegenstand nicht berühren wollte, und es blieb am Leder meines Schuhs kleben, als wolle es sich mit dem Klammergriff der Fäulnis daran festhalten. Obwohl das Ding seine Form fast verloren hatte, wies es noch zuviel Ähnlichkeit mit dem auf, was ich darin vermutete, daher stieß ich es in den willigen Griff einer hochspülenden Woge, die es mit einer Bereitschaft nahm, wie man sie an diesen ruhigen Gestaden des Meeres selten findet.

Vielleicht hätte ich meinen Fund melden sollen, aber sein Zustand war so vieldeutig, daß mir ein Eingreifen nicht geboten erschien. Da das Ding teilweise von einer im Wasser lebenden Monstrosität aufgefressen worden war, hielt ich es nicht für den ausreichenden Beweis einer unbekannten, aber durchaus möglichen Tragödie. Natürlich kamen mir die zahlreichen Fälle von Ertrinken in den Sinn – ebenso andere Möglichkeiten, denen es an Stichhaltigkeit fehlte, von denen einige nur vage Vermutungen blieben. Was auch immer das vom Sturm zutage geförderte Ding gewesen sein könnte, ob ein Fisch oder ein Stück eines dem Menschen verwandten Tiers, ich habe bis jetzt noch nie darüber gesprochen. Schließlich gibt es keinen Beweis dafür, daß es seine Gestalt nicht ausschließlich durch Verwesung angenommen hatte.

Ich näherte mich der Stadt mit einem Gefühl des Ekels, weil so ein Gegenstand die Schönheit des sauberen Strands besudeln konnte, und doch sprach er gräßlich typisch von der Gleichgültigkeit des Todes in einer Natur, die Fäulnis mit Schönheit paart und ersteres möglicherweise mehr liebt. In Ellston hörte ich von keinem neuen Fall von Ertrinken oder einem Unglück im Meer, und auch in der Lokalzeitung – die einzige, die ich während meines Aufenthalts las – fand ich nichts darüber.

Es ist schwer, meine Gemütsverfassung der darauffolgenden Tage zu beschreiben. Ich war stets anfällig für morbide Gefühle, deren dunkler Zorn von etwas außerhalb meiner selbst ausgelöst werden oder den Abgründen meines eigenen Geistes entspringen konnte. Ich wurde von einem Gefühl geplagt, das weder Angst noch Verzweiflung, noch etwas damit Verwandtes war, sondern mehr die Wahrnehmung der kurzen Tücke und des unterschwelligen Schmutzes des Lebens – ein Gefühl, das teils die Reflexion meiner inneren Natur und teils die Folge schwermütiger Gedanken über den angenagten, verwesten Gegenstand war, bei dem es sich um eine Hand gehandelt haben könnte. In diesen Tagen war mein Verstand ein Reich schattenhafter Klippen und dunkler, rastloser Gestalten, gleich dem alten, unvermuteten Märchenreich, das mir ins Gedächtnis gerufen worden war. Ich spürte in kurzen Qualschüben der Desillusionierung die gigantische Schwärze des übermächtigen Universums, wo meine Lebensspanne, und die meiner Rasse, den zerschmetterten Gestirnen nichts bedeuteten; ein Universum, wo jede Tat vergebens und selbst das Gefühl der Trauer verschwendet ist. Die Stunden, die ich in einem Zustand von wiedergewonnener Gesundheit, Zufriedenheit und körperlichem Wohlbefinden verbracht hatte, waren nun (als wären die Tage der vergangenen Wochen ein Abschnitt, der unwiderruflich zu Ende gegangen war) wieder der Gleichgültigkeit eines Mannes gewichen, dem nichts mehr am Leben liegt. Ich war von kläglicher, lähmender Furcht vor einem unentrinnbaren Verderben umfangen, das, wie ich spürte, der vollendete Haß der mitleidlosen Sterne und der gewaltigen schwarzen Wellen sein würde, die versuchten, sich meine Gebeine einzuverleiben – die Rache der gleichgültigen, furchteinflößenden Majestät des Nachtmeers.

Etwas von der Dunkelheit und Rastlosigkeit des Meeres war in mein Herz eingedrungen, so daß ich in einer hirnlosen, gleichgültigen Folterqual existierte, einer Qual, die durch ihren subtilen Ursprung und die seltsamen, unmotivierten Eigenschaften ihrer vampirhaften Existenz nicht weniger akut war. Vor meinen Augen lag die Phantasmagorie der purpurnen Wolken, des silbernen Tands, der wiederkehrenden abgestandenen Gischt, der Einsamkeit des Hauses mit seinen blinden Augen und des Spottbilds der Spielzeugstadt. Ich ging nicht mehr ins Dorf, denn es schien nur eine Travestie des Lebens zu sein. Es stand, wie meine eigene Seele, über einem dunklen, allumfassenden Meer – einem Meer, das mir gegenüber durch und durch haßerfüllt geworden war. Und über all diesen schwärenden Bildern des Verfalls schwebte das eines Gegenstands, dessen menschliche Umrisse immer weniger Zweifel daran ließen, was er einst gewesen war.

Diese geschriebenen Worte können nie und nimmer die bösartige Einsamkeit beschreiben (die ich nicht einmal gelindert wissen wollte, so tief hatte sie sich in mein Herz eingebettet), die sich in mir eingenistet hatte und von schrecklichen und unbekannten Dingen murmelte, die ständig näher heranschlichen. Es war kein Wahnsinn: eher eine zu klare und ungeschminkte Wahrnehmung der Dunkelheit jenseits unserer zerbrechlichen Existenz, die von einer vergänglichen, nicht beständigeren Sonne, als wir selbst es waren, erhellt wurde; eine Erkenntnis der Sinnlosigkeit, wie sie nur wenige erfahren und dennoch wieder am Leben um sie herum teilhaben können; eine Gewißheit, daß ich, wie ich es auch drehen und wenden, und wie sehr ich mit der ganzen verbleibenden Kraft meines Verstands dagegen ankämpfen mochte, weder einen Zoll Boden von dem feindlichen Universum gewonnen hatte, noch für einen Augenblick das Leben halten konnte, das mir gegeben worden war. Ich fürchtete den Tod so sehr wie das Leben, trug die Bürde eines namenlosen Grauens und war doch nicht bereit, die Landschaft zu verlassen, die beides hervorrief; und so wartete ich ab, welcher verzehrende Schrecken sich in der unermeßlichen Region hinter den Mauern des Bewußtseins regen würde.

So fand mich der Herbst, und was ich vom Meer gewonnen hatte, hatte ich wieder an das Meer verloren. Herbst am Strand – eine trostlose Zeit, weder von buntem Laub noch anderen sichtbaren Anzeichen begleitet. Ein furchteinflößendes Meer, das sich nicht verändert, auch wenn sich die Menschen verändern. Nur das Wasser, in das ich mich nicht mehr hineinwagte, war kälter geworden – und der Himmel, der einem Leichentuch glich, war noch eine Spur dunkler, als würden unendliche Schneemassen nur darauf warten, auf die grausigen Wellen herabzufallen. Wenn dieser Schneefall einsetzte, würde er nie mehr aufhören, sondern unter der weißen und der gelben und der roten Sonne andauern, und unter dem endgültigen kleinen Rubin, der lediglich der vergeblichen Nacht weichen wird. Die einst freundlich gesonnenen Wasser murmelten mir geheimnisvoll zu und beobachteten mich mit seltsamer Aufmerksamkeit; doch konnte ich unmöglich sagen, ob die Dunkelheit der Landschaft eine Spiegelung meiner eigenen düsteren Gedanken war, oder ob meine düstere Stimmung von dem verursacht wurde, was draußen lag. Über den Strand und mich gleichermaßen war ein Schatten gefallen, wie der eines Vogels, der lautlos in großer Höhe fliegt – eines Vogels, von dessen suchendem Blick wir nichts ahnen, bis sein Ebenbild am Boden das am Himmel einholt und wir plötzlich aufschauen und feststellen, daß etwas über uns kreist, das wir bis dahin nicht gesehen hatten.

Es war Ende September, und die Stadt hatte die Treffpunkte geschlossen, wo irre Frivolität die leeren, angstgeplagten Leben beherrscht hatte und bemalte Marionetten ihre sommerlichen Possen trieben. Die Marionetten waren beiseite gelegt worden, mit dem aufgemalten Lächeln und Stirnrunzeln beschmiert, das sie zuletzt getragen hatten, und keine hundert Menschen hielten sich mehr in dem Ort auf. Wieder durften die aufgeputzten, stuckverzierten Gebäude am Ufer entlang ungestört im Wind verfallen. Als der Monat auf den Tag vorrückte, von dem ich spreche, wuchs in mir das Licht einer grauen, infernalischen Dämmerung, in der, wie ich spürte, eine dunkle Zauberei vollendet werden würde. Da ich diese Zauberei nicht so sehr fürchtete wie meinen anhaltenden schrecklichen Verdacht – weniger als die allzu flüchtigen Hinweise auf etwas Monströses, das hinter der gewaltigen Bühne lauerte –, wartete ich mehr gespannt als ängstlich auf den Tag des Schreckens, der unerbittlich näherzurücken schien. Der Tag, ich wiederhole, kam Ende September, aber ich bin nicht mehr sicher, ob es der zweiundzwanzigste oder dreiundzwanzigste war. Solche Einzelheiten sind vor den Erinnerungen an die unvollendeten Vorkommnisse verschwunden – Episoden, mit denen aufgrund der verfluchten Andeutungen (und mehr als Andeutungen sind es nicht), die sie mit sich bringen, keine ordentliche Existenz geplagt werden sollte. Ich erkannte den Zeitpunkt an einem intuitiven Schmerz des Geistes – einer tiefgreifenden Erkenntnis, die ich nicht erklären kann. Den ganzen Tag lang wartete ich auf die Nacht; möglicherweise voller Ungeduld, so daß das Sonnenlicht verging wie eine kaum wahrgenommene Spiegelung im plätschernden Wasser – ein Tag, an dessen Ereignisse ich mich nicht erinnern kann.

Es war lange her, seit der verhängnisvolle Sturm einen Schatten über den Strand geworfen hatte, und ich hatte mich, nach einem von nichts Greifbarem ausgelösten Zaudern, endlich entschlossen, Ellston zu verlassen, da die Jahreszeit zusehends kälter wurde und sich mein anfängliches Wohlbefinden nicht mehr einstellen wollte. Als ein Telegramm für mich ankam (das zwei Tage im Büro von Western Union lag, bis man mich ausfindig gemacht hatte, so unbekannt war mein Name), in dem mir mitgeteilt wurde, daß mein Gemäldeentwurf akzeptiert worden war – er hatte den Wettbewerb mit deutlichem Vorsprung vor allen anderen gewonnen –, setzte ich den Zeitpunkt meiner Abreise fest. Die Nachricht, die mich zu einem früheren Zeitpunkt des Jahres viel mehr aufgewühlt hätte, nahm ich mit einer seltsamen Apathie zur Kenntnis. Sie schien in keinem Zusammenhang mit der Unwirklichkeit um mich herum zu stehen und so wenig mit mir zu tun zu haben, als seisie an eine ganz andere, mir unbekannte Person gerichtet, deren Nachricht mir nur aus Versehen zugestellt worden war. Dennoch veranlaßte sie mich, meine Pläne abzuschließen und die Hütte am Ufer zu verlassen.

Mir blieben nur noch vier Nächte meines Aufenthalts, als das letzte der Ereignisse stattfand, deren Bedeutung mehr in den dunklen und bedrohlichen Impressionen besteht, die damit zusammenhängen, als in etwas wirklich Bedrohlichem. Die Nacht hatte sich über Ellston und die Küste gesenkt, und ein Stapel schmutzigen Geschirrs legte Zeugnis sowohl von meiner letzten Mahlzeit, wie auch von meiner Trägheit ab. Die Dunkelheit kam, als ich mit einer Zigarette am Fenster zum Meer saß, und sie glich einer Flüssigkeit, die allmählich den Himmel überflutete und einen schwimmenden Mond mit sich spülte, der auf monströse Weise aufgebläht schien. Das flache Meer, das an den glimmernden Strand brandete, die Abwesenheit eines Baums oder einer Gestalt oder eines anderen Anzeichens von Leben, und der Anblick des hochstehenden Mondes verdeutlichten mir unvermittelt die Weite meiner Umgebung. Nur wenige Sterne waren zu sehen, als wollten sie durch ihre Winzigkeit die Majestät des lunaren Gestirns und der unablässig wogenden Gezeiten noch deutlicher machen.

Ich war drinnen geblieben, da ich mich irgendwie davor fürchtete, in einer Nacht mit solchen formlosen Vorzeichen vor das Meer hinauszutreten, aber ich hörte, wie es murmelnd von den Geheimnissen einer unvorstellbaren Erzählung berichtete. Der Wind trug mir aus dem Nichts den Atem eines seltsamen, pochenden Lebens zu – die Verkörperung all dessen, was ich empfunden und vermutet hatte –, das sich in den Klüften des Himmels oder unter den stummen Wellen regte. An welchem Ort dieses geheimnisvolle Wesen aus einem uralten, gräßlichen Schlaf erwachte, konnte ich nicht sagen, aber ich kauerte am Fenster wie jemand, der bei einer schlafenden Gestalt steht und weiß, daß sie jeden Moment erwachen wird, hielt eine fast niedergebrannte Zigarette und sah zu dem aufgehenden Mond.

Allmählich stahl sich ein durch das Glimmern von oben noch verstärktes Leuchten in die reglose Landschaft, und ich schien immer mehr unter einem Zwang zu stehen, zu beobachten, was folgen würde. Die Schatten wichen vom Ufer zurück, und ich spürte, daß alles mit ihnen ging, was ein Hafen für meine Gedanken hätte sein können, wenn das angedeutete Ding kommen sollte. Wo Schatten zurückblieben, waren sie ebenholzfarben und leer; reglose schwarze Klumpen unter den grausamen, gleißenden Lichtstrahlen. Das endlose Panorama des Mondes – der heute leblos war, wie auch immer er in der Vergangenheit ausgesehen haben mochte, und so kalt wie die nichtmenschlichen Gräber, die er zwischen den Ruinen zu Staub zerfallener Jahrhunderte birgt, die älter als die Menschen sind – sogar noch älter als das Meer –, wo sich möglicherweise ein unbekanntes Leben regt, eine verbotene Vernunft – forderte mich mit seiner schrecklichen Lebhaftigkeit heraus. Ich stand auf und schloß das Fenster teils wegen eines inneren Dranges, aber vorwiegend, glaube ich, als Ausrede, um den Strom meiner Gedanken vorübergehend umzuleiten. Kein Laut drang zu mir, als ich an der geschlossenen Scheibe stand. Minuten und Ewigkeiten wurden sich gleich. Ich wartete, wie mein eigenes ängstliches Herz und die reglose Landschaft draußen, auf das Zeichen eines unbeschreiblichen Lebens.

Ich hatte die Lampe auf eine Kiste in der Westecke des Hauses gestellt, aber der Mond schien heller, und seine bläulichen Strahlen drangen in Winkel vor, die das Licht der Lampe nicht erreichte. Der uralte Schein des runden, stummen Gestirns fiel wie seit Äonen auf den Strand, und ich wartete von unruhigen Qualen erfüllt, die umso schlimmer waren, als die Erfüllung auf sich warten ließ und ich nicht sicher war, was für ein seltsames Ereignis mir bevorstand.

Vor der kauernden Hütte deutete eine weiße Beleuchtung vage geisterhafte Gestalten an, deren unwirkliche, halluzinatorische Bewegungen meiner Blindheit zu spotten schienen, wie unhörbare Stimmen mein angestrengtes Horchen verhöhnten. Zahllose Augenblicke blieb ich still, als wäre das Läuten der großen Glocke der Zeit verstummt und im Nichts verklungen. Und doch sah ich nichts, was ich hätte fürchten müssen; die Schatten, die der Mond warf, hatten keine unnatürlichen Formen und verbargen nichts vor meinen Blicken. Die Nacht war stumm – das wußte ich trotz des geschlossenen Fensters –, und alle Sterne standen starr und klagend an einem Himmel dunkler Pracht. Keine Bewegung von mir damals, und kein Wort heute, hätte meine Not begreiflich machen oder von dem angstgepeinigten Gehirn berichten können, das in Fleisch gefangen war, welches die Stille trotz der Qualen, die sie verursachte, nicht zu brechen wagte. Ich stand mit einer vergessenen Zigarette in der Hand geduckt da, als würde ich auf den Tod warten und nichts könnte die Gefahr für meine Seele bannen. Eine stumme Welt glänzte vor den billigen, schmutzigen Scheiben, und in einer Ecke hatte ein Ruderpaar, das man vor meiner Ankunft dort abgestellt hatte, teil an der Nachtwache meiner Seele. Die Lampe brannte endlos und spendete ein kränkliches, der Farbe eines Leichnams ähnliches Licht. Ich sah hin und wieder, einzig der verzweifelten Ablenkung wegen, zu ihr hin, und dabei stellte ich fest, daß unzählige Bläschen in ihrem petroleumgefüllten Unterteil aufstiegen und verschwanden. Seltsamerweise gab der Docht keine Wärme ab. Und plötzlich wurde mir bewußt, daß die Nacht als Ganzes weder warm noch kalt war, sondern seltsam neutral – als wären alle physikalischen Kräfte aufgehoben und die Gesetze einer ruhigen Existenz außer Kraft gesetzt.

Dann tauchte, von einem unhörbaren Plätschern begleitet, das vom silbernen Wasser winzige Wellen ans Ufer sandte, die ihre Entsprechung im furchtsamen Pochen meines Herzens fanden, ein schwimmendes Ding jenseits der Brecher auf. Die Gestalt hätte ein Hund, ein Mensch oder etwas Seltsameres sein können. Sie konnte nicht wissen, daß ich sie beobachtete – vielleicht wäre es ihr auch gleichgültig gewesen –, schwamm wie ein grotesk verzerrter Fisch durch die Spiegelungen der Sterne und tauchte wieder unter die Oberfläche. Nach einem Augenblick kam das Ding wieder hoch, und da es näher war, konnte ich nun sehen, daß es etwas über der Schulter trug. Da wußte ich, es konnte kein Tier sein, und auch kein Mensch oder etwas Menschenähnliches, das aus dem dunklen Meer an Land kam. Aber es schwamm mit schrecklicher Behendigkeit.

Während ich erschrocken und passiv mit dem starren Blick von jemandem zusah, der den Tod durch die Hand eines anderen erwartet und weiß, daß er ihm nicht entrinnen kann, kam der Schwimmer an Land – aber so weit südlich, daß ich seinen Umriß oder seine Züge nicht erkennen konnte. Seltsam schlurfend kam das Wesen hervor und verschwand zwischen den weiter landeinwärts gelegenen Dünen, während sich im Mondschein funkelnde Gischt in seinen Fußstapfen sammelte.

Plötzlich überkam mich wieder die Angst, die in den vergangenen Augenblicken verschwunden gewesen war. Ich verspürte am ganzen Körper kribbelnde Kälte, obwohl es in dem Zimmer, dessen Fenster ich nicht mehr zu öffnen wagte, stickig war. Ich dachte, es würde schreckliche Folgen haben, sollte etwas durch ein Fenster hereinkommen, das nicht geschlossen war.

Nun, da ich die Gestalt nicht mehr sehen konnte, spürte ich, daß sie irgendwo in der Nähe in den Schatten lauerte oder mich hinterhältig von dem Fenster beobachtete, durch das ich gerade nicht schaute. Ich blickte hastig von einer Scheibe zur anderen und befürchtete, ich könnte tatsächlich ein lauerndes Gesicht erblicken, war aber außerstande, von der furchteinflößenden Suche abzulassen. Aber obwohl ich meine Beobachtung stundenlang fortsetzte, war nichts mehr am Strand zu sehen.

So verstrich die Nacht, und mit ihr klang das Unheimliche ab – das Unheimliche, das wie ein übles Gebräu in einem Kessel innerhalb eines atemlosen Augenblicks bis unter den Rand hochgekocht hatte, dort unsicher verharrte und dann wieder zurückgesunken war, um jedwede Botschaft, die es bei sich gehabt hatte, wieder mitzunehmen. Wie die Sterne, welche die Offenbarung schrecklicher und ruhmreicher Erinnerungen versprechen, uns durch diese Täuschung dazu bringen, sie anzubeten und dann nichts preisgeben, war ich gefährlich nahe daran gewesen, ein altes Geheimnis zu lüften, das den Ahnungen der Menschen nahesteht und vorsichtig gerade jenseits der bekannten Welt lauert. Und doch hatte ich am Ende nichts. Mir wurde lediglich ein kurzer Blick auf das unfaßbare Ding gestattet; ein Blick, den die Schleier der Unwissenheit trübten. Ich kann mir nicht einmal vorstellen, was hervorgekommen wäre, wenn das Gebräu über den Rand des Kessels geschäumt und als rascher Sturzbach der Erkenntnis daran heruntergelaufen wäre. Das Nachtmeer behielt für sich, was es ernährt hatte. Mehr werde ich nicht erfahren.

Bis heute weiß ich nicht, warum das Meer eine so starke Faszination auf mich ausübt. Aber vielleicht kann keiner von uns so etwas erklären – es existiert jeder Erklärung zum Trotz. Es gibt Menschen – weise Menschen –, die das Meer und seine ans gelbe Ufer rollende Brandung nicht leiden mögen; und sie finden uns andere, die das Geheimnis der uralten und unendlichen Tiefe lieben, seltsam. Doch für mich haben alle Stimmungen des Meeres eine packende und unergründliche Pracht. Sie liegt im melancholischen, silbernen Schaum unter dem wächsernen Leichnam des Mondes; sie schwebt über den stummen und ewigen Wellen, die an öde Küsten branden; sie ist da, wenn alles leblos ist, abgesehen von unbekannten Gestalten, die durch unergründliche Tiefen gleiten. Und wenn ich die ehrfurchtgebietenden Wogen erblicke, die mit ungebrochener Kraft rollen, dann überkommt mich eine an Furcht grenzende Ekstase, so daß ich mich vor dieser Ungeheuerlichkeit verneigen muß, damit ich die geronnenen Wasser und ihre überwältigende Schönheit nicht hasse.

Unermeßlich und einsam ist das Meer, und da alles Leben aus ihm kommt, soll es auch dorthin zurückkehren. In den verhangenen Tiefen der Zeit soll niemand über die Erde herrschen, noch soll es eine Bewegung geben, abgesehen von den ewigen Wassern. Und diese sollen mit donnernder Gischt an dunkle Küsten tosen, auch wenn es auf der sterbenden Welt niemanden mehr gibt, der sieht, wie das kalte Licht des kargen Mondes auf den kräuselnden Wellen und dem körnigen Sand spielt. Am Rand der Tiefe soll nur regloser Schaum ruhen und sich um die Schalen und Gebeine ausgestorbener Lebewesen sammeln, die im Wasser hausten. Stumme, gallertige Schemen werden leblos an einsame Ufern treiben. Dann soll alles dunkel sein, denn am Ende wird selbst der weiße Mond auf den fernen Wellen erlöschen. Nichts soll übrig bleiben, weder über noch unter dem majestätischen Wasser. Und bis zu diesem letzten Jahrtausend, wenn alles andere längst verschwunden ist, wird das Meer donnernd in der düsteren Nacht rollen.

Robert E. Howard

Conan, der Barbar aus Cimmerien, der Degenfechter Solomon Kane, König Kull von Atlantis, Bran Mak Morn, die Rote Sonya, El Borak – alle diese Helden der Fantasy-Literatur, und eine ganze Reihe mehr, wurden von dem Texaner Robert E. Howard (1906 – 1936) ersonnen.

›In the Forest of Villefère‹, eine frühe Erzählung Howards (August 1925, *Weird Tales*), ist eine wenig bekannte Horrorgeschichte – daher habe ich sie hier aufgenommen. Als Howard sie schrieb, hatte er noch keinen Briefwechsel mit Lovecraft, der begann erst 1930. Lovecraft, der steife Gentleman, fand Gefallen am rauhen Robert Ervin Howard und dessen wilden Stories und nannte ihn scherzhaft ›Two-Gun-Bob‹.

Im Wald von Villefère

Die Sonne war untergegangen. Große Schatten breiteten sich allmählich über den Wald aus. Im eigenartigen Zwielicht des Spätsommertages sah ich den Weg vor mir, wie er sich an den gewaltigen Stämmen der Bäume vorbeischlängelte und verschwand. Ich schauderte und blickte ängstlich über die Schulter. Meilen hinter mir lag die letzte Ortschaft – und meilenweit vor mir die nächste.

Immer wieder schielte ich nach links und rechts, während ich langsam weiterging. Und immer wieder verharrte ich für einen Moment und spähte hinter mich, packte den Degengriff fester ... Da vernahm ich das Knacken eines Zweiges, verursacht von einem Tier. Oder war es kein Tier?

Aber der Weg führte voran, und ich folgte ihm, denn ehrlich gesagt: Was sollte ich sonst tun? ›Wenn ich nicht aufpasse‹, dachte ich beim Weitergehen, ›fürchte ich mich noch vor meinen eigenen Gedanken. Was kann sich außer den Tieren des Waldes hier schon herumtreiben? Ach, die dummen Legenden der Dorfbewohner!‹

Und so schritt ich weiter, und das Zwielicht dunkelte mehr und mehr. Sterne fanden sich ein, und in der sanften Brise flüsterte das Laub in den Baumkronen. Plötzlich blieb ich stehen, den Degen sofort in der Hand. Vor mir, hinter der Biegung des Pfades, hörte ich jemanden singen. Die Worte verstand ich nicht, aber sie hatten einen fremdartigen, nahezu barbarischen Akzent.

Ich huschte hinter einen dicken Baumstamm, kalten Schweiß auf der Stirn. Da kam der Sänger in Sicht; ein hochgewachsener, schlanker Mann, der sich vage im Zwielicht abzeichnete. Ich zuckte die Schultern. Einen *Mann* fürchtete ich nicht.

Ich sprang mit erhobener Degenspitze hinter dem Baum hervor. »Halt!«

Er zeigte keine Überraschung. »Freund, ich bitte Euch, seid mit dem Degen achtsam«, sagte er.

Etwas verlegen senkte ich meine Waffe. »Ich bin zum ersten Mal in diesem Wald«, erklärte ich entschuldigend. »Man hat mir von Räubern erzählt. Ich bitte um Verzeihung. Wo liegt die Straße nach Villefère?«

»*Corbleu,* Ihr habt sie übersehen«, antwortete er. »Ihr hättet Euch bereits etwas weiter hinten rechts halten müssen. Ich selbst bin auf dem Weg dorthin. Wenn Euch meine Gesellschaft genehm ist, so führe ich Euch.«

Ich zögerte. Aber warum sollte ich zögern?

»Wieso nicht, natürlich. Mein Name ist de Montour. Ich stamme aus der Normandie.«

»Und ich bin Carolus le Loup.«

»Nein!« Ich fuhr zurück.

Er sah mich erstaunt an.

»Pardon«, sagte ich. »der Name ist sehr seltsam. Bedeutet *loup* nicht Wolf?«

»Meine Vorfahren waren schon immer große Jäger«, antwortete er. Seine Hand bot er mir nicht.

»Bitte entschuldigt, daß ich Euch anstarre«, sagte ich, als wir den Weg zurückgingen, den ich gekommen war, »aber in der Dämmerung vermag ich kaum Euer Gesicht zu erkennen.«

Ich spürte, daß er lachte, obwohl er kein Geräusch von sich gab.

»Da gibt es nicht viel zu sehen«, antwortete er.

Ich trat näher an ihn heran und fuhr dann zurück – meine Nackenhaare sträubten sich.

»Eine Maske!« rief ich. »Warum tragt Ihr eine Maske, *Monsieur?*«

»Ein Gelübde«, erklärte er. »Als ich vor einer Schar Hunde floh, schwor ich, falls ich ihnen entkommen sollte, für eine bestimmte Zeit eine Maske zu tragen.«

»Hunde, *Monsieur?*«

»Wölfe«, antwortete er hastig. »Ich sagte Wölfe.«

Wir gingen eine Weile schweigend weiter, bis mein Begleiter sagte: »Ich bin überrascht, daß Ihr den Wald während der Nacht durchquert. Selbst bei Tag kommen nur wenige Leute hierher.«

»Ich bin in Eile, um schleunigst die Grenze zu erreichen«, antwortete ich. »Man hat mit den Engländern einen Vertrag geschlossen, und der Herzog von Burgund muß davon wissen. Die Menschen im Dorf wollten mich davon abhalten. Sie sagten etwas von einem – Wolf, der sich angeblich hier herumtreibt.«

»Hier zweigt der Pfad nach Villefère ab«, sagte er, und ich sah einen schmalen, gewundenen Pfad, den ich nicht bemerkt hatte, als ich zum ersten Mal hier vorbeiging. Er führte in die Finsternis zwischen den Bäumen. Ein Schauer lief mir über den Rücken.

»Möchtet Ihr ins Dorf zurückkehren?«

»Nein!« rief ich aus. »Nein, nein. Geht voran.«

Der Weg war so schmal, daß wir hintereinander gehen mußten. Ich folgte ihm und betrachtete ihn genauer. Er war größer, viel größer als ich, schlank und drahtig. Seine Kleider wirkten spanisch. An seiner Seite hing ein langer Degen. Mit großen Schritten ging er leicht dahin, lautlos.

Dann begann er über das Reisen und von Abenteuern zu reden. Er sprach von allerhand Ländern und Meeren, die er gesehen hatte, und von vielen seltsamen Dingen. So unterhielten wir uns und drangen immer tiefer in den Wald ein.

Ich vermutete, daß er Franzose war, doch sprach er mit einem eigenartigen Akzent, der weder nach französisch, spanisch, englisch oder sonst nach einer Sprache klang, die ich jemals gehört hatte. Einige Wörter verzerrte er auf eigenartige Weise, andere konnte er überhaupt nicht richtig aussprechen.

»Dieser Weg wird nicht oft benutzt, oder?« fragte ich.

»Nicht von vielen«, antwortete er und kicherte lautlos. Mich schauderte. Es war sehr dunkel, und im Geäst flüsterten die Blätter.

»Ein Dämon treibt in diesem Wald sein Unwesen«, sagte ich.

»Das behaupten die Bauern«, gab er zurück, »aber ich bin oft schon durch den Wald gewandert und nie sah ich sein Gesicht.«

Dann begann er von seltsamen Kreaturen der Dunkelheit zu sprechen. Der Mond stieg am Himmel hoch, und Schatten bewegten sich zwischen den Bäumen. Er blickte zum Mond empor.

»Wir sollten uns beeilen!« sagte er. »Wir müssen unser Ziel erreichen, bevor der Mond im Zenit steht.«

Wir eilten den Weg entlang.

»Man sagt, daß sich in diesem Wald ein Werwolf herumtreibt.«

»Vielleicht«, antwortete er mir, und wir sprachen eifrig über dieses Thema.

»Die alten Weiber behaupten, daß ein Werwolf, den man tötet, während er als Wolf umgeht, tot bleibt«, sagte er. »Aber wenn er als Mensch getötet wird, plagt seine dämonische Seele seinen Mörder für alle Zeit. Doch beeilt Euch, der Mond nähert sich dem Zenit.«

Wir gelangten auf eine kleine, vom Mond beschienene Lichtung, und der Fremde hielt an.

»Hier wollen wir eine Weile rasten«, erklärte er.

»Nein, gehen wir weiter«, widersprach ich. »Dieser Ort gefällt mir gar nicht.«

Er lachte lautlos. »Warum – das ist doch eine hübsche Lichtung. Sie ist genauso gut wie ein Festsaal, und ich habe hier auch oft gefeiert. Ha, ha, ha! Schaut, ich will Euch einen Tanz vorführen.«

Mit diesen Worten begann er hin- und herzuspringen, warf hin und wieder den Kopf zurück und lachte unhörbar.

›Dieser Mann ist verrückt‹, dachte ich.

Während er seinen seltsamen Tanz tanzte, blickte ich mich um. *Der Pfad führte nicht weiter. Er endete auf der Lichtung.*

»Kommt«, forderte ich ihn auf. »Wir müssen weiter. Riecht Ihr nicht den üblen, haarigen Geruch, der über der Lichtung hängt? Es müssen sich hier Wölfe herumtreiben. Vielleicht sind sie schon ganz nahe und schleichen sich an uns heran.«

Er ließ sich auf alle Viere fallen, sprang mannshoch in die Luft und schlich sich wie ein Raubtier an mich heran.

»Diesen Tanz nennt man den Tanz des Wolfes«, sagte er.

Mir sträubten sich die Haare. »Bleibt mir vom Leib!« Ich wich zurück.

Mit einem Kreischen, das von den Bäumen widerhallte, sprang er mich an. Obwohl er einen Degen trug, zog er ihn nicht aus der Scheide. Ich hatte meinen halb gezückt, als er mich am Arm packte und mich von sich wegstieß. Ich zog ihn mit mir, und wir fielen gemeinsam zu Boden. Kaum hatte ich mich aus seinem Griff befreit, riß ich ihm die Maske vom Gesicht. Ein Entsetzensschrei drang über meine Lippen. Tieraugen funkelten hinter der Maske, weiße Reißzähne blitzten im Mondlicht.

Es war das Gesicht eines Wolfes.

Im nächsten Augenblick waren die Zähne an meiner Kehle. Krallenhände entrissen mir den Degen. Mit bloßen Fäusten schlug ich auf das grauenvolle Gesicht ein, aber schon wurde ich in die Schulter gebissen, und Pranken zerkratzen meinen Hals. Jetzt lag ich auf dem Rücken. Die Umgebung begann undeutlich zu werden. Blind tastete ich um mich. Da berührte ich den Griff meines Dolches, an den ich zuvor nicht herangekommen war. Ich zog ihn und stach zu. Ein schauriges, tierisches Kreischen.

Taumelnd stand ich auf – frei.

Und zu meinen Füßen lag der Werwolf.

Ich hob den Dolch auf, hielt inne und blickte hoch zum Nachthimmel. Der Mond stand nahezu im Zenit. *Tötete ich die Bestie in menschlicher Gestalt, würde ihr fürchterlicher Geist mich für alle Zeit verfolgen.*

Ich setzte mich und wartete. Das *Wesen* sah mich mit flammenden Wolfsaugen an. Die langen, borstigen Gliedmaßen schienen zu schrumpfen, sich zu krümmen; Haare schienen auf ihnen zu wachsen. Mich packte die Angst, wahnsinnig zu werden – ich riß den Degen des *Wesens* an mich und hackte es in Stücke. Dann warf ich die Waffe von mir und floh.

Richard F. Searight

Richard Franklyn Searight (geboren am 13. Juni 1902, gestorben am 10. September 1975) entstammte einer sehr alten amerikanischen Familie, aus der viele Ärzte, Rechtsanwälte, sogar Minister, aber auch Künstler hervorgegangen sind. Seine Eltern waren Wanderschauspieler, und während ihrer Tourneen wurde der kleine Richard von seinem Großvater, dem Arzt Ellsworth Stiles Ellis, und dessen Frau Mary Edna betreut. In der großen Bibliothek seines Großvaters entdeckte der kleine Richard die Welt der Bücher, und er konnte bereits mit vier Jahren lesen (hier gibt es interessante Parallelen zur Biographie Lovecrafts, der ebenfalls seine ersten Leseerfahrungen mit vier Jahren in der umfangreichen Bibliothek seines Großvaters Whipple Van Buren Phillips machte).

Wie Lovecraft, so erhielt auch Richard Searight keine Universitätsausbildung. Zunächst faszinierte ihn die Musik, und er besuchte von 1918 bis 1919 das Konservatorium in Chicago. Doch er brach diese Studien aus unbekannten Gründen ab und arbeitete in der Folgezeit als Nachtportier. 1920 belegte er einen Telegraphierkurs und wurde anschließend Telegraphist in Chicago. Diesen Beruf behielt er unter wechselnden Arbeitgebern bis 1942 bei. Danach arbeitete er als Buchhalter (die Kenntnisse dazu hatte er sich bereits mehr als zehn Jahre früher durch Fernstudien angeeignet) und machte sich schließlich in dieser Sparte 1951 selbständig.

Er starb im Alter von 73 Jahren an Herzversagen während einer Urlaubsreise in sein geliebtes Copper Country in Michigan in der Nähe des Lake Superior.

1925 hatte Searight geheiratet und hatte mit seiner Frau, die ihn um sechzehn Jahre überlebte und 1991 starb, zwei Kinder. Er war eifriger Freimaurer und wurde – wie später auch seine Frau – auf einem Freimaurer-Friedhof in einem Vorort von Detroit begraben.

Seine literarischen Versuche waren nur sporadisch. Er verfaßte etwa siebzehn Erzählungen und Novellen, die alle zur phantastischen Literatur gehören, sowie etliche Gedichte. Seinen eigenen Angaben zufolge gab er das Schreiben auf, als er bemerkte, daß er damit nie Geld würde verdienen können.

›The Sealed Casket‹ ist seine bekannteste Geschichte. Sie wurde zuerst 1935 in *Weird Tales* veröffentlicht und erhielt großes Lob von Lovecraft. Im Motto zu dieser Geschichte zitiert Searight aus den (von ihm erfundenen) »Eltdown-Scherben« (Eltdown Shards), die Lovecraft so sehr faszinierten, daß er sie sowohl in seinen Beitrag zu der Round-Robin-

Erzählung ›The Challenge from Beyond‹ als auch in ›The Shadow Out of Time‹ aufnahm. Searight hatte den Briefkontakt mit Lovecraft im Jahre 1933 aufgenommen, nachdem er von Farnsworth Wright, dem Herausgeber von *Weird Tales*, dazu ermuntert worden war. Dieser Briefkontakt (Searight und Lovecraft sind einander nie persönlich begegnet) hielt bis zu Lovecrafts Tod im Jahre 1937.

Die versiegelte Urne

...Und es steht geschrieben, daß in der Alten Zeit Om Oris, der mächtigste der Zauberer, eine List gegen den Dämon Avaloth anwandte und ihn mit schwarzer Magie schlug, denn Avaloth suchte die Erde mit Eis und Schnee heim. Dieses Eis kroch, als wäre es lebendig, immer weiter südwärts und verschlang alle Wälder und Berge. Und man weiß nicht, wie der Kampf mit dem Dämon ausging, doch die Magier jener Zeit sagten, daß Avaloth, dem Menschenauge fast unsichtbar, nur durch große Hitze vernichtet werden konnte. Damals wußte man nicht, wie diese zu erzeugen sei, doch einige der Zauberer sahen vorher, daß es eines Tages möglich wäre. Aber zu jener Zeit wurden die Eisfelder wieder kleiner und verschwanden bald ganz, und die Erde erblühte von neuem.

Fragment aus den Eltdown-Scherben

Eine knappe Stunde lang hatte Wesson Clark die versiegelte Urne betrachtet. Seine scharfen Augen weideten sich an den primitiv gearbeiteten Konturen des Metallgefäßes. Es lag vor ihm im Licht der Deckenlampe, die seine klassischen, berechnenden Gesichtszüge mit fahlem Schein erhellte, während sie das hohle Studienobjekt in Schatten hüllte. Draußen pfiff der Märzwind und zupfte mit eisigen Fingern an den Simsen und Giebeln des alten Hauses. Clark fühlte sich sicher und angenehm entspannt in der überhitzten Dunkelheit des Arbeitszimmers, wo er dem heulenden Sturm draußen lauschen konnte. Trotz des Wetters war der schludrige alte Simpkins diese Nacht ausgegangen, nachdem er den antiken Kamin gut geschürt hatte. Clark befand sich allein im Hause, wie er es für diese Gelegenheit gewünscht hatte.

Er lächelte sanft und summte einige Noten des neuesten Gershwin-Hits, als er den Blick wieder auf seine Erbschaft richtete. Die Urne war klein und kompakt, hatte einen Durchmesser von vierzig mal sechzehn Zentimetern und bestand aus einem Metall, das trüb vor Alter war und sich einer Einordnung entzog. Die rohen, gekrümmten Zeichen, die in die Oberfläche geschnitzt waren, brachten ihn auch nicht weiter. Clark konnte sie keiner bekannten Periode frühzeitlicher Kunst zuordnen.

Dieses altertümliche Gefäß war ein wundervolles Erbstück für einen Kenner von Antiquitäten. Also hatte der alte Martucci nie einen Verdacht geschöpft. Das hatte Clark während seiner heimlichen Affäre mit Martuccis jugendlicher Frau des öfteren befürchtet. Jetzt zählte all das nicht mehr – der finstere alte Wissenschaftler mit dem perversen Sinn für Humor war tot, und Nonna, auch wenn in ihr noch immer südländisches Feuer brannte, faszinierte ihn nicht mehr so sehr, seit die rechtlichen Schranken gefallen waren. Zudem war sie sich seiner zu sicher geworden. Clark kannte die Zeichen. Er lächelte ironisch, während er die Urne untersuchte. Zu Martuccis Lebzeiten hatte Clark seine Freundschaft mit ihm gepflegt und gleichzeitig die Eroberung der Frau des Alten genossen. Bei ihren heimlichen Zusammenkünften hatten sie größte Vorsicht walten lassen. Jetzt gab es nichts mehr zu befürchten. Zumindest fürs erste hatte er genug von Nonnas Reizen, und er würde ihr den Laufpaß geben, ohne Angst vor Entdeckung und der Rache des argwöhnischen alten Archäologen haben zu müssen. Außerdem mußte er seine Zeit nun seinem neuen Fang hier widmen, einem Fang, der weitaus verführerischer als das Mädchen aus Italien und zudem mit einem Vermögen verknüpft war, dessen Summe astronomisch hoch sein mochte. Mit diesem Fang war es ihm durchaus ernst.

Sein Lächeln wurde breiter, als er sich an den sonderbaren Satz aus Martuccis letztem Willen erinnerte, der sich auf die Urne bezog: »Und hiermit vermache ich meinem einstigen Freund Wesson Clark die alte Kassette des Alu-Tor mit der Auflage, das Bleisiegel daran unerbrochen zu lassen, wie ich es dreißig Jahre lang getan habe.«

Clark kicherte leise. Trotz seines zweifelhaften Rufes in wissenschaftlichen Kreisen (man verübelte Martucci dort gewisse skrupellose und ethisch verwerfliche Praktiken) war der Alte nur ein naiver Dummkopf gewesen. Er hatte tatsächlich das Siegel nie erbrochen. Welche uralten Schätze sich doch in der Urne befinden konnten! Sein ganzes Leben hatte Martucci in der Erde gewühlt und dabei eher zufällig das dürftige Vermögen erworben, mit dem er sich in den Ruhestand begeben hatte und das mittlerweile fast aufgebraucht war. In dieser Urne mochte vielleicht echter Reichtum warten. Der Italiener war eben etwas merkwürdig gewesen – einer jener seltsamen und unbegreiflichen Menschen, für die der Besitz von Geld wenig Bedeutung zu haben schien. Die Bekanntheit seines Namens durch wissenschaftliche Entdeckungen, die Suche nach dem Verbotenen in okkulten Schriften und die zynische Betrachtung des menschlichen Wesens schienen ihm viel wichtiger zu sein. Ganz eindeutig hatte er die Urne nie geöffnet, denn der Klumpen geschmolzenen Bleis war vom Alter geschwärzt und trug keine Zeichen eines Eingriffs.

Mit der Gelassenheit eines Genießers lehnte Clark sich zurück und betrachtete verzückt sein Erbstück. Er sah sich die geheimnisvollen, schwankenden Sinnbilder an, die in längst vergangener Zeit auf das Bleisiegel geprägt worden waren, zweifellos während das Metall noch heiß war. Diese Zeichen waren ihm völlig unbekannt, nie zuvor hatte er etwas Ähnliches gesehen. Doch in den fast lebendig wirkenden Strichen lag etwas, das ihn auf unerklärliche Weise verstörte. Sie ließen ihn an ein gänzlich unmögliches Lebewesen denken. Er lachte über die Absurdität dieser Vorstellung.

Was immer diese Symbole auch darstellten, sie waren sehr alt. Ihre primitive Roheit wies auf ein Fundstück hin, das älter war als das Alphabet der Phönizier oder gar die Inschriften der Maya. Clark ärgerte sich über seine unzureichenden Kenntnisse dieser Dinge, denn er hegte die Vermutung, die allererste Schrift vor sich zu haben, den bildhaften Versuch, Gedanken festzuhalten, aus dem die ältesten bekannten Schriftzeichen hervorgegangen waren. Er würde das Siegel unverletzt lassen und es einem Fachmann zur Untersuchung geben. Es war gut möglich, daß allein das Siegel von unschätzbarem Wert war. Martucci mußte das gewußt haben: Seine Kenntnis von Inschriften war sehr tiefgehend, und es wurde gemunkelt, daß er die Ergebnisse seiner Nachforschungen auf diesem Gebiet nie der Wissenschaft übergeben hatte. Es war sogar möglich, daß er diese Inschrift, wenn es denn eine war, entziffert hatte. Doch Clarks oberstes Ziel war es, die Urne zu öffnen.

Und das würde er auch tun. Es war typisch für Martucci, daß er das seines exzentrischen Wesens wegen selbst nicht getan hatte. Aber hatte er wirklich erwartet, daß der neue Eigentümer sich ebenfalls von unlogischen Bedenken abhalten lassen würde? Clark kicherte erneut.

Trotzdem war es merkwürdig, daß der Italiener nie die Urne erwähnt hatte, vor allem, da er doch vor wenigen Monaten über ihren Verbleib entschieden hatte. Das Datum des Testamentes bewies das. Es war zweifelsohne eine kleine Überraschung für seinen ›einstigen Freund‹ – dennoch schien es ihm merkwürdig, denn dieses Objekt hätte dem Wissenschaftler mit seiner umfassenden Kenntnis und Clark mit der Liebe eines Laien Stoff für viele Diskussionen geliefert, die der Archäologe so sehr geschätzt hatte.

Und dann noch diese seltsame Formulierung – ›*einstiger* Freund‹. Sie ließ fast vermuten, daß Martucci beim Diktat dieses Satzes einen Verdacht gehegt habe. Doch das war unmöglich. Allein die Vererbung eines derart seltenen Reliktes war Beweis genug für sein vollständiges Vertrauen und seine freundschaftlichen Gefühle. Und schließlich waren die Worte ja in Hinsicht darauf geschrieben worden, daß man sie nach dem Tode des Autors lesen würde.

Nun, es gab keinen Grund, noch weiter zu zögern. Clark hatte die Urne lange genug betrachtet. Seine schwarzen Augen funkelten gierig, als er den Brieföffner aus schwerem Messing von seinem Schreibtisch nahm und versuchsweise an dem Siegel kratzte. Der Bleitropfen war überraschend hart; vielleicht handelte es sich um eine unbekannte Legierung. Er übte mehr Druck aus, und schließlich gelang es ihm, die Messerspitze zwischen das Siegel und das altersschwarze Metall des Gefäßes selbst zu stecken. Doch weiter wollte das Blei nicht nachgegeben, es klebte hartnäckig an der Urne. Schließlich stand Clark auf und suchte im Haus nach Werkzeugen. Er kam mit einem Hammer zurück und schloß die Tür des Arbeitszimmers sorgfältig hinter sich zu, bevor er sich wieder setzte.

Er benutzte das Messer als Keil, und beim ersten Hammerschlag schälte sich das Blei ab und enthüllte darunter eine matt schimmernde Metallstelle. Er hatte unter dem Siegel kein Schlüsselloch oder ähnliches erwartet, und es war auch nichts in der Art zu sehen. Offensichtlich war die Urne zu alt für eine solche Vorrichtung.

Sein Herz hämmerte. Voller Erwartung holte er tief Luft und zwängte die Messerspitze unter den Deckel. Ein wenig Druck, und es war getan. Der Deckel öffnete sich.

Die Urne war leer.

Clark war ehrlich überrascht. Merkwürdig, ein Gefäß derart fest zu versiegeln, wenn es keinen Inhalt hatte. Das entbehrte jeder Logik.

Als er in das polierte Innere starrte, bemerkte er einen schwachen fauligen Geruch, der in seine Nasenlöcher kroch. Er schnupperte und runzelte angeekelt die Nase. Obwohl der Duft nur schwach war, erinnerte er an die Leichendünste aus uralten Gräbern.

Dann kam der kalte Luftzug.

Obwohl die Luft in seinem Arbeitszimmer drückend heiß war, blies ihm ein einziger eiskalter Windstoß ins Gesicht und breitete den widerlichsten Grabeshauch aus. Dann war es fort, und die heiße Luft umgab ihn, als sei nichts geschehen.

Clark erhob sich und ließ sich wieder in den Stuhl fallen. Er runzelte die Stirn, betrachtete genau die Tür und die Fenster, die halb verborgen in den dunklen Schatten jenseits des Lampenscheins lagen. Er wußte, daß sie alle fest verschlossen waren. Unruhe breitete sich in ihm aus, als er sah, daß sich daran auch nichts geändert hatte.

Seine Aufmerksamkeit richtete sich wieder auf den sachten Verwesungsgeruch, der nach und nach stärker wurde, bis er den Raum erfüllte – ein dumpfer, mephitischer Gestank, der in dem stillen Arbeitszimmer auf absurde Weise fehl am Platze schien. Er stand langsam auf, und über sein Gesicht legte sich ein Ausdruck der Angst. Der frostige, widerliche Hauch schlug ihm wieder entgegen, wie eine Brise aus einer eisigen Grabstätte. Er wich zurück, und in seinen Augen dämmerte die Furcht. Hier in diesem verschlossenen Raum im Obergeschoß eines alten Hauses, in dem er seit vielen Jahren lebte, breitete sich etwas aus, das von Jenseits aller Vernunft zu kommen schien. Clark bewegte sich langsam auf die Zimmertür zu, hielt dann abrupt inne.

Aus den Schatten am anderen Ende des Raumes, wo der schwere Saroukteppich dreißig Zentimeter vor der Wand auslief, drang ein schwaches Geräusch. Es war ein schleichender, kaum hörbarer und knisternder Ton – wie der einer großen Schlange, die sich über den bloßen Boden schlängelt. Und dieses Geräusch war zwischen ihm und der Tür!

Clark, der früher immer so stolz auf seine kaltblütige Gelassenheit gewesen war, atmete nun stoßweise, und die wilde, instinktive Furcht eines Tieres in der Falle übermannte ihn. Was immer dieses Ding hier auch war – und konnte er dessen Anwesenheit bezweifeln? –, es versperrte ihm alle Fluchtwege. Es mußte jede seiner Bewegungen mit tückischen, wachsamen Augen verfolgen. Als ihm das klar wurde, durchfuhr ihn eine Woge blanken Grauens.

Er stand regungslos mitten in seinem Arbeitszimmer, und sein Verstand drehte sich wie wahnwitzig im Kreise. Die plötzliche Gewißheit der Nähe eines ungeheuerlichen, uralten Bösen, einer überwältigenden Entweihung, ließ ihn erstarren. Jeder Gedanke an Flucht erstarb – die unmittelbare Bedrohung löschte jede Vernunft aus. Trotz des Schreckens, der sein Bewußtsein überflutete, erkannte er, daß sein Leben – ja, das Heil seiner Seele – von einer unaussprechlichen kosmischen Boshaftigkeit bedroht wurde.

Mühsam unterdrückte er die Hysterie, die in ihm aufstieg, und erlangte zum Teil die Macht über sein Denken zurück. Er spähte durch den Raum. Nichts regte sich.

Was für ein grauenhaftes Wesen aus uralter Zeit war in der Urne gefangen gewesen? Er konnte es sich nicht vorstellen und wollte es auch nicht.

Aber Martucci hatte es gewußt – Martucci, der Kenner alter Schriften, der

Erforscher verborgenen Wissens! Martucci hatte alles gewußt. Er hatte einen – oh so geschickten! – Plan entworfen, und dies war das Ergebnis. Nur die Toten konnten wissen, mit welcher Genugtuung der alte Mann dabei zusah, wie seine geniale Falle sich um sein Opfer schloß.

Jetzt spürte Clark kalte Schwingungen in der Luft, Schwingungen eines unmenschlichen und körperlosen Bösen. Seine Nerven zogen sich zusammen wie nach einer widerlichen körperlichen Berührung. Er bewegte sich unruhig, als er ein verstohlenes, kriechendes Geräusch hörte, das über den Teppich auf ihn zuglitt. Er ging rückwärts, bis er gegen die Wand hinter sich stieß. Das sanfte Geräusch kam langsam näher. Erst hörte er es links, dann rechts, dann wieder unmittelbar vor ihm, in nächster Nähe. Seine Augen spähten verzweifelt in die Schatten. Diese waren leer, formlos und geheimnisvoll, doch er konnte keine körperliche Bewegung entdecken. Die lauernde Bedrohung, von deren Dasein jeder angespannte Nerv in seinem Leib kündete, blieb unsichtbar. Wenn er seinen Augen trauen durfte, war er allein in seinem Zimmer. Doch er fühlte die Nähe von etwas, das unendlich kalt und trotzdem lebendig war, etwas, das eine physische Präsenz hatte und sich ihm über vorzeitliche Sinne offenbarte, die über unzählige Zeitalter hinweg fast verkümmert waren. Was immer es auch war, es nahm die stickige Hitze des Zimmers in sich auf und senkte die Temperatur rapide.

Mit einem Schlag brach das unfaßbare Grauen dieser unmöglichen Lage durch die Mauer verzweifelten Widerstandes, die sein Verstand errichtet hatte. Etwas in ihm zerriß, und er lachte – ein schrilles, hysterisches Lachen, das wild über seine Lippen drang, die sich zu einem entsetzlichen Grinsen verzogen hatten. Er krümmte sich und warf die Arme hoch, um sich der Furcht ganz auszuliefern. Ein wirrer Sturzbach sinnloser Worte löste das schreckliche Lachen ab. Das trüb beleuchtete Zimmer drehte sich um ihn, und er merkte nicht, wie er in die Knie ging und seine Arme steif vors Gesicht hielt, um die drohende Gefahr abzuwehren.

Wieder verspürte er den eisigen Hauch voll uralter Verderbnis, der ihm nun schrecklich nahe war. Der Atem strich leicht über sein Gesicht, und der überwältigende Gestank schnürte ihm die Kehle zusammen.

Dann schrie er kurz auf, als dünne, tastende Tentakel, so kalt wie das Weltenall, seine Kehle und seinen Leib liebkosten. Er spürte ihre schneidende Kälte durch die Kleidung hindurch, als wäre er nackt. Eine gewaltige, schwammige, unförmige Kälte hüllte ihn ein. Sie war widerlich weich und massig, doch als er sich dagegen wehrte, ergriff sie ihn mit der unbarmherzigen Kraft eiskalten Stahls. Er konnte die regelmäßigen Schwingungen eines gänzlich fremden, unbegreiflichen Lebewesens fühlen – eines so fürchterlichen Lebewesens, daß er erneut aufschrie, als er sich bewußt wurde, was es mit ihm vorhatte.

Wieder drehte sich das dunkle Zimmer um ihn – er wurde nach oben gerissen, starrte verwirrt die Decke an, an der kleine Flammen leckten, während das eisige Grauen sich fester um ihn schlang. Jedes Gefühl verließ ihn, und der Gestank raubte ihm den Atem. Der Raum wirbelte, und die Finsternis nahm alles in Besitz.

Er fiel durch endlose Schächte eisiger Schwärze, hinab in einen bodenlosen Morast aus Urschlamm. Gewaltiges Gebrüll erscholl in seinen Ohren. Ungeheuerliche Schemen lauerten hinter den Flammen, die seinen raschen Sturz durchloderten.

Dann war da nur noch Stille und Dunkelheit und Vergessen.

Als die Feuerwehr ankam, hatten die Flammen, vom starken Wind angefacht, das alte Haus fast völlig verzehrt. Es blieb nur wenig übrig, das dem Leichenbeschauer bei seiner Untersuchung half. Natürlich hielt er nichts von den phantastischen Aussagen mancher Frühankömmlinge, die von einem hohen und schmerzhaften grellen Geräusch sprachen, das sie angeblich im oberen Stock des Gebäudes gehört hatten, oder von einer faulig riechenden Rauchwolke, die sich entfernt hatte, nachdem das Geräusch verstummt und das Obergeschoß in sich zusammengefallen war. Simpkins' Geständnis, daß er vergessen hatte, den Kamin zu schließen, klärte die Ursache des Brandes.

Doch insgeheim war der Leichenbeschauer äußerst verwirrt wegen einiger Absonderlichkeiten, die sich an den verkohlten sterblichen Überresten fanden, die von einem Zahnarzt als die Leiche Wesson Clarks identifiziert worden war. Es war doch mehr als erstaunlich, daß so gut wie jeder Knochen in seinem Leib gebrochen war, als wäre er von einer gewaltigen Schlange der Gattung Constriktor umarmt worden. Und es war ein unlösbares Rätsel, wie es dazu kommen konnte, daß die Arterien und Organe *keinen einzigen Tropfen Blut mehr enthielten!*

Richard F. Searight

Diese 1923 verfaßte Erzählung ist die erste, die Richard F. Searight schrieb. Ihr Konzept stammt von seinem Freund Norman E. Hammerstrom, der es zusammen mit Searight während eines Cafébesuchs in Chicago entwickelte; die Niederschrift ist jedoch ausschließlich Searights Werk. Er schickte sie an das Magazin *Weird Tales*, das im selben Jahr gegründet worden war. ›The Brain in the Jar‹ erschien dort im November 1924. In einer Leserumfrage errang sie gar den ersten Platz als beste Geschichte der Ausgabe.

Als Searight etwa zehn Jahre später mit Lovecraft in Briefkontakt trat, äußerte sich dieser sehr lobend über Searights lebendig geschriebenen Erstling, der ihm noch anschaulich in Erinnerung war.

Searight bat Lovecraft um bezahlte Überarbeitungen seiner Erzählungen, doch Lovecraft lehnte ab. In einem Brief vom 31. August 1933 schrieb Lovecraft, er sei der Meinung, Searight sei technisch gut genug, und »die gelegentlichen Unzulänglichkeiten« von Searights Geschichten lägen »eher im Bereich der Thematik als im Bereich der Erzähltechnik.«

Lovecraft war der Meinung, daß einige von Searights Geschichten nur bereits bekannte Themen und Plots wiederholten und es ihnen an Originalität mangle; vermutlich liegt darin einer der Gründe, warum es Searight nie gelang, in die erste Reihe der Phantasten vorzudringen. Doch lesenswert sind seine Geschichten allemal, was auch die nachstehende Debüterzählung anschaulich beweist.

Das Hirn

Zum fünften Mal innerhalb einer Stunde schellte die Glocke. Automatisch stand der Krankenpfleger Verne Eldridge auf und ging den schwach beleuchteten Gang der alten Berliner Klinik entlang. Noch ein gereizter Patient, der nach Aufmerksamkeit verlangte. Eldridge seufzte. Seine Seele war die eines Abenteurers, und seine Waghalsigkeit hatte ihn während des Krieges zu einem der verläßlichsten und fleißigsten Angehörigen des amerikanischen Geheimdienstes gemacht. Natürlich litt er gewaltig unter der Eintönigkeit seiner derzeitigen erzwungenen Untätigkeit.

Nicht, daß seine Stellung ganz ohne Gefahr gewesen wäre. Eldridge war sich bewußt, daß er den Agenten aus der Wilhelmstraße nur wie durch ein

Wunder entkommen war. Er wußte, daß sie stets darauf lauerten, ihn gefangenzunehmen, solange sie ihn in Deutschland glaubten – und bislang hatte sich noch keine Fluchtmöglichkeit geboten. War der Waffenstillstand auch längst unterzeichnet, so wußte Eldridge nur zu gut, daß jemand, der so viel zum Sturz der Macht des Kaisers beigetragen hatte wie er, sich durchaus die private Rache der Kaisertreuen zuziehen konnte. Auch jetzt schon wußte er aus gewissen Andeutungen Doktor Jägers, des leitenden Arztes, daß dieser Eldridges Geheimnis vermutlich erraten hatte. Er bewegte sich auf äußerst dünnem Eis und war sich dessen auch bewußt. Seit fast zwei Monaten war er nun schon als Krankenpfleger hier beschäftigt. Anhand von echten Papieren, die er besaß, hatte er sich als verwundeter deutscher Soldat ausgegeben, und er wußte, daß es nur eine Frage der Zeit war, bis der Schwindel aufflog.

Es war Mitte März 1919. Kalt und nebelig war die Nacht. Von Zeit zu Zeit wurde der Regen von dem heftigen Wind gegen die Fenster gepeitscht, der bei Sonnenuntergang aufgekommen war. Der Sturm ächzte und stöhnte in den Türmchen und Giebeln des alten Bauwerks, das unter den stärkeren Böen leicht erbebte. Eine angemessene Nacht für Mord und Vergehen aller Art, dachte der für Eindrücke empfängliche Eldridge, als er sich schläfrig auf den Rückweg in sein Zimmer machte.

Er erreichte die Treppe, die in den Keller führte, und fand dort Doktor Jäger, der recht apathisch neben der Treppe stand. Obwohl es bereits drei Uhr morgens geschlagen hatte, war es für den berühmten Wissenschaftler und Forscher nicht ungewöhnlich, die ganze Nacht durch in seinem Privatlaboratorium zu arbeiten. Im Augenblick stand er entspannt da und rauchte eine Zigarette. Ohne Zweifel plante er schon sein morgiges Forschungsprogramm. Der Doktor war ein schlanker, aufrechter Mann von mittlerer Größe, und seine scharfen Gesichtszüge wurden durch einen wohlgepflegten schwarzen Bart unterstrichen.

In Wissenschaftskreisen ging das Gerücht um, daß Jäger bei gewissen Experimenten Erfolg darin gehabt habe, lebendes Gewebe in einer speziellen Flüssigkeit zu erhalten, doch bislang hatte er noch nichts davon verlauten lassen. Zuvor hatte der Doktor sich als Erfinder mehrerer Chemikalien einen Namen gemacht, die zur Zusammenstellung einiger Giftgase der deutschen Armee geführt hatten. Seine derzeitige Stellung im Krankenhaus war ein einträglicher Ruheposten, damit er sich intensiv der Forschung zur Gewebeerhaltung widmen konnte. Das hatte Eldridge aus dem Bericht eines Agentenkameraden, der mittlerweile verstorben war, erfahren.

Aus eigener Anschauung wußte er, daß Jäger ein kalter, harter Mann war, skrupellos und mit einem Hang zur Grausamkeit, der sich von Zeit zu Zeit in einigen typischen Handlungen offenbarte.

Als Eldridge vorüberging, schenkte der Doktor ihm ein knappes »Guten Morgen« und ging dann die Treppe hinab. Zweifelsohne, dachte Eldridge, wollte er sich im Keller Chemikalien besorgen, die ihm bei dem Experiment, mit dem er sich zu so später Stunde noch befaßte, ausgegangen waren.

Eldridge ging weiter und erreichte den Gang, der zu seinem Zimmer führte, als eine Tür zuschlug, lauter als der tosende Wind und der peitschende Regen. Einen Moment lang begriff er die Bedeutung dieses Geräusches nicht. Dann richtete er sich abrupt auf und lauschte, denn ihm wurde klar, daß das Geräusch von einer Tür gekommen war, die er immer für einen Feuerausgang gehalten hatte. Das war sonderbar. Sofort war sein Verstand hellwach, denn er erkannte die mögliche Bedeutung seiner Entdeckung. Schließlich überwanden seine professionelle Ausbildung und natürliche Neugier seine Vorsicht, und Eldridge ging zu der Tür und drehte den Knauf.

Die Tür war nicht verschlossen, und so trat er rasch ein und zog sie hinter sich zu. Er befand sich in einem engen Gang, der von einer einzigen Glühbirne an der Decke schwach erhellt wurde. Eldridge war nun vollends entschlossen, das Geheimnis dieses Teils des Gebäudes zu erkunden, und ging schnell den Gang entlang, bis dieser scharf nach links abbog. Nach einigen Metern erreichte er eine weitere Tür; ohne Zweifel die, welche eben zugeschlagen war. Behutsam öffnete er sie und trat ein. Der Luftzug warf die Tür hinter ihm zu.

Er betrat einen recht großen Raum, der wie ein Laboratorium eingerichtet war. Eine Lampe warf helles Licht auf auf einen der beiden großen Tische und hüllte den Rest des Zimmers in tiefen Schatten.

Nachdem seine Augen sich an das Dämmerlicht gewöhnt hatten, sah Eldrige, daß der Raum mit Regalen vollgestellt war, auf denen reihenweise Chemikalien sowie unzählige Glasgefäße in verschiedenen Größen und Formen standen. Jene letzteren waren mit einer Flüssigkeit gefüllt, in denen perfekt erhaltene menschlichen Körperteile schwammen. Die Tische waren bedeckt mit Retorten, Reagenzgläsern, Bunsenbrennern, Mikroskopen und chirurgischen Instrumenten – mit allem, was ein Chemiker und Physiologe für seine Forschungen benötigt. Zur Linken befand sich ein kleines Vorzimmer, und daneben stand ein großer Käfig mit mehreren ausgewachsenen Meerschweinen. Ein teuerer Röntgenapparat und verschiedene photographische Geräte waren in einer Ecke verstaut.

Er war auf das Privatlabor von Doktor Jäger gestoßen, schoß es Eldridge plötzlich durch den Kopf. Er hatte nicht gewußt, wo sich dieser Raum befand, und der Doktor betrat es stets von seinem Büro aus, das in seiner Abwesenheit immer abgeschlossen war. Zweifellos, so dachte der Spion, führte das Vorzimmer zum Büro. Ihm wurde schnell klar, daß seine Anwesenheit hier nicht ohne Gefahren war, denn der Forscher hätte gewiß nicht derartige Vorsichtsmaßnahmen zur Geheimhaltung seines Labors getroffen, hätte er nicht etwas zu verbergen gehabt. Eldridge wurde langsam aber sicher nervös. Die tosenden Elemente draußen verstärkten dieses Gefühl noch.

Fast hatte er schon beschlossen, sich zurückzuziehen und den Raum zu einem günstigeren Zeitpunkt zu untersuchen, als er auf ein großes Glasgefäß aufmerksam wurde, das sich auf einem Regal über den Drogen und Chemikalien an der rechten Wand befand. Zuerst fiel ihm der komplizierte Apparat auf, der damit verbunden war, dann sah er den Inhalt.

Das Gefäß war kugelförmig, und die große runde Öffnung war mit einem Stöpsel aus Mattglas verschlossen, dessen Griff wie ein Kreuz geformt war.

Darüber befand sich ein vernickelter Wassertank. Von ihm führte eine dünne Glasröhre zum Gefäß, von mehreren Ventilen kontrolliert. Eine weitere Röhre, ebenfalls mit Ventilen ausgestattet, verschwand vom unteren Ende des Gefäßes aus in der Wand. An beiden Röhren befanden sich hochempfindliche Thermometer.

Eldridge bemerkte die meisten Einzelheiten erst später. Im Augenblick wurde seine Aufmerksamkeit vom Inhalt des Gefäßes gefesselt, der von einer violett-schwarzen Flüssigkeit umgeben war. Während er hineinstarrte, änderte die Farbe sich allmählich in ein tiefes Rot, um schließlich immer klarer zu werden. Dann erblickte der erstaunte Spion im Gefäß zwei glühend rote Punkte, die durch die trübe Flüssigkeit wie Wolfsaugen in der Finsternis schimmerten. Als dann die Flüssigkeit völlig durchsichtig wurde, sah er etwas, das wie zwei Menschenaugen aussah, die ihn mit grausiger Heftigkeit anfunkelten. Er wich erschrocken zurück und starrte bestürzt dieses Phänomen an. Unter seinem Blick verdunkelte die Flüssigkeit sich wieder, bis sie erneut die ursprüngliche violett-schwarze Färbung angenommen hatte. Dann wurde sie wieder durchsichtig, und alles wiederholte sich.

Dreimal wurde Eldridge Zeuge dieser sonderbaren Veränderung. Dann sammelte er all seinen Mut und kletterte auf den Tisch unter dem Gefäß, so daß er nur noch einen knappen Meter davon entfernt war und sich auf Augenhöhe dazu befand. Als die Flüssigkeit sich wieder klärte, sah er ein perfekt erhaltenes menschliches Gehirn, das auf einem weichen Gewebekissen ruhte. Dieses Kissen lag auf einem Glassockel, der das Hirn in der Mitte des Gefäßes plazierte. Von dem Hirn gingen zwei Stränge aus, die sich überkreuzten und am Boden des Gefäßes in den zwei Menschenaugen mündeten, die Eldridge als erstes im Halbdunkel des Labors erblickt hatte. Das ganze schreckliche Gebilde glich einer riesigen Schnecke.

Seit er das merkwürdige und unheimliche Laboratorium des Doktor Jäger betreten hatte, schien Eldridge alles Zeitgefühl verloren zu haben, doch nun alarmierte ihn das Geräusch einer zugeschlagenen Tür am anderen Ende des äußeren Ganges. *Der Doktor ist zurück aus dem Keller,* dachte Eldridge und stürzte hastig in den schmalen Gang, wobei er diesmal darauf achtete, daß die Tür nicht zuschlug.

Als er die Tür zum äußeren Gang erreichte, hörte er rasch näherkommende Schritte und versteckte sich hinter der Tür, gerade als der Doktor eintrat. Jäger schloß die Tür, ohne sich noch einmal umzusehen, und eilte den Gang hinab. Er ging um die Ecke, ohne den Kopf zu wenden, doch Eldridge wartete, bis er hörte, wie die Labortür sich schloß. Dann rannte er in sein Zimmer.

Was er in Doktor Jägers geheimem Labor gesehen hatte, machte einen tiefen Eindruck auf Eldridge, doch es dauerte eine ganze Weile, bis er erneut die Möglichkeit hatte, den unheimlichen Raum zu erkunden. Der Doktor hielt stets beide Türen verschlossen, und zweifelsohne hatte es nur an der späten Stunde und seiner Absicht, sofort zurückzukehren, gelegen, daß er in der Nacht von Eldridges erstem Besuch weniger wachsam gewesen war. Zudem hielt er sich fast immer im Labor auf und arbeitete an seinen endlosen Experimenten.

Drei Wochen später jedoch wurde Jäger zu einer Konsultation nach Karlsbad berufen, und Eldridge wußte, die Gelegenheit für eine nähere Untersuchung war nun gekommen.

Er wartete bis nach Mitternacht. Nachdem er sichergestellt hatte, daß niemand ihn beobachtete, öffnete er die Türen mit einem Nachschlüssel und betrat das Labor. Nichts hatte sich seit seinem letzten Besuch hier verändert, nur war der Raum jetzt in völlige Dunkelheit gehüllt. Mit seiner Taschenlampe machte er den Lichtschalter ausfindig und schaltete die Lampe auf dem Tisch an. Kurz nach seinem ersten Besuch hatte er sich vergewissert, daß es in dem Raum keine Fenster gab, die die verräterische Beleuchtung nach außen weitergaben, und in Abwesenheit des Doktors hielt er es für unmöglich, ertappt zu werden. Er hatte Schreibblock und Bleistift mitgebracht und setzte sich auf den Tisch, um das Gefäß näher betrachten zu können. Dann ging er daran, eine rasche Skizze des Gefäßes und seines Inhalts zu zeichnen.

Nachdem er die Zeichnung abgeschlossen hatte, überkam ihn das Gefühl, seinen Namen zu hören. Sein Gehör jedoch hatte nichts registriert, dessen war er sich sicher, doch der Eindruck war zu wirklich, um einfach als Hirngespinst abgetan zu werden. Nervös blickte er sich um, doch außer den Meerschweinen im Käfig befand sich kein weiteres Lebewesen im Raum.

Wieder überkam ihn die Empfindung, daß jemand seinen Namen rief. Er sah auf zu den funkelnden Augen des Hirns, die langsam seiner Sicht entschwanden, als die Flüssigkeit im Gefäß dunkel wurde. Noch während Eldridge sie anstarrte, wurde sie wieder durchsichtig, und die glühenden Augen schienen sich durch seinen Kopf brennen zu wollen. Alles um ihn drehte sich, er krallte sich am Tisch fest und verlor das Bewußtsein.

Wie aus einem schwarzen Abgrund kehrte er ins Leben zurück. Eldridge fühlte sich, als sei er aus dem Nichts emporgestiegen. Er hatte keinerlei Gefühl für die Zeit, die er in diesem Zustand verbracht hatte, doch als er auf die Uhr schaute, war es erst kurz nach eins. Es konnte also nicht lange gedauert haben.

Als er dann auf seine Zeichnung sah, erblickte er am unteren Ende des Blatts eine Zeile in Französisch, in seiner eigenen Handschrift geschrieben. Er war äußerst überrascht, um nicht zu sagen bestürzt, und nachdem er den Augen, die wieder in der Flüssigkeit verschwanden, einen letzten Blick zugeworfen hatte, lief er zur Tür.

Abrupt hielt er inne. Das Grauen schnürte ihm die Kehle zu. Vor seinen Augen schwebte reglos ein leeres Reagenzglas in der Luft.

Als er zurückschreckte, fiel das Röhrchen zu Boden und zersprang.

Eldridge floh aus dem Labor; er fand gerade noch genug Geistesgegenwart, um das Licht auszuschalten. Dieses letzte Ereignis hatte ihm mehr Angst eingeflößt als alles andere zuvor.

Übersetzt lautete die Botschaft auf seiner Skizze: »Seien Sie morgen um Mitternacht im Labor.« *Knapp und auf den Punkt gebracht,* dachte Eldridge.

Während des nächsten Tages dachte er viel über die merkwürdige Mitteilung nach.

Er sah, wie Doktor Jäger am späten Nachmittag von seiner Konsultation heimkehrte. Mit bösen Vorahnungen machte er sich um Mitternacht auf ins Labor, mit einer Automatik bewaffnet. Der Raum war leer. Nach der anstrengenden Reise hatte Jäger sich früh zurückgezogen.

Sobald der Spion wieder vor dem Hirn saß, fiel er in die gleiche hypnotische Starre wie in der Nacht zuvor. Erneut erhob er sich danach wie aus einem schwarzen Loch, und als er auf seinen Block sah, waren mehrere Bögen eng in französischer Sprache beschrieben. Er eilte in sein Zimmer und begann damit, das Manuskript zu übersetzen.

Im Verlauf dieser Arbeit ließen Schrecken und Erstaunen über die grausame Erzählung ihn wiederholt abbrechen, doch schließlich kam er zum Ende, und die ganze sonderbare Geschichte lag vor ihm. Der Name des Erzählers war der eines berühmten französischen Spions, der kurz vor Unterzeichnung des Waffenstillstandes verschwunden war.

»Mein Name ist Jean Perrin«, fing das Manuskript an, »vielleicht haben Sie schon von mir gehört, Mr. Eldridge, denn bei aller Bescheidenheit kann ich wohl behaupten, daß meine Arbeit sehr zum Zusammenbruch der deutschen Streitkräfte beigetragen hat. Als man mich am fünften November letzten Jahres schließlich erwischte und enttarnte, schworen die Beamten der Wilhelmstraße mir Vergeltung, ob Frieden geschlossen wurde oder nicht. Doch ich wußte, daß ich gute Arbeit geleistet hatte und das Kriegsende nur noch wenige Tage entfernt war.

Oberst von Uhlmann, der Leiter des Geheimdienstes, verhörte mich unter vier Augen und versuchte, den vollen Umfang der Informationen zu erfahren, die ich unseren Führern übermittelt hatte. Von Uhlmann scheiterte gänzlich in diesem Vorhaben, und das machte ihn derart zornig, daß er mir schwor, ich würde am letzten Tag des Krieges sterben. Ich verbeugte mich höhnisch, als er mich verließ. Wenn ich ihn auch nie wieder sah, so hat er sein Wort doch gehalten.

Vor dem großen Tag war alles voller Lärm und Aufregung, doch als dieser anbrach, setzte eine Totenstille ein, die mir in meiner Abgeschiedenheit besser als alle Worte mitteilte, daß das, wofür wir vier lange Jahre gearbeitet hatten, wofür so viele gestorben waren, endlich vollbracht war.

Aus Gründen der Sicherheit behielt man mich nicht im Berliner Gefängnis, sondern brachte mich in ein kleines Turmzimmer des alten Schlosses von Fürst Otto von Machstein außerhalb Berlins. Tag und Nacht standen zwei bewaffnete Wächter vor meiner Zelle. Mein Essen reichte man mir durch einen kleinen Spalt in der Tür. Sie ließen sich bei Jean Perrin auf kein Risiko ein. Man verzeihe mir den Stolz, mit dem ich mich daran erinnere, wie sorgfältig man mich bewachte. Aus ihren Gesprächen vor der Tür konnte ich hören, wie sehr sie meine Flucht fürchteten. Und das aus gutem Grund – für sie. Soviel ich auch nachdachte, wie intensiv ich meine Lage betrachtete, in der kurzen Zeit, die mir verblieb, gab es keine Möglichkeit des Entkommens. Am großen Tag des Waffenstillstands war ich noch immer ihr Gefangener.

Spät in dieser Nacht marschierten acht Wächter den Gang entlang, und ihre schweren Stiefel hallten im alten Schloß wider. Ihr Anführer, ein bulliger Feldwebel mit brutaler Visage, öffnete zum ersten Mal seit fast einer Woche die Tür und begrüßte mich mit einem höhnischen Grinsen auf seinem verbrannten Gesicht. Vielleicht wußte er von dem Schicksal, das mich erwartete. Heute erscheint mir das einleuchtend.

Ich leistete keinen Widerstand, als sie mir Handschellen anlegten und mich aus dem Schloß führten. Schweigend stiegen wir in einen gepanzerten Wagen, und nach ungefähr einer Stunde schneller Fahrt kamen wir in diesem Krankenhaus an.

Unter dem Blick der Wächter ging ich die langen, dunklen Korridore entlang, bis wir schließlich den Operationssaal erreichten. Auch hier war wie im restlichen Gebäude die Beleuchtung armselig, doch in der Mitte des Raumes stand der Operationstisch, der von dem kalten blauen Licht einer kraftvollen elektrischen Lampe darüber erhellt wurde. Der Saal war voller Ärzte und Schwestern, alle in Weiß gehüllt, und am Kopfende des Tisches stand ein Tablett mit den glitzernden Instrumenten des Chirurgen. Ah, allein die Erinnerung an diese grauenhaften Momente läßt mich erschauern! Schnell hatte man mich überwältigt, denn mit den Handschellen konnte ich mich nur schwach wehren.

Nachdem man mich ausgezogen und in einen antiseptischen weißen Kittel gekleidet hatte, warf man mich auf den Tisch und band Hände und Füße fest. Auch mein Kopf wurde fixiert, und dann kam Doktor Jäger hinzu und begrüßte mich mit einem grausamen Lächeln. Obwohl er in die Operationskleidung gehüllt war, hatte er noch nicht wie die anderen den Mundschutz vorgebunden.

Mon Dieu, die schrecklichen Dinge, von denen dieses kaltblütige Ungeheuer zu mir sprach! Selbst jetzt noch, da jedes Gefühl hinter mir liegt, höre ich diese Worte. Er erzählte mir von seinen erfolgreichen Experimenten mit speziellen Flüssigkeiten, in denen er verschiedene Teile des menschlichen Körpers am Leben erhalten konnte. Und ich sollte das Opfer seines größten Versuches werden, dem Versuch, das menschliche Gehirn mit allen Funktionen *am Leben zu halten!*

Können Sie sich das Grauen dieser Szene ausmalen, deren Zeuge ich, ein lebendiger, normaler Mann wurde? Können Sie sich jenen finsteren Raum vorstellen, dessen Luft schwanger war von Desinfektionsmitteln und Narkotika, und all die weißgekleideten Gestalten der Ärzte und Schwestern, von denen man nur die Augen sah und die sich lautlos wie Gespenster bewegten, um die Instrumente und das Betäubungsmittel für das schreckliche Verbrechen vorzubereiten? Es war mehr, als der Verstand ertragen kann, und ich hätte fast die Selbstbeherrschung verloren. Dann erkannte ich die Bedeutung von Doktor Jägers boshaftem Grinsen. Ich wußte, er wartete darauf, daß ich zusammenbrach und um Gnade bettelte. Welche Lust es ihm bereitet hätte, mir diese zu verwehren und die Folter nur noch schlimmer zu machen, um sich an meinem Leid zu ergötzen! Ich biß die Zähne zusammen und schwor mir, daß sich mir kein Schrei, kein Zeichen der Angst entringen würde.

Doktor Jäger starrte mir lange und stechend in die Augen. Als er sich meiner Hartnäckigkeit bewußt wurde, wandte er sich angewidert ab und ordnete die Narkose an. Ich versteifte meinen Körper, als man mir den Ätherschlauch auf Mund und Nase drückte und für immer den lebensspendenden Sauerstoff aus meinen Lungen vertrieb. Doch ich atmete die tödlichen Dünste tief ein, denn nach dieser Szene war das Vergessen wie der Himmel für mich.

Ich werde wohl nie erfahren, wie lange meine Ohnmacht anhielt. Ich glaube nicht, daß es länger als einige Tage war, doch es könnte auch Wochen gedauert haben.

Meine ersten Empfindungen sind zu grauenhaft, um sie wiederzugeben. Ich kann nur eine schwache Ahnung der Qual vermitteln, die ich durchstand. Aller Schmerz schien sich an einer Stelle zu konzentrieren – nämlich innerhalb meines Schädels. Ach, ich wußte damals noch nicht, daß mein Schädel nur noch Asche war! Es war, als würden eine Million Dämonen mit rotglühenden Nadeln auf mein Hirn einstechen. Ich wurde von Finsternis und einem schrecklichen Brüllen umgeben. *Ist dies das Ende?* dachte ich. *Bin ich an der Stätte der Verdammten?* Denn die Qual jener Momente schien mir nur an einem Ort möglich, dem Heim alles Bösen, von dem mir der Glaube meiner Kindheit erzählt hatte. Jeder Gedanke war unmöglich. Ich kann mich nur an die Empfindungen erinnern. Der Lärm wuchs an, wurde unerträglich. Ein gellender Schrei, der immer höher wurde, schien das Trommelfell, das ich nicht mehr hatte, zerfetzen zu wollen. Dann wurde ich wieder für eine unbestimmte Zeit von Vergessen umhüllt.

Als ich erneut das Bewußtsein erlangte, klangen die Beschwerden langsam ab, und schließlich war ich in der Lage, einen ständigen Wechsel von Licht und Dunkelheit zu beobachten, der alle zwei Minuten stattfand. Während der hellen Periode konnte ich Objekte erkennen und erlangte langsam mein Augenlicht wieder. Ich sah, daß ich mich in einem großen und voll ausgestatteten Labor befand – dem Raum, den Sie entdeckt haben. Doch wie groß war mein Entsetzen, als ich in einem Spiegel an der anderen Wand nicht mich entdeckte, wie ich vorher ausgesehen hatte, sondern nur dieses Glasgefäß, in dem mein Gehirn lag, das durch Nervenstränge mit meinen Augen verbunden war. Da wußte ich, daß Jägers verfluchtes Experiment gelungen war. Mein lebendes Hirn funktionierte in seiner Flüssigkeit.

Um wie vieles lieber mir der Tod gewesen wäre!

Von da an lebte ich in einer Welt ohne Geräusch, Geruch oder Gefühl. Die ersten Qualen waren die Folge der Irritation des abgetrennten Rückgrats und der Nervenenden gewesen. Nun blieb mir nichts als mein Augenlicht – dank des chirurgischen Talents jenes genialen Ungeheuers.

Die unendliche Stille trieb mich fast in den Wahnsinn. Umsonst betete ich um den Tod, denn ich hatte keinen Leib mehr, um mir diesen Wunsch selbst zu erfüllen. Meine Seele und Persönlichkeit waren hilflos in diesem Fleischklumpen gefangen, den man Gehirn nennt.

Dann fand ich einen Grund zu leben. Jeden Tag kommt der Doktor, um stundenlang an seinen Experimenten zu arbeiten, manchmal mit Chemikalien, Reagenzgläsern und Retorten, ein andermal mit Gewebe und Mikroskop oder aber mit seltsamen photographischen Apparaten. Und jede Nacht, bevor er geht, starrt er mich einige Minuten lang an. Er weiß, daß das Gewebe meines Hirnes lebt, doch er hat noch keine Methode zur Feststellung gefunden, ob es arbeitet oder nicht. Und es bereitet mir Freude, ihn im Unklaren zu lassen, denn der Tag meiner Rache ist nah. Das ist mein Grund zu leben.

Ich habe seit meiner Gefangenschaft hier eine Menge gelernt, darunter auch, daß Doktor Jäger, wie immer man über seinen Charakter denken mag, einer der größten Wissenschaftler der Welt ist, ein Spezialist in vielen Sparten, in denen er alle anderen übertrifft. Ich habe auch etwas über die Methode gelernt, mittels derer ich am Leben gehalten werde. Das obere Röhrchen des Gefäßes ist verbunden mit dem vernickelten Tank, in dem sich ein Vorrat der geheimen Flüssigkeit befindet. Die Ventile lassen nur sehr wenig Flüssigkeit in das Gefäß, und diese tritt durch das untere Rohr wieder aus, das ebenfalls von Ventilen kontrolliert wird. Die Flüssigkeit enthält Nährstoffe und hat Körpertemperatur. Eine subtile chemische Reaktion verursacht den Wechsel der Farben, um meine bloßen Augen vor dem Licht zu schützen. Abgesehen von der Tatsache, daß die Flüssigkeit menschlichem Blut chemisch ähnlich ist und einen farblosen Zusatz hat, der Sauerstoff enthält, weiß ich nichts von ihrer Zusammensetzung.

Aber ich konnte noch viel mehr lernen. Da ich nichts zu tun hatte, arbeitete ich Woche für Woche an dem, was mir geblieben war. Ich habe meine Geisteskräfte entwickelt. Ich habe ihre Stärke so vermehrt, daß meine Macht jeden Psychologen erstaunen würde – selbst jene, die an die Möglichkeiten der Willenskraft glauben. Und diese Macht habe ich zum Schaden meiner Feinde benutzt, obwohl mein einziges Ziel jetzt nur noch die Rache an Jäger ist. In den letzten Wochen wurden hier zwölf Morde verübt, sechs Selbstmorde ereigneten sich und acht Personen wurden wahnsinnig. Alle Fälle betrafen bekannte deutsche Funktionäre der schlimmsten Sorte. Unter ihnen war auch Oberst von Uhlmann. Dies alles geschah aufgrund hypnotischer Eingebungen, die ich telepathisch verursacht habe.

Und ich bin noch viel weiter gegangen. Ich habe getan, was vor mir niemandem gelungen ist. Heute ist meine Willenskraft derart hochentwickelt, daß ich damit kleinere Gegenstände bewegen kann. Das schwebende Reagenzglas, welches Sie letzte Nacht sahen, war nur eine Demonstration. Wollte ich damit fortfahren, wäre die Zeit bald gekommen, da mir nichts mehr unmöglich ist. Meine Macht wäre so groß, daß ich die Welt durch meine Willenskraft beherrschen könnte. Doch danach habe ich kein Verlangen. Mein Dasein ist elend, und wenn ich meine Rache vollendet habe, werde ich frohen Mutes das Leben hinter mir lassen, und dieses Mal endgültig.

Durch meine telepathischen Kräfte habe ich Sie in den hypnotischen Zustand versetzt, in dem Sie mit Ihrer Hand meine Geschichte niederschrieben. Wenn Sie Zeuge meiner Rache an Doktor Jäger werden wollen, dann verbergen Sie sich kommende Nacht in dem kleinen Raum hinter dem Käfig mit den Meerschweinen. Seien Sie um neun Uhr da, denn Jäger, in dessen Gedanken ich lese, wird bald darauf kommen.«

So endete das Manuskript, dessen Grauenhaftigkeit alles übertraf, was Eldridge für möglich gehalten hatte. Er verbrachte den Tag wie in einem Dämmerzustand und dachte wie besessen über diese außergewöhnliche Botschaft nach. Nach den ersten Fragen, die sein Verstand ihm stellte, bezweifelte er die Echtheit der sonderbaren Mitteilungen nicht mehr, und um neun Uhr hatte er sich versteckt, wie ihm empfohlen worden war. Seine Automatik hielt er griffbereit.

Er war noch nicht lange da, als Doktor Jäger eintrat und sich an die Arbeit machte, ohne sich umzublicken. Jäger nahm eine Gewebeprobe von einem lebenden Menschenarm aus einem der Gefäße, um diese mikroskopisch zu betrachten. Mehr als eine halbe Stunde verstrich, nur gelegentlich von einem Räuspern des Doktors oder einem erfreuten Ausruf unterbrochen, während er die für ihn anscheinend äußerst zufriedenstellende Untersuchung vornahm. Eldridge wurde nicht ungeduldig. Der unheimliche Anblick hielt ihn im Bann.

Dann wurde er auf eine leichte Bewegung über dem Kopf des Doktors aufmerksam. Zum ersten Mal bemerkte er eine riesige Wachsflasche mit Flußsäure auf einem Regal direkt über dem Tisch, an dem der Forscher arbeitete. Jäger hatte die tödliche Flüssigkeit zum Silikonnachweis im Gewebe benutzt.

Wieder eine sachte Bewegung, und nun erkannte Eldridge, daß es die Flasche war – sie glitt einige Zentimeter vorwärts. Langsam, kaum wahrnehmbar, um den Doktor nicht aufmerksam werden zu lassen, näherte sie sich dem Rand des Regals. Unbewußt schätzte Eldridge die Tiefe ab, die die Flasche fallen mußte, um den Doktor zu treffen – ein bis zwei Meter. Unvermittelt verspürte er den Drang, den arglosen Forscher zu warnen, doch die funkelnden Augen des Hirns schienen seinen Willen außer Kraft zu setzen.

Die Flasche stand nun schon einige Zentimeter über dem Rand. Eldridge wollte schreien, besaß aber keine Stimme mehr. Er wollte aufstehen, konnte aber keinen Muskel bewegen. Plötzlich sah der Doktor auf, vielleicht von einer Vorahnung seines nahenden Untergangs gewarnt. Doch es war zu spät. Seine Augen zeigten den Blick eines gejagten Tieres, als er direkt über sich die Flasche mit der tödlichen Säure sah. Er wollte gerade aufstehen, da fiel ihm die Flasche mitten ins Gesicht und zersprang in Stücke, während die Säure sich über seinen ganzen Körper ergoß.

Jäger stürzte zu Boden und zuckte und schrie in seiner Todesqual.

Jean Perrin hatte seine Vergeltung verübt.

Nun griff die Säure Holz und Glas an, und bald bildeten sich wegen der Hitze der Reaktion Flammen. Eine Flasche Natrium explodierte, und ein Gefäß nach dem anderen fiel zu Boden, um mit seinem chemischen Inhalt das Feuer noch zu nähren.

Dieser Anblick ließ Eldridge nicht los. Er machte keinen Versuch, durch das Büro des Doktors zu fliehen. Seine Lage war sehr gefährlich, denn in seiner Nähe befanden sich explosive Chemikalien, die bislang noch nicht vom Feuer erreicht worden waren. Das Labor verwandelte sich immer mehr in ein flammendes Inferno. Über all dem Chaos stand das Gefäß mit seinem Inhalt, der all das verursacht hatte. Die roten Augen des Hirns funkelten siegesgewiß durch Rauch und Flammen hindurch.

Dr. Jäger regte sich nicht mehr.

Plötzlich brach das Regal zusammen und das Gefäß mit dem Gehirn stürzte ins Feuer und verschwand. Lange Flammenzungen schossen bis zur Decke. Dann ein ohrenbetäubender Knall: Eine Flasche schlug Eldridge gegen die Schläfe, und er versank in Vergessenheit.

Als er wieder zu Bewußtsein kam, befand er sich in Bandagen gehüllt an Bord eines Krankenschiffes auf dem Weg nach New York. Seine Frau war bei ihm, ebenso sein Freund und Mitarbeiter Felton vom Geheimdienst, der mit einer Erlaubnis der amerikanischen Besatzungsstreitkräfte Eldridges Rettung aus dem brennenden Krankenhaus erwirkt hatte.

Ihnen erzählte er seine sonderbare Geschichte, und seine geschundenen Nerven und seinen verbrannten Leib überließ er der liebenden Pflege seiner Frau.

Henry S. Whitehead

Henry St. Clair McMillin Whitehead wurde am 5. März 1882 in Elizabeth, N. J. geboren. Sein Vater war Grundstücksmakler. Im Jahre 1890 zog die Familie näher an die Stadt New York heran, wo der junge Whitehead zur Schule ging. Danach studierte er zunächst an der Columbia University und schließlich in Harvard. Wegen einer Erkrankung mußte er die Universität verlassen, kehrte später an sie zurück, machte aber keinen Abschluß. Er war übrigens ein Kommilitone von Franklin Roosevelt, dem späteren amerikanischen Präsidenten. Während seines Studiums interessierte er sich sehr für Sport – ein Interesse, das ihn auch in seinen späteren Lebensjahren nicht verließ.

Nach dem abgebrochenen Studium arbeitete Whitehead als Journalist und Schriftsteller; seine erste Erzählung verkaufte er 1905. Angeblich soll er auch kurze Zeit Medizin und Jura studiert haben. Gleichzeitig hatte er verschiedene politische Ämter inne. An diesen vielfältigen Aktivitäten wird deutlich, daß Whitehead ein recht ruheloser Geist war, den es nach den verschiedensten Aufgaben und Herausforderungen gelüstete.

1909 aber änderte er sein Leben radikal. Er schrieb sich an der Berkeley Divinity School in Middletown, Connecticut ein, studierte Theologie und wurde 1912 zum Diakon der Episcopal Church geweiht, einer amerikanischen Kirche, die am ehesten noch mit der anglikanischen vergleichbar ist. Vollkommen überraschend war diese berufliche Neuorientierung allerdings nicht, denn Whitehead hatte sich schon immer für Theologie und Religion interessiert. Seit 1901 besaß er eine Predigterlaubnis und war schon vorher als Lektor bei Gottesdiensten zugelassen worden. Seine Priesterweihe erfolgte 1913. Daneben war Whitehead noch psychiatrisch tätig.

Auch als Priester setzte Whitehead sein etwas unstetes Leben fort. Er ließ sich sehr oft versetzen. Die wichtigste dieser Versetzungen war wohl die auf die amerikanischen Virgin Islands im Jahre 1921. Diese Karibikinseln prägten Whiteheads literarisches Werk in starkem Maße und schufen den Hintergrund für seine faszinierenden karibischen Erzählungen. Doch auch auf diesen Inseln blieb er nicht ständig. Er war Eigentümer eines Sommerlagers für Jugendliche in Florida und Miteigentümer eines anderen. Die Jugendarbeit scheint ihm überhaupt sehr viel Spaß gemacht zu haben. Den Sommer verbrachte er oft in Florida oder Neuengland und organisierte regelmäßig Ferienlager, wo er am Lagerfeuer seine unheimlichen Geschichten erzählte. Die Winter hingegen verlebte er zumeist in der Karibik.

1931 jedoch zog er endgültig in die USA zurück; er kaufte sich ein Haus in Dunedin, einem Städtchen bei St. Petersburg, Florida; dort arbeitete er als Rektor der Church of the Good Shepherd. Er lebte zusammen mit seinem alten Vater, zu dem er ein besonders herzliches Verhältnis hatte.

Nun begannen Krankheiten einen Schatten auf Whiteheads Leben zu werfen. Einerseits litt er an Spätfolgen früherer Football-Verletzungen, andererseits hatte er sich eine gefährliche Tropenkrankheit zugezogen, die regelmäßige Bluttransfusionen notwendig machte. Überdies mußte er 1930 wegen eines Geschwürs operiert werden.

Er starb am 23. November 1932 an den Folgen eines Sturzes in seinem Haus, der eine Gehirnblutung zur Folge hatte. An seiner Trauerfeier nahmen über 100 Personen teil.

Whitehead betrachtete sich auch während seiner kirchlichen und psychologischen Tätigkeiten immer als Schriftsteller. Neben einigen theologischen Schriften verfaßte er Aufsätze, Abenteuergeschichten und vor allem phantastische Erzählungen. Leider erschien zu seinen Lebzeiten keine Sammlung seiner Erzählungen, die er ausnahmslos in Magazinen veröffentlichte, vor allem in *Weird Tales,* aber auch in *Adventure*, *Amazing Stories, Strange Tales of Mystery and Terror* und vielen anderen.

Als 1925 in der Februarausgabe von *Weird Tales* Whiteheads Geschichte ›Sea Change‹ erschien, wurde Lovecraft auf diesen Autor aufmerksam; je mehr er von Whitehead las, desto begeisterter wurde er. Doch erst 1930 trat er mit Whitehead in Kontakt, nachdem Bernard Dwyer, der bereits mit Whitehead brieflich verkehrte, ihm einige unveröffentlichte Manuskripte Whiteheads mit der Bitte zusandte, diese nach der Lektüre dem Autor zurückzuschicken. Dies tat Lovecraft natürlich, und er fügte einige lobende Worte hinzu. Daraus entstand eine tiefe, von beiderseitigem Respekt durchdrungene Freundschaft zwischen diesen beiden Autoren, die kaum unterschiedlicher hätten sein können. Der Atheist Lovecraft schwärmte von dem Geistlichen, den er im Sommer 1931 in Dunedin besuchte, und schrieb über seine Begegnung mit ihm: »... Whitehead ist eine der faszinierendsten Persönlichkeiten, denen ich je begegnet bin. Er ist die Großzügigkeit und Kameradschaftlichkeit in Person und besitzt eine gründliche Belesenheit, die ein Gespräch mit ihm zu einem unendlichen Vergnügen macht. Obwohl er Rektor der örtlichen Church of the Good Shepherd ist, hat er nichts verstaubt Klerikales an sich, sondern trägt Sportkleidung und flucht gelegentlich wie ein echter Kerl. Bigotterie und jede Art von Selbstgefälligkeit sind ihm vollkommen fremd« (Lovecraft, Selected Letters III, S. 374 f.).

Wer sich eingehender mit Whitehead beschäftigen möchte, dem sei

Marco Frenschkowskis hervorragender Essay empfohlen, der den Anhang zu Whiteheads Erzählungssammlung *Der persische Ghoul* bildet (Edition Metzengerstein, Band 2).

›The Great Circle‹ gehört nur am Rande zu Whiteheads karibischen Erzählungen; die Karibik ist hier der Ausgangspunkt für eine Parallelwelt-Geschichte, die interessante Bezüge zum Werk Robert E. Howards aufweist.

Hort des Bösen

Der Übergang von jenen endlosen Stunden des Ausblicks über tiefgrünes Urwalddickicht erfolgte frappierend. Natürlich hatten wir diese einzige Unterbrechung des eintönigen Terrains bereits bemerkt, bevor wir es direkt überflogen. Wilkes, unser Pilot, drosselte die Geschwindigkeit und begann Kreise zu ziehen. Ich glaube, er spürte es, jenes Element, das ich als ›frappierend‹ bezeichnet habe; denn bereits ganz zu Anfang – noch bevor wir landeten, meine ich – umgab etwas – eine Atmosphäre von Fremdartigkeit – diese weite runde Fläche ohne jeden Baumbewuchs mit der einzigen Ausnahme des Riesen, der die sehr flache Anhöhe genau auf ihrem Mittelpunkt krönte.

Mit Sicherheit weiß ich, daß ich es spürte; und Dr. Pelletier erzählte mir später, es habe von ihm Besitz ergriffen wie eine deutliche Sinneswahrnehmung.

Wilkes flog seine Kreise nicht sehr lang. Es gab keinen Grund dafür und ich glaube, er setzte dieses Manöver, so als ob er noch nach einer Landemöglichkeit suche, eher wegen dieses unheimlichen Gefühls fort, als aufgrund einer Notwendigkeit für weitere Erkundung.

Schließlich schaltete er den Motor ab – ›zog die Drosselklappe‹, wie es unter Piloten heißt – und setzte die Maschine sanft auf dem flachen Rasen auf, weniger als hundert Meter von dem riesigen Baum entfernt, der sich dort in würdevoller, einsamer Majestät erhob. Die weite, kreisrunde Fläche um ihn herum glich einem Billiardfilz, einem englischen Park. Der riesenhafte Baum wiederum glich in jeder Hinsicht einer Esche, ihrerseits eine Anomalität weit draußen in der unerforschten Wildnis von Quintana Roo.

Wir saßen im Flugzeug und blickten uns um. Im Umkreis von mehr als einem Kilometer erstreckte sich die grasbewachsene Ebene in allen Richtungen einen fast unmerklich abfallenden Hang hinunter bis zu dem Horizont aus dichtem Wald, der sie umschloß.

Nicht ein Lufthauch regte sich. Kein Halm des zarten kurzen Grases bebte. Der Baum, alles überragend, sein Blattwerk gleichfalls unbewegt, bannte unseren Blick. Wir alle faßten ihn zum selben Zeitpunkt ins Auge.

Es war Wilkes, der Pilot, der zuerst sprach, wobei sein ausgestreckter Arm auf den Baum wies. »Der ist gut und gern tausend Jahre alt!« sagte er mit gedämpfter Stimme. Dieser Ort hatte etwas an sich, das uns alle, wie ich glaube, unsere Stimmen senken ließ.

»Oder zweitausend«, mutmaßte Pelletier.

Wir waren am Morgen um zehn Uhr in Belize losgeflogen. Jetzt war es ein Uhr nachmittags. Ungefähr die ersten hundertdreißig Kilometer hatten wir auf direktem Nordkurs zurückgelegt, zunächst über die blauen Gewässer der landumschmiegten Bucht von Chetumal hinweg, dabei zur Rechten erst Ambergris Cay und dann Xkalok, den südöstlichen Zipfel von Quintana Roo zurücklassend; anschließend trug es uns über dürres Land, wobei der enge Nordzipfel der Bucht am Schnittpunkt des 19. Grades nördlicher Breite mit dem 88. Längengrad hinter uns blieb. Wir hielten uns streng nach Norden, bis wir westwärts in Richtung Santa Cruz de Bravo einschwenkten und diesem Kurs weiter folgten – dabei kurz den harten, metallischen Glanz der Mittagssonne über dem Lake Chinahaucanab erblickend – bis wir, linkerhand eine riesige bewaldete Hochebene streifend, südwestwärts Richtung Xkanba drehten, um schließlich, nach flüchtigen Ausblicken auf zahllose architektonische Relikte im Urwalddickicht unter uns, von der frappanten Auffälligkeit jener kreisrunden, baumlosen Lichtung zum Landen veranlaßt zu werden.

Soweit die topographische Zusammenfassung unseres Fluges. Die Gelegenheit zu dieser Unternehmung – bei der wir eher auf das generell Interessante der Luftperspektive als irgend etwas spezifisch Wissenschaftliches aus waren – hatte der Urlaub geboten, den Pelletier als Leiter des Marienehospitals in St. Thomas auf den Jungferninseln genommen hatte. Er war derzeit also von seinen Pflichten befreit.

Pelletier wollte für seinen Urlaub nach Mittelamerika. Schon öfter hatte er mit mir auf der kühlen Veranda meines Hauses auf dem Denmark Hill darüber gesprochen. Beinahe beiläufig hatte er mich gefragt, ob ich ihn begleiten wollte. Ich glaube, er wußte, daß ich nicht ablehnen würde.

Unsere Reise begann in San Juan, Porto Rico, in dessen großem Hafen wir auf der *Catherine*, einem Dampfer der Bull-Schiffahrtslinie unter unserem finnischen Freund Kapitän Rumberg, Passage bis Santo Domingo City nahmen. Von dort reisten wir mit einem Führer und Packeseln über die dazwischenliegenden hohen Berge bis Haiti.

In Port au Prince schifften wir uns als einzige Passagiere auf einem Trampdampfer ein, der nach Belize in Britisch Honduras ging und nur einmal in Kingston, Jamaica, zwischenhielt.

Auf dem Abschnitt zwischen Kingston und Belize verfiel Pelletier dann auf die Idee zu diesem Rundflug. Die Vorstellung, behaglich auf die Maya-Relikte hinabzuschauen, diese im undurchdringlichen Dschungel begrabenen Städte, gefiel ihm immer mehr, und mit großer Beredtsamkeit breitete er seinen enzyklopädischen Wissensschatz über die Geschichte der Maya aus. Ich lernte mehr über diese Altertümer, als mir in meinem gesamten bisherigen Leben zuteil geworden war! Ein Aspekt dieser ziemlich geheimnisumwobenen Vergangenheit hatte es Pelletier anscheinend besonders angetan. Und zwar das plötzliche und unerklärliche Verschwinden dessen, was er als die früheste der Hochkulturen bezeichnete. Die hochentwickelte Rasse, die jene zahllosen Tempel, Paläste und anderen kunstvollen und reichverzierten Bauten geschaffen hatte, welche nun im Urwald der Yucatan-Halbinsel langsam verrotteten, war anscheinend innerhalb einer sehr kurzen Zeitspanne ausgelöscht worden. Sie war, wie es schien, schlicht von der Bildfläche verschwunden. Die Wissenschaft, sagte Pelletier, sei nicht imstande, diese Katastrophe zu erklären. Ich hatte natürlich schon früher darüber gelesen, aber Pelletiers Begeisterung machte es ungemein anschaulich.

Unsere aus zwei Mann plus einem Piloten bestehende Expedition in jene unerforschte Region gewaltiger architektonischer Relikte und endloser Waldgebiete war, wie durch reinsten Zufall, hier in einem Abschnitt gelandet, der topographische Merkmale aufwies, wie sie kein Forscher bisher berichtet hatte! Wir befanden uns vielleicht zwei Stunden Luftweg von Belize und der Zivilisation entfernt – zwei Monate, mindestens, hätten wir zu Fuß auf dem Landweg durch den dichten Dschungel gebraucht, egal wie wohlversorgt mit Verpflegung, Führern und den für die Durchdringung der Urwälder Yucatans unentbehrlichen Macheten.

Pelletier war der erste, der sich – unter jenen kleinen verbalen Knarzern und Grunzern, die jede Veränderung seiner Körperlage unweigerlich begleiten – von seinem Platz rührte. Er hievte seine wuchtige Körpermasse mühsam aus dem Flugzeug und stand auf dem grasbewachsenen ebenen Boden, den Blick zu Wilkes und mir emporgerichtet. Die Sonne brannte erbarmungslos auf uns drei hernieder.

Pelletiers erste Äußerung war rein praktischer Natur: »Wir wollen den Schatten dieses Baumes aufsuchen und essen.«

Zehn Minuten später hatten wir den Essenskorb ausgepackt, die Brotzeit ausgebreitet, und begannen zu schmausen, dort im Herzen von Quintana Roo. Und dem Anschein nach hätten wir genausogut beim Picknick in Kent oder Connecticut sitzen können!

Ich erinnere mich mit einer Klarheit, die unauslöschlich in mein Hirn gebrannt ist, wie Wilkes nach einem Zungenwurstsandwich langte, als der Wind einsetzte.

Er kam urplötzlich, ohne die geringste Warnung, ein jäher, heftiger Windstoß aus dem Nichts, gleich einem unerwarteten Schlag in den Rücken, und warf unsere friedvolle kleine Runde durcheinander, die dort auf dem Rasen im Schatten des urtümlichen Baumes gesellig beieinandersaß. Er riß die Papierserviette zwischen meinen Fingern in Fetzen. Er ließ das flache Senfglas fünf Meter entfernt auf dem Boden landen. Er blies die Untertasse mit gefüllten Oliven leer. Er ließ Pelletier hinter einem hurtig davonkugelnden Tropenhelm dreinstolpern. Und er packte Wilkes' leicht fleckige und beschmutzte Pilotenjacke aus Shantungseide – die Wilkes als Sitzunterlage benutzt und freigegeben hatte, als er er sich halb erhob, um das Sandwich zu ergreifen – und blies sie empor, entriß sie dem Boden, flatternd, eingefaltet und ausgefaltet, mal mit starr gespreizten Ärmeln, mal zum kompakten Ball geknäuelt, um sie darauf in einer erst steilen, dann abflachenden Kurve in die unteren Äste des Baumes und schließlich direkt zwischen sie hinauf aus unserem Gesichtsfeld zu tragen.

Nachdem er all dies angerichtet und unsere Picknickbestandteile in alle Richtungen verstreut hatte, erstarb der plötzliche Wind und alles war genau wie zuvor, abgesehen von der Zerpflückung unseres Mahls – und abgesehen von uns!

Ich werde nicht versuchen, von der strikten Wahrheit abzuweichen: Wir, alle miteinander, waren völlig aus dem Tritt. Wilkes fluchte bilderreich über den Verlust seiner Jacke und griff immer noch, in einer Art von konsterniertem Automatismus, die ausgesprochen ulkig wirkte, nach den nunmehr weit verstreuten Zungenwurstsandwiches. Pelletier, der mit dem geretteten Tropenhelm zurückkehrte, trug einen völlig verwirrten Ausdruck auf seinem breiten Gesicht, ganz so wie ein blessiertes Kind, das nicht recht begreift, was ihm zugestoßen ist. Was mich betrifft, so darf ich wohl sagen, daß ich ein nicht weniger komisches Bild bot. Der Windstoß hatte mich erwischt, als ich gerade Limonade aus einer Thermosflasche in drei dieser Pappbecher goß, die in gefülltem Zustand so schwer zu handhaben sind. Jetzt ertappte ich mich selbst, wie ich betreten auf den Teller mit kalten Schinkenscheiben starrte, die im Inhalt der umgekippten Becher schwammen.

Pelletier setzte sich wieder auf den Platz, den er einen Augenblick zuvor verlassen hatte, wandte sich mir zu und sagte: »Wo kam *das* jetzt her?«

Ich schüttelte den Kopf. Mir fehlte die Antwort darauf. Es war mir selbst unerklärlich.

Wilkes war es, der antwortete, Wilkes, den der Verlust seiner Jacke zutiefst erbost hatte, Wilkes, dem nicht bewußt war, wie eigentümlich zutreffend seine Entgegnung war, als er voller Ingrimm schnaubte: »Direkt aus dem hintersten Winkel der Hölle!«, wobei er sich erhob und zu jenem Baumriesen hinüberging, um ins Geäst hinaufzublicken, wo er vergeblich nach einem Zipfel Shantungseide mit Motorölflecken Ausschau hielt.

»Hm!« machte Pelletier, während er nachdenklich in ein Sandwich biß. Ich schwieg. Ich versuchte gerade, das, was von der kalten Limonade übriggeblieben war, gerecht in die Pappbecher aufzuteilen.

Es war nahezu eine Stunde später, wir hatten herzhaft geschmaust, die Überreste unseres Mahles fortgeräumt und geraucht, als Wilkes sich anschickte, den Baum zu erklettern. Ich weiß es so genau, weil ich gerade auf meine Uhr blickte. Es war vierzehn Minuten nach zwei – ein weiterer Umstand, der sich in mein Hirn gebrannt hat; ich schätzte nämlich ab, um wieviel Uhr wir, falls wir jetzt losflogen, wieder in Belize wären, wo ich um sieben zum Essen verabredet war. Ich nahm an, um fünf oder Viertel nach fünf.

»Die verdammte Jacke steckt irgendwo dort oben«, knurrte Wilkes, während er mit dem Blick die Zweige und Blätter absuchte. »Sie ist mit Sicherheit nicht wieder runtergekommen. Schätze, ich muß zu ihr hinauf!«

Ich verschränkte die Finger beider Hände zu einer Räuberleiter, er stellte den Fuß hinein, ein schneller Aufwärtsschwung, ein niedriger Ast geschickt gepackt, ein Schub mit dem Handrücken – und schon kletterte unser Pilot aus Belize wie eine Katze ins Herz dieses riesigen Baumes hinauf, um sein arg verschmutztes Kleidungsstück zurückzuerobern.

Der zusammengepackte Essenskorb mußte ins Flugzeug zurückgebracht werden, das einige Dutzend Meter vom Baum entfernt wartete. Ich kümmerte mich darum, während Pelletier sich schattengeschützt im Schneidersitz seinem Notizbuch widmete.

Nachdem ich den Korb verstaut hatte, schlenderte ich zurück. Ich blickte zum Baum hinüber und erwartete, Wilkes zu diesem Zeitpunkt mit der geretteten Jacke herabklettern zu sehen. Aber er war immer noch oben. Dort rührte sich nichts außer einer schwachen – einer sehr schwachen – Bewegung der Blätter, die ich, den Baum emporblickend und sie beobachtend, als widernatürlich einstufte, denn nirgendwo regte sich auch nur ein einziger

Lufthauch. Ich erinnere mich des kuriosen Gedankens, daß der riesige Baum über uns lache, leise und verhalten, angesichts des Ärgers, den er Wilkes bereitete.

Ich ließ mich neben Pelletier nieder, und er begann, vielleicht zum dritten oder vierten Mal, über die seltsame Windböe zu sprechen. Diese hatte einen immensen Eindruck auf Pelletier gemacht, wie es schien. Nach seiner Äußerung hielt Pelletier inne, runzelte die Stirn, warf einen Blick auf seine Uhr und anschließend auf den Baum, und bemerkte: »Wo bleibt der Bursche? Er ist schon zehn Minuten dort oben!«

Wir gingen rüber zum Fuß des Baumes und blickten hinauf ins Geäst. Der Baumriese erhob sich unergründlich, eine winzige, kaum wahrnehmbare Bewegung im Blattwerk. Ich entsann mich jenes früheren Eindrucks einer spöttischen Note, den diese leise Bewegung in mir hervorgerufen hatte, und lächelte still.

Pelletier rief in den Baum hinauf: »Wilkes! Wilkes – können Sie die Jacke nicht finden?«

Und noch einmal: »Wilkes! Wilkes – wir müssen recht bald zum Rückflug starten!«

Aber es kam keine Antwort von Wilkes, lediglich dieses fast nicht wahrnehmbare Säuseln der Blätter, so als ob dort oben eine schwache Brise wehte; als würde der Baum tatsächlich verhalten über uns lachen. Und es war etwas – etwas vage Unheilvolles, Abgefeimtes, wie eine Verhöhnung – in jenem kleinen, trockenen, raschelnden Kichern.

Pelletier und ich sahen einander an, und in unseren Augen lag kein Lächeln.

Wie auf Kommando setzten wir uns ins Gras. Wieder sahen wir einander an. Ich meinte den Hohn des Baumes zu fühlen; offener jetzt, nicht mehr wie ein zarter Anflug, eine Nuance. Es schien mir jetzt recht unverhohlen, wie ein Schlag ins Gesicht! Hier lag wirklich eine beispiellos mißliche Situation vor. Wir waren bereit zum Abflug, und wir hatten keinen Piloten. Unser Pilot hatte lediglich eine ganz gewöhnliche Handlung vollbracht. Er war auf einen Baum geklettert.

Aber: Er war nicht wieder runtergekommen – das war alles.

Es schien einfach, den Sachverhalt auf diese Weise zu beschreiben, wie ich es tat. Und dennoch führten die Folgerungen aus diesem einfachen Sachverhalt – ja, *wohin* führten sie? Die ganze Sache war, sofern man keinen Unfall annahm (eine ausgefaulte Höhlung im Stamm, die Wilkes verschluckt hatte, oder etwas in der Art), und ebensowenig einen Scherz (Wilkes, der sich wie ein kleines Kind vor uns im Wipfel versteckte), wenn man keine dieser Erklärungen für sein Fortbleiben und sein Schweigen auf unsere Rufe akzeptierte, dann war die ganze Sache – schlicht unmöglich.

Wilkes war ein erwachsener Mann. Es war nicht anzunehmen, daß er sich da oben vor uns versteckt hielt. Wenn er irgendwie festsaß und dadurch am Abstieg gehindert wurde, hätte er zumindest auf Pelletiers Rufe reagieren und seine eventuelle Notlage mitteilen können. Er hatte sich überdies hoch in den Baum emporgearbeitet. Nachdem ich ihm für den Anfang meine helfende Hand geliehen hatte, hatte ich ihn behende weiter hinaufklettern sehen. Er war tatsächlich weit oben gewesen, als ich wegging, um den Essenskorb ins Flugzeug zurückzubringen, und er war immer höher geklettert, weit über den unteren Abschnitt des Stammes hinaus, wo es ausgefaulte Höhlungen geben mochte. Er war nun seit fast zwanzig Minuten dort oben, ohne zu uns zurückzukehren. Wir konnten ihn nicht sehen.

Eine leichte Kälte kroch über mein Rückgrat, wie eine Vorahnung, eine Warnung. Es schien hier – ganz plötzlich erkannte ich es – etwas Böses, etwas Bedrohliches, etwas Todbringendes zu existieren. Ich sah zu Pelletier hinüber, um zu sehen, ob sich etwas von dieser Empfindung in seinem Gesicht spiegele, und als er meinen Blick bemerkte, sagte er: »Canevin, ist Ihnen aufgefallen, daß diese Lichtung kreisrund ist?«

Ich nickte.

»Bringt Sie das auf einen Gedanken?«

Ich hielt inne, dachte nach. Es fiel mir so manches ein, im Lichte meines immer noch anhaltenden Gefühls bezüglich dieses Ortes mit dem riesigen Baum in der Mitte. Es war, zum einen, unzweifelhaft eine einzigartige Formation in der Topographie dieser Halbinsel. Die Kreisform ließ an ein Areal denken, das von seiner Umgebung abgegrenzt ist – und zwar mit Absicht – mit irgendwessen Absicht. Sodann drängte sich meinen Überlegungen besonders der ›Ring-Gedanke‹ auf. Der Ring oder Kreis spielt eine große Rolle im Okkulten, im Übernatürlichen; der Ring der Elfen; Tanzkreise (auch sie waren grasbewachsene Flächen); die normannischen Cromlechs; Stonehenge; die Riten der Druiden; Schutzkreise, deren äußere Linie die belagernden Mächte des Bösen nicht zu durchdringen vermögen … nach diesen Erwägungen blickte ich wieder auf zu Pelletier.

»Gütiger Himmel, Pelletier! Ja – glauben Sie denn …?«

Pelletier wedelte mit einer seiner großen, plump wirkenden Hände, jener Hände, die den Tod am Operationstisch so oft aufgehalten und so oft besiegt hatten.

»Es ist eindeutig«, murmelte er und nickte mehrmals mit dem Kopf. Dann: »Dieser Windstoß, Canevin – Sie erinnern sich? *Er* war es, der Wilkes' Jacke dort hinauftrug und ihn veranlaßte, hinterherzuklettern; und jetzt – bitte schön, wo ist der Mann?«

Ich schüttelte langsam den Kopf. Es schien keine Antwort auf Pelletiers Frage zu geben. Dann: »Was ist es, Pelletier?«

Pelletier antwortete, wie bei ihm üblich, erst nach weiterem Nachdenken und mit einer gewissen Bedachtsamkeit. Er wägte sichtlich jedes Wort ab. »Alle Anhaltspunkte, die wir bisher haben, verweisen auf einen – Elementargeist der Lüfte.«

»Einen Elementargeist der Lüfte?« Der Begriff selbst, welche Vorstellung oder welcher vage, entlegene Aberglaube oder welche körperlose Wesenheit auch immer in ihm ihren Ausdruck finden mochte, war mir vertraut, doch wer – außer Pelletier, dessen Bandbreite des Wissens ich niemals ermessen hatte – würde in diesem Zusammenhang an so etwas denken?

»Was ist ein Elementargeist der Lüfte?« fragte ich ihn in der Hoffnung auf eine erleuchtende Auskunft.

Pelletier wedelte auf seine typische Art mit der Hand. »Es wäre etwas schwierig, das auf Anhieb verständlich zu machen, um es so auszudrücken, Canevin«, sagte er, wobei sein Nichtvermögen, in Worte zu fassen, was sein seltsamer, unerschöpflicher Geist beherbergte, tiefe Furchen in seine breite Stirn grub. »Und selbst wenn es mir auf der Zunge läge, würde es unvertretbar lange dauern.«

Er hielt inne und blickte mich mit einem schiefen Grinsen an. »Ich werde Ihnen alles darüber erzählen, falls wir jemals die Gelegenheit dazu erhalten.« Dann, als ich nickte, mich gezwungenermaßen mit seiner wenig erhellenden Erklärung begnügend, fügte er an: »Das heißt, all das wenige, das sehr wenige, das ich, oder eigentlich überhaupt jemand, darüber weiß!«

Und damit hatte ich mich – *nolens volens* – zufrieden zu geben.

Es schien meinen genarrten Sinnen, mittlerweile geschärft für jene mutmaßliche Atmosphäre der Bedrohung, die ich rings um uns wahrnahm, als ginge ein verstärktes Rascheln von den Blättern des Baumes aus. Ein unwillkürlicher Schauder durchlief meinen Körper. Von jenem Moment an empfand ich es ganz deutlich: die sichere, unabweisbare Gewißheit, daß wir drei allein standen, eingekreist, von etwas umzingelt; etwas Ungeheurem, über jedes Maß hinaus Mächtigem, gleich der unberechenbaren Gewalt eines Gottes oder einer mythischen Entität; etwas Elementarem und, das fühlte ich, Altem von urweltlicher Stärke; etwas, das sich hier aus Gefilden jenseits aller menschlichen Vorstellungen manifestiert hatte; etwas ausgeprägt Nichtmenschliches, uns unsäglich feindlich und verderblich gesonnen. Ich fühlte, daß wir auf *Seinem* Territorium weilten, und daß *Es* uns bis jetzt verächtlich nur den äußersten Zipfel seiner Bosheit und Macht gezeigt hatte. *Es* hatte sich still und unauffällig Wilkes' bemächtigt. Inzwischen, während *Es* auf seine Stunde lauerte, beobachtete *Es* nur, gleichsam amüsiert; sich *Seiner* böswilligen, überwältigenden Macht gewiß; beobachtete uns, während *Es* die beste Gelegenheit abwartete, über uns herzufallen …

Um meine Anspannung zu lösen, erhob ich mich und ging ein paar Schritte bis zum Saum des beinahe kreisrunden Baumschattens. Von dort blickte ich den sanften Abhang hinunter über das unbewegte kurze Gras und durch die flirrenden Hitzeschleier dieses dumpfen Nachmittags, bis hin zum Horizont aus Urwaldbäumen.

Was war das? Ich schirmte meine Augen ab und strengte mich an, um die dazwischenliegenden Hitzewogen mit dem Blick zu durchdringen; dann rannte ich – entgeistert, ungläubig – zum Flugzeug hinüber, langte durch den Einstieg hinein und brachte das Zeiss-Hochleistungsfernglas zum Vorschein, das Bischof Dunn mir am Abend zuvor in Belize geliehen hatte. Ich hob es an die Augen, ohne zu warten, bis ich in den Schatten zu Pelletier zurückgekehrt war. Ich wollte prüfen, bestätigen, was ich dort unten am Saum des ringsum wuchernden Dschungels gesehen zu haben glaubte; und zugleich mir selbst beweisen, daß ich noch gesunden Geistes war.

Dort am Urwaldrand, auf den ich dieses hervorragende Fernglas scharfgestellt hatte, sah ich nun klar und deutlich in wildem Gewusel, übereinander und durcheinander, unter hektischem Gefuchtel – und lautem Gerufe, das meine Ohren aus dieser Entfernung natürlich nicht erreichte – augenscheinlich auf dem Siedepunkt höchster Erregung – zu Hunderten, ja Tausenden wimmelnd – eine unzählbare Horde jener stumpfsinnigen braunen Indianer, die noch immer Mayas genannt werden und zu mehr als vierhunderttausend Köpfen die eingeborere Bevölkerung der Halbinsel von Yucatan – der Provinz Yucatan, Campeches und Quintana Roos – ausmachen.

Sie alle richteten ihre Aufmerksamkeit gestikulierend und mit den Fingern deutend ganz offensichtlich auf den Mittelpunkt der großen runden Lichtung, auf den Baumriesen – auf uns.

Und dann, während ich meinen fernglasbewehrten Blick an der weiten Rundung des Dschungelsaums um die große Lichtung entlangstreichen ließ, faszininert von seiner höchst bizarren Struktur, erkannte ich plötzlich mit kaltem Schaudern, daß all diese aufgeregten Indianer, obwohl völlig aus dem Häuschen und sichtbar am Rand der Selbstkontrolle, sich strikt im Schutz des Waldes hielten. Nicht einer setzte auch nur einen Fuß über jene Trennlinie zwischen dem Urwaldsaum und dem Rand der Lichtung hinweg auf das kurze Gras.

Schließlich ließ ich das Fernglas sinken und trabte zurück zu Pelletier. Er hatte sich nicht fortgerührt. Er wandte mir ein sehr ernstes Gesicht zu, als ich herankam.

»Was haben Sie dort unten gesehen, Canevin?« Er deutete auf die ferne Wand aus Bäumen.

Wie in Gedanken versunken lauschte er meinem Bericht, wobei er von Zeit zu Zeit nickte. Er ließ sich seine Aufmerksamkeit erst dann anmerken, als ich erwähnte, daß die Indianer sich penibel innerhalb der Waldgrenze hielten. Er gestattete sich ein kurzes, explosives »Ha!«, als ich es erzählte.

Und als ich fertig war, kam es ernst: »Canevin, wir befinden uns in einer sehr schlimmen Lage.« Er sah immer noch prüfend zu mir empor, so als wolle er sich vergewissern, ob ich mir der Situation, wie er sie einschätzte, bewußt sei oder nicht.

Ich nickte und warf einen Blick auf meine Uhr. »Ja, das ist mir durchaus klar. Es ist jetzt fünf Minuten vor drei. Wilkes ist bereits seit einer dreiviertel Stunde dort oben. Das ist eine Tatsache, egal, welche Erklärung wir dafür suchen. Keiner von uns beiden ist fähig, ein Flugzeug zu steuern; und selbst wenn wir es könnten, Pelletier, so können wir schwerlich ohne Wilkes nach Belize zurückkehren. Wir hätten keine Erklärung für sein Verschwinden: ›Ganz recht, Herr Kommissar, er kraxelte einen Baum rauf und kam nicht wieder runter!‹ Man würde uns für Idioten halten, oder sogar für Mörder! Überdies ist dort diese – tja – Indianerhorde um uns herum. Wir sind umzingelt, Pelletier, und es sind, allein auf einen Blick, tausende von ihnen! In dem Moment, in dem sie beschließen, über uns herzufallen – ist es wohl um uns geschehen, Pelletier«, beendete ich diese Betrachtungen und hielt dabei besorgt Ausschau in Richtung des Urwaldrandes.

»Genug damit!« schnappte Pelletier erbost. »Wir sind ›umzingelt‹, wie Sie es ausdrückten, Canevin, nur auf möglicherweise etwas andere Art, als Sie ahnen. Diese Indianer« – sein langer Arm fuhr am Horizont entlang – »werden uns niemals angreifen. Das können sie getrost vergessen, bester Freund. Abgesehen von der Tatsache, daß unsere Nahrungsmittel höchstens noch für ein einziges karges Mahl reichen, haben Sie unsere – nun ja – materiellen Probleme erfaßt. Wie dem auch sei –«

Ich unterbrach ihn: »Dieser Haufen, Pelletier, ich versichere Ihnen, es sind deren tausende! Warum sollten sie uns einkreisen, wenn –«

»Sie werden uns nicht angreifen. Es sind nicht *wir*, die sie einkreisen, auch wenn unser Hiersein, in gewisser Weise, den Anlaß für ihre Zusammenrottung dort unten darstellt. Sie sind nicht in der Laune, irgend jemanden anzugreifen, Canevin – *sie haben Angst!*«

»Angst?« stieß ich hervor. »Angst? Wovor, in Gottes Namen?« Diese Vorstellung schien mir beim ersten Anhören so völlig absurd, so unglaublich weit hergeholt ... schließlich war ich es, der sie durch das Fernglas beobachtet hatte, und nicht Pelletier, der so ruhig hier saß und mir weismachen wollte, was eine schlichte Unmöglichkeit schien. »Das ergibt keinen Sinn für mich, Pelletier«, fuhr ich fort. »Überdies haben Sie von ›materiellen‹ Problemen gesprochen. Worin bestehen die anderen?«

Pelletier sah mich ziemlich lange an, ehe er antwortete, lange genug für mich, um mir jene unheimlicheren Aspekte ins Gedächtnis zu rufen, welche dank der scheinbar gegenwärtigeren Gefahr durch jenen Indianeraufmarsch aus meinem Bewußtsein verdrängt worden waren. »Wo, glauben Sie, befindet sich Wilkes?« fragte er. »Können sie ihn – hm – dort oben sehen?« Er wies mit dem Daumen über seine Schulter, wie es Künstler und Chirurgen tun.

»Guter Gott, Pelletier, Sie glauben doch nicht ...?«

»Schauen Sie nur scharf in den Baum hinauf«, sagte Pelletier ruhig. »Rufen Sie nach ihm; warten Sie ab, ob er antwortet. Sie haben mich rufen gehört. Wilkes ist ja nicht taub!«

Ich stand dort schweigend und betrachtete meinen Freund, wie er da im Gras hockte, seine ungeschlachte Körpermasse schwerfällig hingepflanzt. Ich bekenne, daß eine ganze Salve stechender kleiner Kälteschauer mein Rückgrat rauf und runter lief. Schließlich trat ich dicht an den mächtigen Baumstamm heran und blickte hinauf. Ich rief: »Wilkes! Hey, *Wilkes!*« so laut ich konnte, mehrere Male. Ich glaube, ich vermied gerade noch, daß ein hysterischer Unterton in mein allzu lautes Rufen trat.

Denn keine menschliche Stimme antwortete von dort oben – lediglich, so kam es mir vor, ein nun unverkennbar höhnisches Rascheln, eine Art leiser Kakophonie, von diesen verdammten schwänzelnden Blättern, die sich ohne Wind bewegten. Nirgends rührte sich auch nur ein Hauch. Dies kann ich beschwören. Aber diese Blätter ...

Der Schweiß, den mir die leichten Anstrengungen sogar im Schatten des Baumes aus den Poren trieb, rann mir kalt über die Stirn, in die Augen und unter der weißen Drillichkleidung am Körper hinab. Ich hatte keine Spur von Wilkes oben im Baum erblickt, aber trotz dessen enormer Größe war das Blätterkleid des Baumes nicht so dicht, daß man nicht jeden Abschnitt davon hätte einsehen können. Wilkes weilte jetzt fast eine Stunde dort oben. Es war, als sei er geradewegs vom Angesicht der Erde getilgt. Nun wußte ich genau, was sich Pelletier gedacht hatte, als er zwischen unseren ›materiellen‹ und anderen Problemen unterschied. Langsam ging ich zu ihm zurück.

Pelletiers Gesicht trug einen düsteren Ausdruck. »Haben Sie ihn gesehen?« bohrte er. »Hat er Ihnen geantwortet?« Aber wie es schien, waren dies rein rethorische Fragen. Pelletier hielt nicht inne, um eine Antwort von mir abzuwarten. Statt dessen feuerte er weitere Fragen ab: »Haben Sie irgendwelche Ameisen auf dem Stamm gesehen? Sie standen ja ziemlich dicht dran.« Dann, ohne Pause: »Sind sie von irgendwelchen Insekten belästigt worden, seit wir hier landeten? Haben Sie welche beim Essen bemerkt, oder als Sie den Korb zum Flugzeug trugen?« Und schließlich, mit einer ausgreifenden, aufwärtsweisenden Geste: »Haben Sie irgendwelche Vögel entdeckt, Canevin?«

Als einzige, umfassende Antwort auf all diese Fragen schüttelte ich stumm den Kopf. Ich hatte weder Ameisen noch sonstige Insekten gesehen. Kein Vogel flog. Jetzt, da meine Aufmerksamkeit auf diesen Umstand gelenkt worden war, konnte ich mich nicht entsinnen, irgendein Lebewesen außer uns selbst gesehen zu haben.

Pelletier unterbrach diese Überlegungen: »Der Ort ist tabu, Canevin, und nicht nur für diese Indianer dort unten zwischen den Bäumen – für alles Lebende, Mann! – bis hin zu den Vögeln, zu den Wildtieren, zu den Insekten!« Er senkte seine Stimme auf einmal zu einem tiefen, unheilschwangeren Tremolo, das zutiefst besorgt klang. »Canevin, dies ist der Hort von etwas uraltem Bösen, und wir sind in ihn eingedrungen.«

Nach dieser ungeschminkten Feststellung – aus dem Munde eines Mannes wie Dr. Pelletier – fühlte ich mich, so seltsam es anmutet, besser. Das scheint vielleicht dem Normalverstand zuwider zu laufen; dennoch ist es absolut und vollkommen wahr. Denn jetzt wußte ich, womit wir es zu tun hatten. Jene unheimlichen Empfindungen, die ich erwähnt habe, und die ich im Angesicht der vermeintlichen Gefahr durch jene geballte Zusammenrottung von Halbwilden im Urwald nahezu vergessen hatte, verdichteten sich nun zur Gewißheit, daß wir einer bösartigen Bedrohung gegenüberstanden, nicht menschlich, nicht von dieser Welt, etwas, das sich nicht mit unseren alltäglichen Maßstäben für Sicherheit einschätzen oder beurteilen ließ. Und sobald ich, Gerald Canevin, erst weiß, womit ich es – in welch mißlicher Lage auch immer – zu tun habe, sobald ich weiß, womit ich konfrontiert bin, sobald, anders gesagt, alle Ungewißheiten beseitigt sind – handle ich!

Doch zuerst wollte ich etwas mehr darüber wissen, was Pelletier, gefahrenerprobt wie er war, in seinem geschulten Kopf herumging. »Sagen Sie mir, um was es sich Ihrer Meinung nach handelt«, bat ich ruhig und wartete ab, daß er begann.

Er spannte mich nicht lange auf die Folter. »Bevor Harvey den Blutkreislauf entdeckte, Canevin, und dadurch die anatomische Wissenschaft auf den Weg zu ihrem gegenwärtigen modernen Stand brachte, glaubten die frühen Anatomen, daß der menschliche Körper vier Säfte enthalte. Erinnern Sie sich dessen? Man taufte sie den melancholischen, den sanguinen, den phlegmatischen und den cholerischen Saft – imaginäre Flüssigkeiten! Diese, oder ihre vermeintliche Kombination zu verschiedenen Anteilen, wurden für den Zustand oder die Gemütsverfassung des ärztlichen Patienten verantwortlich gemacht. Das war ›Wissenschaft‹ – in den Tagen Nicholas Culpeppers, Canevin! Heute, in den Tagen der Mayo-Brüder, ist dieses Zeug nur mehr historisch, überholt, etwas, worüber man lächelt! Aber vergessen Sie niemals, Canevin, es *war* moderne Wissenschaft – dereinst! Und machen Sie sich klar, wie wahr es im Grunde ist! Auch wenn es keine derartigen Säfte im menschlichen Körper gibt – es handelte sich um spekulative Wissenschaft, nicht um empirische, sie basierte nicht auf Beobachtung wie unsere heutige, war nicht experimentell – so sollten Sie sich doch zu Bewußtsein bringen, wie sehr diese vier vermeintlichen Säfte tatsächlich mit den unterschiedlichen Temperamenten des Menschen übereinstimmen. Noch immer sagen wir, diese oder jene Person sei ein ›Sanguiniker‹ oder ein ›Phlegmatiker‹, oder auch ein ›Choleriker‹! Wir führen die Gemütsstimmungen heute zu weiten Teilen auf die Hormondrüsen mit ihren gleichermaßen obskuren Flüssigkeiten zurück; und, Canevin, das eine kommt der Wahrheit genauso nahe wie das andere!

Nun zu einer Analogie! Ich erinnerte Sie an diese frühe Anatomie, um sie mit etwas anderem zu vergleichen. Lange bevor die moderne Naturwissenschaft entstand, hatten die Altvorderen, Kopernikus, Duns Scotus, Bacon, die Forscher jener Tage, sogar Ptolemäus, ihre vier Elemente: Luft, Erde, Wasser und Feuer. Diese vier Elemente gelten auch heute noch, Canevin. Der Hauptunterschied zwischen heute und damals ist der sogenannte ›Elementargeist‹ hinter jedem Element – etwas mit Intelligenz Begabtes, Canevin, etwas Gottartiges. Diese Vorstellung geht auf die Gnostiker des zweiten und dritten Jahrhunderts zurück; und die Gnostiker bezogen die Anstöße für solche Überlegungen aus der einstmals modernen Wissenschaft Alexandrias; Sumers und Akkads; Ägyptens, Phrygiens, Pontus' und Commagenes! Dieser Windstoß, Canevin – was meinen Sie –«

»Sie glauben«, fiel ich ein, »es ist ein Elementargeist der Lüfte …?«

»Was sonst, Canevin? Oder lassen Sie es uns so ausdrücken: das, was die Alten unter einem Elementargeist der Lüfte verstanden, eine lenkende Intelligenz. Würden Sie all dies: Wilkes Verschwinden, all das bis jetzt Beobachtete« – Pelletier schloß mit einer umfassenden Geste den Baum, die kreisförmige Rasenfläche, sogar den insektenfreien Boden und die vogelleere Luft ein – »auf alltägliche, moderne, materielle Ursachen zurückführen; auf Dinge, die Millikan und seinesgleichen klassifizieren, ausmessen und anschließend berechnen könnten – würden Sie das, Canevin?«

Ich schüttelte den Kopf.

»Ich werde diesen Baum erklettern, um Wilkes zu suchen«, entschied ich und ließ meine Drillichjacke in das Gras neben Pelletier fallen. Ich legte meinen Tropenhelm dazu. Ich schnallte meinen Gürtel ein Loch enger. Dann rückte ich dem Baum zu Leibe.

Ich rechnete mit irgendeiner Art von Protest oder Warnung seitens Pelletiers. Er äußerte lediglich: »Wilkes hat es dort oben auf irgendeine Weise erwischt, weil er nicht wachsam war, vermute ich. Sie wissen mehr oder weniger, womit Sie rechnen müssen!«

Ich wußte nicht, womit ich rechnen mußte, aber ich war ziemlich sicher, daß sich dort oben etwas verbarg. Ich war vorbereitet. Dies war nicht das erste Mal, daß Gerald Canevin sich den Mächten der Finsternis, dem Übernatürlichen stellte. Ich sandte ein kurzes und inbrünstiges Gebet zum Schöpfer dieses Universums, zum IHM, der alle Dinge formte, ›sichtbar und unsichtbar‹, wie das Nizenische Glaubensbekenntnis sagt. ER, ihr Schöpfer, war mächtiger als alles. Falls ER mir beistand …

Ich sprang nach dem Auswuchs empor, zu dem ich Wilkes hochgeholfen hatte, packte ihn, umschlang ihn mit beiden Händen, zog mich rauf, und dann, mit einem tiefen Atemzug, begann ich den Aufstieg zwischen den noch immer trocken raschelnden Blätter in eine tiefe und düstere Schattenatmosphäre, wo kein Lufthauch ging …

Mir ist nur zu bewußt, daß, falls dieser Bericht über das, was Wilkes, Pelletier und mir widerfahren ist, jemals einen anderen Leser außer mir selbst findet – und außer Pelletier natürlich, sollte ihm daran liegen, meine Aufzeichnungen zu lesen; Wilkes, der arme Teufel, stürzte über den Anden ab, drei Monate vor dem Zeitpunkt dieser Niederschrift –, mir ist also bewußt, daß, wiewohl der bisherige Teil dieses Berichtes nicht wirklich über schlichte Absonderlichkeit hinausgeht, der nun kommende Teil notwendigerweise unglaubwürdig erscheinen wird; anders ausgedrückt: daß er die Gutgläubigkeit des hypothetischen Lesers ernstlich und bis an die Grenzen strapazieren wird.

Denn was ich fand, als ich hinter Wilkes her auf den Baum kletterte – in gewissem Sinne geistig vorbereitet, aber ohne jede Kenntnis darüber, was mir begegnen mochte – war – nun ja, es ist gut möglich, daß zwei Millennien – zweitausend Jahre oder mehr – über diese Urwälder hinweggegangen sind, seit jene urzeitliche Macht in direkter Konfrontation gebannt wurde. Und dennoch hatte die Erinnerung an ES unter den halbwilden Eingeborenen, die in diesem Augenblick dort unten am Dschungelrand vor Erregung heulten und hüpften, ohne zu versiegen fortbestanden; hatte möglicherweise sechzig Generationen überdauert.

Ich schätze, daß ich exakt bis zur Mitte des großen Baumes hinaufgelangte. Nicht das Geringste ereignete sich bis dahin. Mein Denken wurde natürlich teilweise von dem rein körperlichen Vorgang des Kletterns beansprucht. Ungefähr an diesem Punkt meines Aufstiegs zwischen den Blättern und Zweigen hielt ich inne und sah nach unten. Dort stand Pelletier, den Blick zu mir emporgewandt, eine massige, einsame Gestalt. Mein Herz flog ihm zu. Ich konnte ihn, durch die Perspektive seltsam verkürzt, erkennen, als ich steil hinabschaute, wobei das dazwischenliegende Ast- und Blätterwerk seine Umrisse verwischte. Ich winkte und rief ihm etwas hinab, und Pelletier winkte mir beruhigend zurück, ohne etwas zu sagen. Ich setzte meinen Aufstieg fort.

Ich hatte mich vielleicht weitere fünf Meter oder mehr den Baum hinaufgearbeitet – ich konnte den blauen Himmel erkennen, wenn ich direkt nach oben blickte – als ebenso überraschend wie jener unerklärliche Windstoß, der unsere Mahlzeit gesprengt hatte, sich wie mit bewußtem Vorsatz die ganze Krone des Baumes zusammenzog und mich zu umschließen begann. Die beste Schilderung, die ich von diesem Vorgang zu liefern vermag, lautet, daß die oberen Zweige ungefähr von der Mitte des Baumes an sich plötzlich aneinanderschmiegten. Dieses Gewoge kam von unten auf mich zu, und indem es mich erfasste und von allen Seiten quetschte, schob es mich in einer Art aufwärtsführender Schluckbewegung weiter hoch wie ein Stück Brei durch einen knetbaren Schlauch!

Ich glitt durch den Zylinder, den jene oberen Zweige formten, indem sie sich unter dem Einfluß eines unwiderstehlichen Druckes bogen und emporstreckten. Meine Aufwärtsbewegung gewann unter diesem mechanischen Zwang rapide an Geschwindigkeit, und in sehr viel weniger Zeit, als nötig ist, um es hinzuschreiben, schoß ich hoch; brach zwischen den filigranen obersten Blättern und Zweigen förmlich hervor wie von einem monströsen Luftgewehr abgefeuert; und flog, nunmehr befreit von hinderlichem Ast- und Blattwerk, geradewegs hinauf in den lichtblauen Himmel.

Ich fühlte, wie mir die Kontrolle über meine Wahrnehmung entglitt, während die irrwitzige Geschwindigkeit zunahm! Ich schloß die Augen gegen die rasch auftretende Übelkeit und fiel in eine Art leere Apathie, die, ich weiß nicht wie lange, anhielt, aus welcher ich jedoch durch einen abrupten Schlag herausgerissen wurde, der mir jeden einzelnen Knochen und Muskel und Nerv und Sehnenstrang im Leibe zu zerschmettern schien.

Unerklärlicherweise fühlte ich, nachdem meine Körperfunktionen sich allmählich erholt hatten, festen Untergrund. Ich schlug die Augen auf.

Ich fand mich selbst in Sitzlage wieder und fühlte schnell, daß die zermalmenden Empfindungen des Landeaufschlags nachließen. Ich verspürte keine Übelkeit und, so unglaublich dies nach den geschilderten Umständen erscheinen muß, ich fühlte mich durchaus wohl! Welcher Untergrund mich auch immer trug, er war verhältnismäßig weich und nachgiebig, wie dicker Torf, wie ein luftgefülltes Kissen. Über mir erstreckte sich wolkenloses Firmament, der tropische Himmel des Spätnachmittages in diesen Breiten.

Beinahe automatisch führte ich meine Hand nach unten, um nachzufühlen, worauf ich ruhte. Wie von selbst folgten meine Augen dieser Bewegung. Meine Hand berührte etwas, das sich wie grob gewellter Gummi anfühlte, meine Augen erfassten eine lederfarbene Bodenoberfläche bar jeder Vegetation, eine Oberfläche, die sich, wie ich mit einer neugierigen Kopfdrehung erkannte, überall bis zu einem weit entfernten, unregelmäßigen Horizont erstreckte. Dieser Boden war nicht völlig eben, so wie etwa Rasen eben ist. Dennoch zeigte er weder deutliche Erhebungen noch irgendwelche ausgeprägten Vertiefungen. Ziemlich nah zu meiner Rechten, während ich dort saß und meiner neuen Umgebung innewurde, überschnitten einander zwei seichte Täler von beachtlicher Breite. In einer Richtung – genau südlich, wie ich aus der Sonnenposition schloß – zeichneten sich drei ferne, riesige und runde Erhebungen oder Hügel gegen den Horizont ab; und noch weiter südlich, in verschwommener Entferung und von meinem Sitzplatz aus kaum mehr sichtbar, schienen sich dahinter nebelhafte Anhöhen über vier stufenweise ansteigende Plateaus zu erstrecken. Ich befand mich in der ungefähren Mitte einer gigantischen Ebene, deren tiefster Punkt, das Zentrum eines tellerähnlichen Geländes, meine unmittelbare Umgebung ausmachte; sozusagen das Spiegelbild der großen Kreisfläche, die den Baum umschloß.

»Großer Gott!« rief eine Stimme hinter mir. »Das ist ja Canevin!«

Ich drehte mich abrupt in die einzige Richtung, in die ich noch nicht geblickt hatte. Dort, kaum sieben Meter entfernt, saß unser Pilot Wilkes. Er hatte seine Jacke wiedergefunden! Er trug sie sogar. Dies, so sonderbar es ist, war die erste Reaktion meines Intellektes darauf, in dieser unheimlichen Welt, in die ich befördert worden war, einen Kameraden gefunden zu haben.

Im selben Augenblick, in dem ich Wilkes erkannte, bemerkte ich, daß von tief unter der Bodenoberfläche in regelmäßigen Abständen eine Art hämmerndes Beben heraufdrang, wie von einem gigantischen Aggregat oder

Motor. Dieser pulsierende, rhythmische Takt war nicht hörbar. Er teilte sich mir – und auch Wilkes, wie ein späteres Gespräch zwischen uns erwies – nur über den Tastsinn mit. Und er dauerte, wie ich vorwegnehmen darf, während unseres gesamten Aufenthaltes in dieser Welt sich steigernder Fremdartigkeit an.

»Wie ich sehe, haben Sie Ihre Jacke gerettet«, sagte ich, als Wilkes aufstand und auf mich zukam.

»Darauf können Sie wetten!« erwiderte Wilkes und reckte seine eckigen Schultern, als wolle er demonstrieren, wie gut die Jacke seinem schmalen Körper paßte. »Und was halten Sie – davon?« fragte er mit einer allumfassenden Geste, welche das ganze unregelmäßige, vegetationslose, lederfarbene Terrain um uns her einschloß. »Befinden wir uns in der sogenannten vierten Dimension, oder was?«

»Dazu später«, bat ich, »wenn es Ihnen nichts ausmacht, zuerst brauche ich die Möglichkeit, ein wenig nachzudenken. Ich bin gerade erst an diesen Ort hinaufkatapultiert worden und noch nicht im Bilde!« Dann: »Und wie haben Sie es nach hier oben geschafft? Jedenfalls nehme ich an, daß es sich um *oben* handelt.«

Es ist hier unnötig, Wilkes Bericht über das, was ihm im Baum und später widerfuhr, zu wiederholen. Es deckt sich mit meinem Erlebnis, das ich bereits geschildert habe. Über diesen Umstand informierte ich Wilkes, sobald er zu Ende erzählt hatte.

»Dieser – nun – Boden ist reichlich sonderbar«, stellte Wilkes fest. »Sehen Sie mal!«

Er öffnete sein Klappmesser, ging in die Hocke, stieß die Klinge etwa einen Zentimeter tief in den Untergrund und zog dann einen langen, tiefen Schnitt durch das, was er als ›Boden‹ bezeichnet hatte. Dessen ganze Beschaffenheit war völlig anders als diejenige jedes Erd- oder Ackerbodens, den ich je gesehen hatte. Mit Sicherheit war es keine Erde, wie wir sie kennen. Wilkes zog dicht neben dem ersten und parallel dazu einen weiteren Schnitt, verband beide am Ende mittels einer kurzen Kerbung, stieß mit der Messerspitze hinein und zog einen langen, schmalen Streifen ab. Am dünnen Ende festgehalten, baumelte der Riemen von seiner Hand, wie es etwa ein gleich geformtes Stück frisch geschnittenen Küchenlinoleums tun würde. In der Tat sah das Material sehr wie Linoleum aus, abgesehen davon, daß es sowohl biegsam als auch durchsichtig war.

»Ich habe noch ein Stück in der Jackentasche«, sagte Wilkes und händigte mir den frischen Streifen aus. Ich nahm ihn und betrachtete ihn eingehend.

»Gestatten Sie mir einen Blick auf Ihr Exemplar?« fragte ich Wilkes.

Wilkes fischte seinen Streifen aus der Tasche seiner verschmierten Fliegerjacke und reichte ihn mir. Er hatte ihn zusammengerollt, und das Ding ließ sich nicht leicht auseinanderrollen. Ich faßte es an beiden Enden und zog es lang. Dann verglich ich beide Exemplare. Das seine war deutlich trockener als meines und viel weniger biegsam. Ich sagte nichts. Ich rollte lediglich Wilkes' Streifen zusammen und gab ihn zurück.

»Ich hab die ganze Zeit hier am Fleck gehockt«, bemerkte Wilkes, »seit es mich an diesen gottverlassenen Ort verschlug – falls es ein Ort ist – denn – na ja – denn es schien hier nichts anderes zu tun zu geben. Die Sonne war grauenvoll. Es gibt hier keinerlei Schatten, wie Sie sehen, nicht ein Flecklein, soweit man schaut; kein einziges auf dem ganzen verdammten Planeten – oder worauf immer wir festsitzen! Da Sie nun mit von der Partie sind, was halten Sie von einem Erkundungsausflug? Ich würde jedem beipflichten, der die Ansicht vertritt, alles sei besser, als hier am selben Fleck zu kleben. Wie sieht's aus?«

»Gut«, stimmte ich zu. »Lassen Sie uns entweder Nord oder Süd einschlagen – in Richtung dieser Hügel, oder südwärts auf die oberste Ebene jener Plateaugegend.«

»Soll mir recht sein«, willigte Wilkes ein. »Haben Sie vielleicht dank eines gesegneten Zufalls ein wenig Wasser mitgebracht, als Sie hier landeten?«

Ich hatte keines, und Wilkes hatte bei meiner Ankunft bereits mehr als eine Stunde ohne Wasser in dieser gnadenlosen Grelle zugebracht. Bedrückt schüttelte er den Kopf. »Falls nicht plötzlich Regen fällt, müssen wir uns damit abfinden, schätze ich. Nun aber los. Nach Norden oder Süden? Mir ist's egal.«

»Dann also Süden«, entschied ich, und wir machten uns auf.

Unser Weg führte uns direkt durch eine jener überkreuz verlaufenden Bodensenken, die ich erwähnte. Unser Gang war federnd, die Bodenoberfläche weder ausgesprochen weich noch besonders hart. Ich erinnere mich an den Gedanken, daß sie stark einer dieser besonders rauhen Kreppgummisohlen glich, wie sie häufig bei Tennis- und ähnlichen Sportschuhen Verwendung finden.

Als wir das leichte Gefälle jenes Tales hinabmarschierten, veränderte sich allmählich der Boden unter unseren Füßen, indem seine Farbe eine zunehmend rötliche oder rosa Tönung aufwies und seine Oberfläche desto glatter wurde, je weiter jene farbliche Aufhellung voranschritt. An den Stellen, wo die gewöhnlicheren Furchen fast verschwanden, war er so glatt, daß er in den Strahlen der versinkenden Sonne glänzte, als habe man ihn poliert. An solchen Abschnitten, wie wir sie überquerten, war er jedoch völlig fest und nicht im mindesten rutschig, wenn er auch dem Auge so erschien.

Eine kühle Brise begann aus südlicher Richtung in unsere Gesichter zu wehen, während wir ausschritten. Dies, sowie ein erfrischender Regenschauer, der uns ungefähr um sechs Uhr abends überraschte, sorgten passenderweise in einem Stadium unserer Reise für Belebung, in dem wir ernsthaft unter den geradezu unerträglichen Auswirkungen der über unseren Häuptern brütenden Sonne und des Mangels an Trinkwasser zu leiden begannen. Das Abtauchen der Sonne krönte unser relatives Wohlbefinden. Was die Anstrengung des Laufens angeht, so waren wir beide hart wie Pinienknorren, beide hundertprozentig tropengegerbt, beide körperlich in Bestform. Trotzdem waren wir nicht weniger dankbar für diese Erleichterungen.

Die Sonne versank gerade (wir hatten immerhin Februar), als wir die Spitze der leichten Anhöhe fast erreicht hatten, die aus dem anderen Ende des Tales hinausführte. Nachdem wir ungefähr drei Kilometer weitergewandert waren, standen die Sterne am Himmel, und wir wahrten die Richtung mittels jener gelegentlichen Blicke zum Firmament, die nächtlichen Reisenden eine Gewohnheit sind.

Wir wanderten und wanderten, wobei der federnde Boden unter den Füßen unseren Gang beschleunigte und die kühle Brise, die allmählich zunahm, je weiter wir ihr entgegenschritten, in unsere Gesichter blies. Dieser leichte Wind glich exakt dem Abendpassat, wie wir ihn kennen, die wir auf den unteren Antillen der Karibik zu Hause sind.

Wir führten eine sporadische Unterhaltung, während wir stetig ausschritten, immer noch nach Norden in die Richtung eines wachsenden, aber nach wie vor fernen Tafelterrains, von dessen ragendem Gipfelpunkt wir – das war meine ursprüngliche Absicht gewesen, als ich diese Richtung gewählt hatte – vielleicht in der Lage wären, eine weite Aussicht über dieses fremdartige, vegetationslose Land zu gewinnen. Dieses Tafelland war deutlich weniger weit von unserem Ausgangspunkt entfernt als jene schärfer hervortretenden Hügel in Nordrichtung, die ich bereits erwähnte.

Von Zeit zu Zeit, etwa alle drei Kilometer, setzten wir uns hin und rasteten ein paar Minuten.

Ungefähr um vier Uhr morgens, als wir in diesen Kilometer-Etappen über elf Stunden lang gewandert waren, stieg der Boden vor uns langsam an, und im Schein des nunmehr vollen Mondes konnten wir erkennen, daß sich – fast exakt von Nord nach Süd verlaufend – eine Art Kluft oder Tal vor uns auftat. Entlang seiner Sohle wanderten wir während der nächsten zwei Stunden sanft bergan. Unserer Schätzung nach hatten wir das Höhenniveau unseres Ausgangspunktes um ein paar Kilometer unter uns gelassen. Die Wanderbedingungen dieses letzten Abschnitts unserer Reise waren ausgesprochen erfreulich gewesen. Keiner von uns fühlte sich besonders erschöpft.

Als wir die restliche Steigung nahmen, galten alle meine Gedanken Pelletier, der allein dort unter dem Baum zurückgeblieben war, bei dem nutzlosen Flugzeug, umringt von den wimmelnden Wilden. Auch dachte ich mit einem gewissen Bedauern an meine verpaßte Dinner-Verabredung in Belize. Nebenbei fragte ich mich, ob ich wohl jemals wieder an einer Abendtafel sitzen würde! Zu jenem Zeitpunkt schien dies, wie ich zugebe, ziemlich unwahrscheinlich. Vermutlich würde man eine Art Rettungsexpedition nach uns aussenden; möglicherweise ein anderes Flugzeug, das dem Kurs folgte, den wir am Flughafen hinterlegt hatten.

Derlei Dingen galten, wie gesagt, meine Gedanken, und weniger dem möglichen Ergebnis unserer langen Nachtwanderung, falls sie denn eines erzielte. Gerade jetzt brach links von uns im Osten die plötzliche, strahlende Morgendämmerung der Tropen an. Von dem Scheitelpunkt, den wir eben erreicht hatten, blickten wir geradeaus in seinen flammenden, lichtsäenden Glanz über dem Kamm jener gewaltigen Gebirgskette.

Und was wir erblickten!

Kein Menschenwesen außer Wilkes und mir selbst, Gerald Canevin, hat, zumindest in unseren Zeiten, erschaut, was wir erschauten. Und solange die irdische Zivilisation und Wissenschaft überdauern, solange sich das Äquinoktium vollzieht, ja solange unsere Galaxis unaufhaltsam ihren tosenden Weg durch das lautleere All zum unerforschlichen Sidus Herculi nimmt, solange wird keiner Menschenmutter Sohn je wieder erschauen, was sich dort unseren betäubten Sinnen, unseren geblendeten Augen offenbarte …

Vor uns begann der Boden unterhalb des großen Gebirgszuges plötzlich in einer weiten, gleichmäßigen Zirkelbewegung abzukippen. Er neigte sich immer steiler über diese Kurve hinaus, so wie ein Ozean sich krümmen würde, wenn er seine unermeßlichen Wassermassen über den vermeintlichen Rand der Weltscheibe unserer Vorfahren ergösse! Tiefer, tiefer, tiefer fiel er fast über die gesamte Weite unseres Blickfeldes ab, immer und immer tiefer über Kilometer um Kilometer leeren Raumes bis zu einem fast lotrechten Winkel – ein Hang für die Schlittenfahrt von Titanen.

Die Oberfläche dieser abknickenden Schräge, die ein wenig entfernt unterhalb der Höhe begann, auf der wir von Ehrfurcht gebannt standen, unterschied sich in einer Hinsicht von dem Land, wie wir es bislang gesehen hatten. Denn dort, weit unten auf dieser kolossalen Schräge, konnten wir mühelos die erste Vegetation erkennen, oder was einer Vegetation zu entsprechen schien, die wir hier zu Gesicht bekamen. Dort unten, in einer die Weite unseres Gesichtsfeldes übertreffenden Ausdehnung, wuchsen immer dichter und gedrängter, je weiter ihnen das Auge folgte, zahlreiche säulenförmige Gebilde aus dem Boden, zwar in ungleichen Abständen zueinander, aber von geradezu einheitlicher Höhe, Dicke und Farbe. Bei letzterer handelte es sich um ein schimmerndes, beinahe metallisches Schwarz. Diese Gebilde hatten keine Äste und zeigten kein Blattwerk irgendeiner Art. An ihren oberen Enden verjüngten sie sich zu Spitzen, und diese konischen oberen Abschnitte wiegten sich in der starken Brise, die genau zu dem Zeitpunkt von unten heraufblies, als die Baumspitzen sich unter der Kraft eines irdischen Windes beugten. Ich gebrauche den Begriff ›irdisch‹ mit Bedacht. Ich werde mit einer Erklärung dafür fortfahren!

Es war in erster Linie nicht die diesem einzigartigen Gelände innewohnende Großartigkeit, die Wilkes und mich furchtgepackt auf jenen Punkt auf dem Kamm der Gebirgskette starren ließ. Nein. Es war der unverschleierte Anblick unseres Planeten, der Erde, wie er sich aus dem Fenster eines Flugzeuges weit oben in der Erdatmosphäre bietet und der, unerwartet wie er kam, den bodenständigen Wilkes dazu brachte, sein Gesicht in den Armen zu verbergen wie ein verängstigtes Kind im Schoße seiner Mutter, mich hingegen veranlasste, den Kopf abzuwenden. Es war der erste demonstrative Beweis, daß wir nicht mehr auf der Erde weilten; daß wir uns in der Tat *oben* befanden, und wie es der Teufel wollte auch noch unzählige Kilometer von ihrer freundlichen Oberfläche entfernt.

Jetzt erst überwältigte uns wie eine Woge das Gefühl völliger Abgeschiedenheit, unserer geradezu kosmischen Einsamkeit.

Die Morgensonne schien dort unten klar und hell auf unsere Erde, wie sie auch hier schien, wo wir auf so seltsame Weise hinverschlagen worden waren. Ebendort sahen wir, unseren gebannten Blicken greifbar dargeboten, den nordöstlichen Teil Südamerikas, überschauten die Küstenlinie des uns wohlvertrauten Karibischen Meeres, die Guinea-Inseln, Venezuela, seine umlagernden Eilande, Margherita, Los Roques, Bonaire und, eine Spur weniger deutlich, die unteren Inseln meiner eigenen Kleinen Antillen: Trinidad, Barbados, und am äußersten Rand des Horizonts jenen kleinen Schatten, von dem ich wußte, daß es Tobago war.

Ich sollte nicht länger versuchen, hier mitzuteilen, wie tief jener unerwartete, aber unmißverständliche Anblick uns beide traf; wie winzig klein und nichtsbedeutend wir uns angesichts seiner vorkamen; wie vollkommen abgeschnitten von allem, was unsere gemeinsamen Lebensumstände ausmachte. Dennoch, wie entfremdet auch immer wir uns fühlten, wie sinnbetäubend der Anblick der fernen Erde auch auf uns wirkte: All dies war – trotz unsere Überzeugung, lediglich belebte, bedeutungslose Staubteilchen inmitten der Partikel des Kosmos zu sein – buchstäblich nichts im Vergleich zum kulminierenden Höhepunkt dessen, was uns erwartete.

Ich ließ mich neben Wilkes nieder, und während wir leise miteinander sprachen, gelang es uns nach und nach, jene Reste von Männlichkeit zusammenzuraffen, die uns teilweise entglitten waren, und etwas von jenem unbeugsamen Mute wiederzugewinnen, welcher die Menschheitssöhne aufrecht hält und der uns schließlich zu den ultimativen Herren über unsere Schicksale erhebt.

Als wir uns ein wenig erholt hatten – wieder zu uns selbst gefunden hatten, ist vielleicht der passendere Begriff – erhoben wir uns und blickten einmal mehr über den Rand dieser außerirdischen Welt, jenes seelenerschütternde Gefälle hinab, während unsere Augen sich allmählich genügend anpassten, um einen zunehmend klareren Blick auf ihre ferneren Bereiche und den kontinentartigen Abschnitt zu gewinnen, der, aus unserem Abstand blaß und verschwommen, unter ihm lag. Nun erkannten wir, was wir zuvor wahrzunehmen versäumt hatten, nämlich daß die langgestreckte Form dieser Landerhebung grob abgerundet war, daß sie rechts und links abfiel, und zwar seitlich von uns weg; daß es sich, kurz gesagt, um eine ungeheure, schräg liegende Säule handelte, ähnlich einer riesenhaften runden Brücke zwischen der Ebene, auf der wir standen, und der kontinentartigen Landmasse dort in ungewisser Entfernung unter uns. Während die Sonne höher und höher stieg, flaute die frische Brise zu einem dünnen Luftstrom ab, um schließlich ganz zu ersterben. Jene zylindrischen, schwarzen, baumähnlichen Gewächse wiegten nicht länger ihre Spitzen. Sie standen jetzt wie starre metallische Säulen in verschiedenen, unregelmäßigen Winkeln. Im zunehmenden Licht wurde der eigentliche Charakter dessen, was ich im Geiste den Kontinent unter uns genannt hatte, offenbarer. Er trat aus seiner fernen Unbestimmtheit hervor, nahm Kontur an.

Ich glaube, mir selbst dämmerte es, noch bevor es Wilkes gelang, geistig einzuordnen, was allmählich deutlich wurde. Denn unmittelbar bevor ich meinen Kopf unter der Wirkung des Schocks fortdrehte, den die dämmernde Erkenntnis meinem Bewußsein und meinen Sinnen versetzte, galt meine letzte klare Wahrnehmung Wilkes, wie er versteinert dort hinunterstarrte, stier jenen furchteinflößenden Abhang hinabblickte, und ein schwindelerregendes Grauen sich auf seinem eingefrorenen Gesicht mit dem kantigen Kiefer ausbreitete …

Die Erkenntnis der Wertlosigkeit allen weltlichen Lohnes ward vor zweitausend Jahren IHM zuteil, der zur Seite des Versuchers stand, auf den Zinnen des Tempels, und die Königreiche der Welt überschaute. In durchaus ähnlicher Weise – wenn ich den Vorgang so schildern darf, ohne mich eines ungewollten Mangels an Ehrfurcht schuldig zu machen – erhielt ich jene gewaltsame Gewißheit – jene mich überwältigende, meinem widerstrebenden Bewußtsein sich aufzwingende Gewißheit – die alle meine Vorstellungen vom Fuß auf den Kopf stellte.

Denn es war kein Kontinent, auf den wir hinabgestarrt hatten, kein Erdteil.

Es war kein Land – keine Erdoberfläche.

Es war ein Gesicht, welches dort hervortrat und Form gewann in den Strahlen des entschleiernden Sonnenlichts – ein Gesicht von solch kolossaler Majestät, daß es weltlichen Dingen verhaftete und lebenslang an irdischen Proportionen geschulte Denk- und Empfindungsweisen völlig zunichte machte; ein Gesicht ohne Alter in seiner emotionslosen, kühlen Nichtmenschlichkeit; in seinem Bewußtsein unfaßbarer Macht; in seiner gottartigen Unergründlichkeit.

Ich wirbelte herum, mein Gesicht wandte sich ab von dieser überwältigenden geistigen Erschütterung; und, indes ich zu Boden sank, meinen Rücken dem Rand des Gefälles zugekehrt, wußte ich, daß ich mich vermessen hatte, einer gewaltigen Macht, so wie die Alten sie gekannt hatten, direkt ins Antlitz zu blicken. Und ich erkannte, wehen Herzens plötzlich, daß diese Präsenz ihrerseits aus Augen gleich glatten, elliptischen Seen zu mir hochgewandt in meine eigenen Augen geschaut hatte, tief hinein ins Allerinnerste meiner Seele.

Doch diese Überzeugung, so monströs, so aufwühlend, so unglaublich – sie war noch nicht alles! Sie ging Hand in Hand mit der herzzermalmenden Wahrnehmung, daß das, was wir als jenes große Gefälle betrachtet hatten, in Wahrheit der säulenförmige, unbegreifliche Arm dieses kosmischen Kolosses war – daß unsere ganznächtliche Erkundungsreise über einen Teil seiner emporgereckten Handfläche erfolgt war!

Über unseren Köpfen begann der wolkenlose Himmel kupferbraun zu glühen. Eine unheilvolle, keilförmige Färbung fraß im Nu um sich, ballte aus dem Nirgendwo Wolken zusammen, während sie nach Norden schoß. Bleiern nun schien die sonnenwarme Luft, plötzlich kaum mehr atembar unter jenem gnadenlosen, erdrückenden Sonnenball, der aus dem milden, tiefblauen Himmelswinkel gleißte, in welchem er brannte. Eine bedrohliche Schwüle sättigte die Atmosphäre, lastete auf uns wie eine unnachgiebige Hand.

Eine Hand!

Unwillkürlich schauderte ich und wandte mich Wilkes zu und sprach, meine Hand auf seiner Schulter. Es war eine Sache von Sekunden, daß das blanke Grauen aus seinen Augen wich. Er unterbrach meine beinah lautlos gehauchten Worte: »Haben Sie es gesehen, Canevin?«

Ich nickte.

»Ich glaube, wir sollten uns von der Kante zurückziehen«, wiederholte ich meine Warnung, die er nicht gehört hatte, »wieder runter in dieses – Tal. Ich fürchte, das ist ein Taifun, der sich dort oben zusammenbraut.«

Wilkes sandte einen schnellen, wetterkundigen Blick aufwärts.

»Klarer Fall«, bestätigte er, und wir brachen gemeinsam zu jenem schwachen Schutz des seichten Tales auf, aus dem wir uns bei Tagesanbruch heraufgemüht hatten.

Aber der Sturmwind aus dem Norden brach über uns herein, längst ehe wir diese zweifelhafte Zuflucht erreicht hatten. Ein vernichtender Hurrikan fiel aus dem kupferroten, brodelnden Himmel über uns her. Wir hatten keine Chance. Der erste Windstoß pflückte uns weg wie Flocken gestrandeten Zupfleinens, trug uns geradewegs zu der Kante ... und über sie hinweg... und hinab; und dann wurden wir, Seite an Seite, so lange wir unsere Sinne unter der Einwirkung jener furchtbaren Reibung bewahrten, in schwindelerregender Beschleunigung jenen titanischen Rodelhang hinabgefegt, wobei seine jähe Neigung unter unseren purzelnden Leibern hinwegkippte, immer schneller und schneller, unter dem Tosen von zehn Niagarafällen, mit dem das Himmelsgewölbe über uns zerriß – hinab, hinab, hinab in die schleunige Auslöschung, die jedes Leben und jedes Verstehen und jedwede unauslöschliche Hoffnung in einem einzigen finalen, gnadenvoll schnell endenden Horror ultimativer Zerstörung zu Ende brachte.

Auf irgendeine Weise nahm ich in jene Auflösung aller Sinne den Gedanken an Pelletier mit mir ins letztlich folgende Koma.

In der Absicht, in dieser seltsamen Erzählung, die ich nach meinem besten Vermögen zu Papier bringe, einen Sinn für Ordnung und eine vernünftige Straffung zu erzielen, habe ich meinen Bericht von Zeit zu Zeit zusammengefaßt. Zum Beispiel habe ich früher jenen maschinenartigen Rhythmus erwähnt, diesen regelmäßigen Pulsschlag, der hier spürbar war. Ich nahm, um nicht dauernd auf ihn zurückzukommen, vorweg, daß er während unseres ganzen Aufenthaltes an jenem ›Ort‹, den ich beschrieb, anhielt. Das ist es, was ich mit Zusammenfassung meine. Tatsächlich habe ich vieles ausgelassen, sehr vieles, von dem ich nun, da ich entspannt schreibe, das Gefühl habe, es würde meinen Bericht mit nutzlosen Einzelheiten, überflüssigen Schilderungen meiner emotionalen Reaktionen auf die

Geschehnisse belasten. In diese Kategorie fällt die ganze ausgiebige Konversation zwischen Wilkes und mir, als wir auf jenem langen Nachtmarsch Seite an Seite wanderten.

Aber unter all diesen Dingen herrschte für mich der Gedanke – ein ganz natürlicher, wie ich meine – an jenen guten Freund vor, den ich zurückgelassen hatte, während er diesen Baum hinaufblickte, der aussah wie eine englische Esche, und ich von ihm fort in etwas hineinkletterte, das keiner von uns sich vorstellen oder vorhersehen konnte, fort, wie sich erwies, von unserem eigenen Planeten Erde an einen Schauplatz, in ein Umfeld äußerer Umstände, die sich restlos von allem unterschieden, was heutiger Menschengeist erfinden oder begreifen könnte.

Pelletier wich mir tatsächlich nicht aus dem Sinn; ich verlor ihn niemals völlig aus meinen Gedanken. Er hatte keine Einwände dagegen erhoben, daß ich ihn dort unten allein zurückließ. Dies hatte mich zu jenem Zeitpunkt ziemlich überrascht. Aber in der Rückschau gelangte ich zu der Ansicht, daß eine solche Haltung von seiner Seite völlig natürlich war. Sie gehörte zu seiner außerordentlichen Seelenruhe, diesem fast schon Fatalismus zu nennenden, nicht wegzudenkenden Bestandteil seines Charakters. Ich habe wenige Männer erlebt, die ausgelichener waren als mein Freund, dieser ungeschlachte, weitherzige Chirurg von der US-Kriegsmarine. Pelletier war der Mann, den meine Wahl vor allen anderen treffen würde, um ihn in einer mißlichen Lage an meiner Seite zu wissen.

Und hier waren wir, Wilkes und ich, in einer Situation, die ich mich bemüht habe, so klar wie möglich zu schildern, in einer Bedrängnis, so widrig wie nur eine, in die Menschen je geraten waren, und der effiziente und zuverlässige Pelletier befand sich nicht nur unendliche Kilometer von uns entfernt, in irdischen Kategorien gemessen, sondern, wie uns die Aussicht von jenem titanischen Hang hinab erschütternd offenbart hatte, fast schon derart hoffnungslos von uns abgeschnitten, als stünden wir zwei menschlichen Atome auf dem Planeten Jupiter! Ich bekenne offen, daß nicht ein Augenblick verstrichen war, seit mich jener Baumstrudel ergriffen und rücksichtslos in diese monströse Umgebung geschleudert hatte, in dem ich mir nicht jenen treuen und erprobten Freund zur Seite wünschte.

Denn in demselben Bestreben, diesen Bericht von Nebensächlichkeiten freizuhalten, um weitschweifige Wiederholungen zu vermeiden, habe ich bisher nichts von dem erwähnt, was ich die Atmosphäre des Schreckens nennen muß, das Gefühl unheilvollen Druckes gegen meinen Verstand und gegen den von Wilkes, der unablässig anhielt; und der sich jetzt, unter der Kette von Schocks, denen wir beide ausgesetzt waren, zu einer permanenten

Folter des Horrors gesteigert hatte, einer Empfindung der Hilflosigkeit, die geradezu unerträglich wurde, als uns dämmerte, was uns erwartete.

Wir glichen zwei Spatzen in einer riesenhaften, umberechenbaren Faust. Gegen diese furchtbare MACHT schien keine Gegenwehr möglich.

Wir waren, und das wurde uns immer bewußter, IHR rettungsloses, hoffnungsloses Opfer. Wann immer ES entschied, über uns zu kommen, würde ES zuschlagen – gegen Eindringlinge in SEIN Territorium, wie der erfahrene Pelletier unseren Status IHM gegenüber umschrieben hatte. ES hatte uns in der Hand, und wir wußten es! Und es gab nichts, was wir unternehmen konnten, Männer der Tat, die wir waren; nichts, um genau zu sein, das irgendein Mann, wie tatkräftig auch immer, unternehmen konnte. Darin lag der niederschmetternde Schrecken unserer Situation.

Als ich meine Augen öffnete, war meine erste Wahrnehmung eine geistige; nämlich, daß eine enorme Spanne Zeit verflossen war, seit ich den Blick auf die Welt und den Himmel darüber gerichtet hatte. Diese seltsame Täuschung, so habe ich seither gelernt, verdankt man der Tiefe der Bewußtlosigkeit, in die man stürzt. Allerdings verflüchtigte sich diese Fehlwahrnehmung bald. Meine zweite, unmittelbar folgende Empfindung war körperlicher Natur. Mich schmerzten jeder Knochen, jede Muskelfaser und jede Sehne einer äußeren Hülle, die ich mein ganzes Leben lang in einem Zustand höchster physischer Leistungsfähigkeit gehalten hatte. Ich fühlte mich arg mitgenommen. Jede Körperzelle in mir protestierte, als ich mich zu rühren versuchte, und ließ mich innehalten. Doch gleich nach dieser Schmerzempfindung kamen die Gedanken an Pelletier mit Macht zurück und gewannen plötzlich allergrößte Bedeutung. Ich vermochte gleichsam in diesem Augenblick an nichts anderes zu denken als an Pelletier.

Ein unterdrücktes Stöhnen unterbrach meine Gedanken. Mit einer sehnenzerrenden Anstregung wälzte ich mich herum, und dort, hinter mir, lag Wilkes. Wir waren dem Anschein nach noch immer vereint! Was immer die fremdartige *Macht* mit uns vorhatte und anstellte, galt uns beiden.

Überaus langsam und vorsichtig setzte sich Wilkes auf und begann mit einem sehr schmerzlichen Blick in meine Richtung seinen Körper eingehend abzutasten.

»Ich bin eine einzige große Wunde«, klagte Wilkes, »und nicht wenig erstaunt, daß auch nur einer von uns beiden –«

»– überlebt hat«, beendete ich seinen Satz, und wir nickten einander recht beschwerlich zu.

»Genau, nach diesem letzten Schubs, den man uns verpaßt hat«, fügte Wilkes an. Dann, langsam: »Was hat das Ganze Ihrer Meinung nach zu bedeuten, Canevin? Um wen, um was handelt es sich? Ist es – tja – Allah – oder was?«

»Ich fühle mich selbst nicht allzu gut in Schuß«, erklärte ich nach einer Pause, während der ich diverse Muskeln und Gelenke inspiziert hatte. »Aber ich bin noch an einem Stück, wie es scheint, und ich muß Ihnen beipflichten, alter Freund! Ich verstehe nicht im mindesten, warum wir nicht Matsch sind, ›flache Fladen formlosen Breis‹, wie ich es einst ausgedrückt hörte. Wie dem auch sei, wenn ES einen Taifun heraufbeschwören kann, um uns von der Stelle zu fegen, dann kann ES diesen Taifun natürlich auch zähmen, uns behutsam absetzen, uns vorm Zerschmettertwerden bewahren – was *Es* ohne Zweifel tat, aus irgendeinem nur *Ihm* bekannten Grund! Aber egal, Hauptsache, wir sind noch immer vorhanden – nur, *wo* sind wir jetzt?«

Es war nicht Wilkes, der die Antwort gab. Die Antwort erreichte mich – ich berichte genau, was passierte, übertreibe nichts, unterschlage nichts Bedeutsames bei diesem unvergleichlichen Abenteuer – die Antwort erreichte mich auf mentaler Ebene, wie durch unverhoffte Telepathie, in verständlicher Wortwahl, meinem Bewußtsein klar begreiflich.

»Rühren Sie sich nicht vom Fleck!« sagte etwas. *»Ich bin bei Ihnen hier am Ende aller Dinge.«*

Und diese ›Stimme‹, die sich in meinem Gehirn vernehmen ließ, eine ruhige, wirkungsvolle Stimme, eine Stimme, die uns – Strandgut irgendeines gestaltlosen Brachlands – ihre spürbare Sympathie und Hilfsbereitschaft entgegenbrachte, eine Stimme voller Linderung, voll tiefen Vertrauens, eine Stimme, welche die offenen Wunden der geschundenen Seele heilte – war die Stimme von Pelletier.

Pelletier uns zur Seite! Ich kann nicht hoffen, an dieser Stelle den unermeßlichen Trost dieses Umstandes in Worte zu fassen.

Ich erhob mich und kämpfte stolpernd um mein Gleichgewicht, während zugleich Wilkes stöhnend hochkam; ein mühsamer, schmerzlicher Prozeß.

Ich sah mich um. Wir standen zu meinem wachsenden Erstaunen auf steingepflastertem Boden. Um uns erhoben sich Innenwände aus poliertem Stein. Wir befanden uns in einem ungefähr fünf mal sieben Meter umfassenden Raum, der von einer offenen Tür und sechs gleichmäßig an den Längswänden verteilten, unverglasten Fenstern erhellt wurde. Das Licht, das den Raum durch diese Öffnungen erfüllte, war unverkennbar das des späten Nachmittags.

Gleichzeitig traten Wilkes und ich an den weit geöffneten Eingang und blickten nach draußen. Vor uns wiegte sich das ehrwürdige Laubdach eines Mahagonihaines, dicht gesprenkelt mit Knapokbäumen, sein nahegelegener

Saum lieblich geschmückt von der schillernden Pracht üppiger Büsche in voller Blüte – kleine weiße Blumen, die wie Kapjasmin dufteten. Ich hatte diese Eindrücke gerade in mich aufgenommen, als ich von schräg hinter mir aus Wilkes' Richtung den Griff des Piloten um meinen Arm spürte. Seine Stimme war kaum mehr als ein Flüsterton: »Wir sind – Gott im Himmel! – Canevin! Sehen Sie, Canevin, sehen Sie nur! Wir sind wieder auf der Erde!« Seine geflüsterten Worte brachen in eine Folge hysterischer, trockener Schluchzer ab, und als ich meinen Arm um die bebenden Schultern des armen Burschen legte, fühlte ich über mein eigenes Gesicht ungehindert die Tränen rinnen.

Nach einer Minute oder zweien traten wir Seite an Seite hinaus und standen dort, wieder auf der guten, alten Erde, in der angenehmen Stille des späten Nachmittags und umgeben vom Duft jener blühenden Büsche, der sich über alles ergoß. Es war ein feines Aroma, angenehm und erfrischend. Wir sagten nichts. Wir verbrachten diesen ruhigen Zwischenakt als eine Art stilles Dankfest.

Und aus irgendeinem Grund drängte Wilkes' sonderbar formulierte Frage machtvoll in mein Gedächtnis: »Ist es Allah – oder was?« Ich erinnerte mich, während ich in diesem liebreizenden, entlegenen Garten mit seinen weißen Blumen stand, an einen Abend, den ich bei zwei Pfeifen im nüchternen Studierzimmer eines alten Freundes, Professor Harvey Vanderbogarts, verbracht hatte, eines brillianten jungen Orientalisten, der inzwischen verstorben ist. Vanderbogart, so entsinne ich mich deutlich, sprach über einen der islamischen Gottesgelehrten, Al Ghazzali. Er hatte mir eine seltsame Passage aus dem Magnum Opus jenes mittelalterlichen Sarazenen zitiert, einer Abhandlung, die den Gelehrten als ›Die kostbare Perle‹ bekannt ist. Ich vermag mir mit dem Duft des Tabaks und der Brise, welche Vanderbogarts blaßroten Vorhänge blähte, sogar den Tonfall seiner ernsten, deklamierenden Stimme ins Gedächtnis zurückzurufen: »… eines Mannes Seele verläßt seinen Leib, und diese Seele besitzt die Gestalt und Größe einer Biene … Allah der Herr hält diese Menschenseele zwischen Seinem Daumen und Finger, und Allah bringt sie dicht vor Seine Augen, und Allah hält sie am Ende Seines Armes, und Allah spricht: ›Manche weilen im Garten – und es gilt mir gleich; und manche weilen im Feuer – und es gilt mir gleich …‹«

Der arme Vanderbogart, ein äußerst achtbarer und liebenswerter Bursche und ein trefflicher Gelehrter, war seit vielen Jahren tot. Möge er in Frieden ruhen! Ohne Zweifel empfängt er den Lohn eines untadeligen Lebens – im Garten.

Und hier, irgendwo auf Erden, was uns im Augenblick zu wissen vollauf genügte, standen Wilkes und ich ebenfalls in einem Garten, zitternd vor Dankbarkeit, daß wir noch lebten und auf unserer Mutter Erde weilten, wahrlich froh über diese Gnadenfrist, als welche wir es empfanden; frei für den Augenblick von den niederträchtigen Launen jener *Macht;* vorausgesetzt, wir bedauernswerten Narren konnten aus *Seiner* bösartigen Oberhand befreit worden sein, als *Es* unachtsam war.

Unsere augenblickliche Illusion der Sicherheit wurde auf ungeahnte Weise zerstört. Ohne irgendeine vorausgehende Warnung neigten die großen, tiefverwurzelten Bäume hinter den Blütenbüschen sich uns entgegen, als ein mächtiger Wind sie gewaltsam durchfuhr. Sie schleuderten uns zurück wie Korkklötzchen in einem Hurrikan, peitschten uns wütend mit den starken Zweigen der ausgerissenen Büsche, bombardierten uns ironischerweise mit einer Myriade abgepflückter Blüten. Diese furchtbare Welle lebendiger Luft stieß uns rückwärts durch den offenen Eingang mitten auf den Boden des kompakten Steinraumes und erstarb ebenso plötzlich, wie sie aufgekommen war. Wir blieben buchstäblich atemlos zurück und kämpften um unser verlorenes Gleichgewicht.

Es zeigte sich – so erkannte ich bruchstückhaft und in ganzer Schärfe – gar nichts von der gütigen Gleichgültigkeit Allahs an diesem unserem *Widersacher!* Er bewies ganz unverkennbar eine aktive Bösartigkeit. Er hatte keinerlei Absicht, uns ruhig und unauffällig entschlüpfen zu lassen. Wenn wir wieder auf der Erde gelandet waren, bedeutete dies keinesfalls unsere Erlösung – so wie auch die Katze die Maus nur losläßt, um dem Haschen der armen kleinen Kreatur nach Freiheit eine winzige geistige Folter hinzu zu gesellen, bis sie doch noch unter dem Hieb jener grausamen ausfahrbaren Krallen endet.

Eine allzu kurze Gnadenfrist vor der anschließenden Zermalmung unserer Seelen durch jene unberechenbare *Macht!*

Wir beide, Wilkes und ich, rappelten uns in jenem kleinen kargen Steinraum hoch, und in der atemlosen Stille, die diesem verblüffenden Fausthieb aus Luft folgte, fanden wir uns der Folter extremer nervlicher Anspannung ausgesetzt. Wir standen da und pumpten mühevoll tiefe, schwere Züge der abgestandenen Luft in unsere keuchenden Lungen. Es war, als ob für lange Augenblicke ein Vakuum die warme, frische Atmosphäre eines tropischen Nachmittages verdrängt habe. Der Boden des Steinraumes war dick mit den feinen weißen Blüten besät, deren Duft nicht länger belebte, sondern jetzt eher ein überwältigendes zusätzliches Element in der brennend schwülen Luft war.

Dann begann das Zentrum der hinteren Rückwand sich zu bewegen. Es enthüllte einen weiteren Durchgang, der dieselbe Größe hatte, wie der Durchgang, der in den kleinen, nunmehr seiner Blütenpracht beraubten Garten hinausgeführt hatte. Als das erste schwere, mahlende Knirschen diesen Umstand in unser geschärftes Bewußtsein dringen ließ, drehten wir uns abrupt zu der Mauer um, die sich nun teilte und wie von selbst zurückwich.

Dort hindurch blickten wir auf etwas, das die grenzenlose, vage erhellte Kuppelarena eines längst vergessenen Kultes zu sein schien, das hochragende Mittelschiff einer titanischen Kathedrale. Wir sahen über einen endlos sich erstreckenden flachen Steinboden in eine düstere, staubverhangene Ferne, wo ein Altar schimmerte, wie ihn die Titanen zu Ehren Jupiters errichtet haben mochten ... ein Altar, gefertigt aus glänzendem weißen Stein und flankiert von der gemeißelten Figur eines Jünglings, der auf seinem gebeugten Knie ein großes, füllhornartiges Gefäß balancierte, im Aussehen einer Statue des Sternbilds Aquarius sehr ähnlich.

Aufs höchste verblüfft schritten Wilkes und ich durch die Öffnung aus unserem steinernen Vorraum in das kolossale Gebilde hinein, das sich weit, weit empor ins Halbdunkel erhob, und geraden Wegs durch das steingepflasterte Mittelschiff auf jenen unerwarteten und verlockenden Schrein zu, der weit voraus in all der Anmut seiner altertümlich reinen Schönheit leuchtete.

Daß diese Architektur einschließlich der fein gearbeiteten Ornamente von denselben frühen Maya stammte, über die Pelletier sich so gelehrt verbreitet hatte, stand ganz außer Frage. Hier hatten wir unverkennbar einen uralten und durch und durch authentischen, intakten Überrest des bemerkenswerten Hangs zu Kolossalbauten, der jenes frühe Volk auszeichnet hatte, die ersten Maya der Hochkultur, das Gründergeschlecht der Ahnen der jetzigen überlebenden und degenerierten Eingeborenen. Um uns herum hatte eine Schöpfung jener kryptischen Zivilisation überdauert, von der nichts geblieben war außer reich verzierten Steinmonumenten, als ewiges Rätsel für die Archäologenzunft.

Daß dieses gewaltige architektonische Gebilde ein Relikt aus grauer Vorzeit war, das bezeugte alles um uns herum sehr deutlich. Ich verfügte über genügend allgemeines Wissen zu dem Thema, um mir dessen vollauf bewußt zu sein und um zu erkennen, daß dies hier die baulichen Merkmale der frühesten Epoche widerspiegelte – soweit ich wußte, der Blütezeit der bemerkenswertesten all der aufeinanderfolgenden Maya-Zivilisationen. Daß das Bauwerk über eine unermeßliche Zeitspanne hinweg ungenutzt und leer gestanden hatte, erschloß sich ebenso deutlich aus verschiedenen Umständen. Einer davon war unverkennbar die dicke Schicht feinen Staubs, die buchstäblich zentimeterhoch über allem lag; Staub, durch den mühselig zu stapfen wir gezwungen waren, als wäre es die unberührte Sandebene einer ummauerten und überdachten Sahara; Staub, der neben und hinter uns in erstickenden Wolken emporwallte, während wir uns jenem fernen Altar und seiner prachtvollen Statue entgegenmühten.

Jene Jünglingsgestalt mit ihrem Weihgefäß ragte vor uns empor, weiß, gleißend, berauschend schön – und der zentimeterdick auf ihr lagernde Staub ungezählter Jahrhunderte ließ die heroische Figur in geschärfter, übersteigerter Perspektive hervortreten, indem er ihr ungewöhnliche Lichtreflexe verlieh; eine einzigartige Perfektion der Schattengebung, die zu erreichen kein Bildner dieser Welt hoffen dürfte.

Wir schritten langsam vorwärts auf den Altar und das Standbild zu. Ihre Schönheit und Symmetrie traten immer deutlicher zutage, je näher sie ins Zentrum unseres Blickfeldes rückte.

Selbstverständlich hatte ich während der Intervalle, die uns zwischen den verschiedenen ›Attacken‹ jener Macht, die uns im Griff hielt, gewährt waren – etwa bei unserem langen Nachtmarsch – eingehend über diese ganze Angelegenheit nachgedacht, in welche wir uns verstrickt sahen. Und natürlich hatte ich immer und immer wieder zwei und zwei zusammengezählt in dem unermüdlichen Kraftakt des menschlichen Geistes, daraus ein zufriedenstellendes Vier zu erzielen. Dies hatte naturgemäß die Erwägung von vielerlei Aspekten einbezogen, etwa der möglichen Verbindung zwischen der Existenz jener *Großen Macht* und dieser frühen Maya-Zivilisation; die Ursprünge hinter dem Entsetzen jener Ureinwohner, die im Schutz des Waldes um die runde Lichtung mit dem großen Baum wimmelten; ihre richtige Einordung in Bezug auf das Phänomen des ›gigantischen Körpers‹; jenes rhythmische, mechanische Pochen, bei dem es sich nur um den Puls *Seines* Flüssigkeitskreislaufs handeln konnte – *Ichor* lautete die klassische Bezeichnung, wie ich mich erinnerte, für das Blut eines Gottes; die ›Senken‹, welche einander gleich seichten Tälern kreuzten und wie die ›Lebenslinien‹ jener urzeitlichen Handfläche wirkten; der haarartige Bewuchs auf jenem gigantischen Unterarm, der wie eine Ansammlung metallischer Baumstämme schimmerte, als die Morgensonne ihn beschien, und der seine konischen Spitzen im Hauch der kosmischen Nüstern gewiegt hatte.

Diese und viele andere Einzelheiten hatte ich, wie gesagt, zu analysieren, logisch einzuordnen und zu verknüpfen versucht; mich also bemüht, einen einheitlichen Zusammenhang zu erkennen, sei er nun einfacher oder kosmischer Natur. Götter und Halbgötter haben seit jeher ihre Anbeter gebraucht, um lebendig zu bleiben. Daß jene vorgeschichtlichen, hochzivilisierten

Maya-Vorfahren möglicherweise Anhänger eben dieser *Macht* gewesen waren, die, wie wir hatten erkennen müssen, auf irgendeine Weise *Seinen* letzten Standort in diesen modernen Zeiten bezogen hatte – die große Lichtung; der Baum in ihrer Mitte als Brücke von *Seiner* zu unserer Welt – war eine Möglichkeit, die mir schon länger in den Sinn gekommen war. Daß eine solche Möglichkeit von Bedeutung für das Rätsel sein könnte, das ihr weit zurückliegendes Verschwinden umgab, war mir ebenfalls bewußt geworden.

Daß es irgendeinen Beweis geben könnte – ob direkt oder auch nur als archäologisches Indiz – darauf war ich nicht gekommen. Jetzt jedenfalls staunte ich genug darüber, während wir zwei langsam aber stetig durch jene erstickenden Staubwolken auf etwas zustapften, das ein bedeutendes Heiligtum eines solchen vergessenen Kultes sein mochte, falls denn das, was in meiner Vorstellung gärte, jemals seinen Platz auf diesem Planeten gehabt hatte.

Die Kultanhänger selbst mußten heutzutage seit zwanzig Jahrhunderten Staub gewesen sein; vielleicht sogar der einstmals beseelte Urstoff jenes Pulvers, das unter unseren Füßen hochwallte, während wir mühsam auf den Schrein zuhielten. Damals, in seiner vergessenen Blütezeit, hatte jener Kult lebendige Spiralen sich aufwärtskräuselnden, emporschlängelnden Weihrauchs entfacht, gewonnen aus dem Extrakt der einheimischen Gummibäume; die Balsamine und *olibana*, die Harze und die zerriebenen würzigen Blätter der umliegenden Wälder; heilige Düfte, die mit sich die Glaubenswelt einer Vorzeit trugen, welche so weit zurücklag wie die der römischen Auguren, empor zu einer Gottheit, die ungebärdiger, unerforschlicher war als der olympische Jupiter.

Wir hätten es geradezu als Erleichterung empfunden, in diesem Moment ein paar Kultanhänger zu erblicken. Es wären immerhin menschliche Geschöpfe gewesen, auch wenn solche Individuen sich, als ergebene Anhänger ihrer Gottheit, entsprechend feindlich gegen uns verhalten hätten. Diese unbarmherzige, fortdauernde Gott-und-Opfer-Situation war wahrlich verzweifelt. Unter diesen Bedingungen fühlten wir uns hilflos. Es gab nichts, um sich dem zu widersetzen! Ein Mann, wie entschlossen auch immer, kann es nicht mit einer Macht dieser Art aufnehmen! Mut und Standhaftigkeit allein sind wertlos. Selbst ein kraftstrotzender Körper, gestählt durch Sport und nimmermüden Wettkampf, vermag nichts gegen Wirbelstürme – ist wehrlos gegen eine Macht, die man für eine größere geographische Landmasse halten könnte!

Inzwischen hatten wir ungefähr die Hälfte der Entfernung zwischen dem Vorraum und dem Altar durchmessen. Zwischen uns und der in unserem

Rücken aufragenden Schlußmauer jenes gigantischen Tempels hing eine dünne, wallende Wolke von uns aufgestörten feinen Staubs wie ein grauer, nebelhafter Vorhang. Vor uns leuchtete jetzt der Altar juwelengleich in den schrägen Lichtstrahlen einer sinkenden Sonne – Lichtstrahlen, die durch eine hochgelegene Öffnung zu fallen schienen, welche jedoch für uns unsichtbar war. Die knieende Gestalt, die ich Aquarius getauft habe, leuchtete ebenfalls prachtvoll in ihren edlen, heroischen Konturen – ein Gegenstand von solch reiner Schönheit, daß er dem Betrachter den Atem raubte.

Um uns herrschte absolute Lautlosigkeit, eine tödliche Stille, gleich der tiefen, leblosen Ruhe eines leeren Grabes. Selbst unsere Schritte, gedämpft vom dicken Staub der Jahrhunderte, verursachten kein Geräusch.

Und dann, mit der brutalen Plötzlichkeit, die für jede Manifestation dieser anachronistischen Gottheit kennzeichnend zu sein schien, erscholl ohne jede Warnung der tiefe, seelenzerwühlende, vieltönige Schlag eines riesigen Gongs. Sein gewaltiger Klang ergoß sich in diese tote Welt, diese ausgestorbene Arena eines vergessenen Kultes als die abrupte, pulsierende Atmosphäre der Erneuerung, des Lebens selbst.

Wir blieben stehen. Der feine Staub erhob sich überall um uns wie graue Gewitterwolken. Wir schauten, wir horchten, und um uns herum wurde die elektrisierte Luft lebendig. Dann widerhallte der vibrierende, metallische Klang erneut, und die Atmosphäre lud sich mit pulsierendem Leben auf; eine unverkennbare, spürbare Empfindung hitziger, hastiger Aktion.

Wir standen dort, in dieser verwandelten Umgebung, aufmerksam, angespannt, jeder Nerv und jeder Sinn geweckt wie durch eine plötzlich spürbare Bedrohung. Der Altar schien in dieser belebten Atmosphäre zu funkeln. Die sternbildartige Gestalt des Aquarius erstrahlte unter dem schrägen Lichtfächer der Sonne in einer eindringlichen, unirdischen Schönheit.

Der träge, tiefe, nervenzerrüttende Baßton des Gongs widerhallte zum dritten Mal, und seine mächtigen, helltönenden Echos erschütterten die beseelte Luft mit einem fordernden Ruf – und bevor sie gänzlich verklungen waren und Stille über den Staubwolken einkehrte, tauchte von irgendwoher seitlich und rückseitig des Altars eine langsame Prozession von Männern in langen, würdevollen, hierarchisch verzierten Ornaten auf, die in Zweierreihen feierlich voranschritten.

Wir sahen atemlos zu. Hier erfüllte sich zuguterletzt unser halbausgesprochener Wunsch. Menschliche Wesen! Dies waren Kultanhänger: hochgewachsene, kraftvolle Männer; bärtige Burschen mit dem Aussehen von Kriegern; bronzehäutige, muskulöse Hohepriester mit seltsamen Gegenständen in den Händen, Kultinstrumenten irgendeines vorsintflutlichen Rituals –

Priesterstäbe und metallene Kohlenpfannen; klirrende Weihrauchschwenker, Duftschalen, gewundene Füllhörner ähnlich jenem auf dem gebeugten Knie des Aquarius; rauh klingende Systren; klimpernde Triangeln; netzumwirkte Rasseln, behängt mit hell tönenden Glöckchen; Becken, Kastagnetten, klirrende Zimbeln; große Widderhörner, umflochten mit Scheiben aus schimmerndem Gold; fächerartige Gerätschaften aus einem Material gleich Elefantenhaut; ein schwerer, vergoldeter Baldachin mit juwelenbesäten Fransen, auf Ebenholzpfosten über dem Weihestandbild eines Ochsen wogend, dessen ausladende Hörner mit geringelten Girlanden behangen waren.

Diese Prozession wandelte feierlich auf den Altar zu. Ein endloses Band würdevoller bartgeschmückter Männer, das wir in perplexem Staunen beobachteten, bis der Raum um den Altar sich schließlich gefüllt hatte und der träge Menschenstrom, zu dem jetzt neben den Männern auch Frauen und Mädchen zählten, auf uns zu drehte und sich langsam ins Hauptschiff des Tempels ergoß.

Nach diesem Schwenk, den der Weg der Prozession genommen hatte, war es nur noch eine Frage von Sekunden, bis wir gesehen wurden. Es gab keine Möglichkeit der Flucht, nicht das Geringste, um sich dahinter zu verstecken. Wir hätten uns natürlich zu Boden werfen und im Staub verkriechen und auf diese Weise – vielleicht – den Augenblick unserer Entdeckung verzögern können. Aber das kam keinem von uns in den Sinn. Eine solche Handlung wäre zudem ziemlich aussichtslos gewesen. Gigantisch wie dieser ausladende Tempel war – scheinbar erbaut, um Gläubige zu Tausenden zu versammeln – fluteten diese nun endlos in mehr als genügender Masse herein, um ihn bis zum Bersten auszufüllen.

Und nachdem wir entdeckt worden waren, blieb uns nicht die geringste Schonfrist, nicht eine Sekunde zum Atemholen. Zwischen dem Augenblick, in dem die Vordersten jener riesigen Menge uns Fremdlinge erblickt hatten, und dem unmittelbaren einstimmigen Zornesschrei, der aus tausenden von Kehlen brach, hatten wir beide nicht einmal genug Zeit für einen Handschlag als nutzlose Geste des Abschieds. Sie attackierten uns ohne jede Vorwarnung außer jenem Aufschrei ungezähmter, primitiver Wut. Der Staub unter jenem Massenaufruhr sandalenbekleideter Füße erhob sich in einer undurchsichtigen Wolke, die den Altar verschleierte. Aus diesem dicken, atemerstickenden Vorhang tobten sie auf uns zu, in ihren erhobenen Fäusten metallische, streitkeulenartige Hiebwaffen und große Bronzeschwerter – deutlich und bedrohlich in der staubverhangenen Luft – todsäende Klingen, dürstend nach unserem Blut.

»Rücken an Rücken, sobald sie uns einkreisen«, schleuderte ich Wilkes ins Ohr, aber ich hatte diesen knappen Ratschlag der Verzweiflung noch nicht zu Ende gerufen, als Wilkes, der plötzlich von igendwoher eine kleine automatische Pistole in der Hand hielt, auch schon einen mächtigen bärtigen Krieger, der die anderen dank seiner schnelleren Beine weit abgehängt hatte, im vollen Ansturm niederstreckte. Dieser Riese fiel fünf Meter von uns entfernt. Den nächsten der Nachfolgenden, der ebenfalls der Horde weit vorauslief, trennten vielleicht zehn Meter von uns. Das ließ mir Zeit, vorwärts zu schnellen und der großen, behaarten Faust meines ersten Opfers das machtvolle Bronzeschwert zu entreißen. Damit wollte ich zurück neben Wilkes springen, um gemeinsam eine Art Abwehr zu formen. Als ich mich flüchtig nach Wilkes umwandte, sah ich ihn über den Lauf seiner Pistole zielen.

Jedoch war der zweite Angreifer schon fast auf meiner Höhe, bevor ich mich aufrichten und versuchen konnte, ihn mit dem ungewohnten Schwert zu Boden zu schicken. Wilkes schoß ihm durch die Brust, als er seine streitkolbenähnliche Waffe auf meinen Schädel sausen lassen wollte. Ich schnappte mir die Streitkeule, bevor einer der anderen aus der entfesselten Horde auf Duellnähe heran war, und hechtete durch die jetzt brodelnden Staubwolken an Wilkes' Seite. Nun sah's schon etwas besser aus, wenn auch offensichtlich aussichtslos gegen diese Übermacht.

Ich schnellte auf die Füße, fand mein Gleichgewicht, wirbelte herum, um neben Wilkes dem Ansturm zu trotzen.

»Für fünfe reicht's noch!« verkündete Wilkes ruhig und feuerte in schneller Folge zweimal an mir vorbei. Ich hatte mich rechtzeitig Aug' in Auge den Heranstürmenden zugewandt, um zwei weitere von ihnen niedersinken zu sehen. Ich stellte Wilkes eine der beiden primitiven Waffen, die ich erobert hatte, zur Wahl. Er nahm die Streitkeule in die linke Faust, verfeuerte seine letzten drei Schüsse, schleuderte die Pistole ins Gedränge der Vorhut; und indem er die Keule in die rechte Hand wechselte und ich mein mächtiges Schwert durch den wirbelnden Staub singen ließ, stellten wir uns dem Angriff.

Unser einziger Vorteil bestand in unserer verhältnismäßigen Leichtigkeit. Unsere dicht geballten Feinde waren ausnahmslos Männer von wahrhaft riesiger Statur, heldisch aussehende Burschen, muskelbepackt, schwer, tödlich verbissen bei diesem Geschäft des Mordens!

Fraglos kann, wenn ich an diesen Kampf zurückdenke, diesem erwähnten Vorteil der Leichtigkeit, der Beweglichkeit, gar nicht genug Bedeutung zuerkannt werden. Wären wir nicht fähig gewesen, sehr viel schneller zu agieren als unsere Gegner, dann hätte dieser Kampf innerhalb von Sekunden unserer Hinmetzelung geendet. Die Übermacht war – ›überwältigend‹ ist nicht das passende Wort, ›lächerlich‹ trifft es eher. Vielleicht tausend der hünenhaften Krieger setzten ihre gesammelten Kräfte daran, zwei Männer einzukreisen und niederzumachen. Aber aus dem erwähnten Grund verrauften sie sich natürlich rettungslos ineinander. Hätten sie zwei oder drei aus Ihrer Anzahl ausersehen, auf Wilkes und mich loszugehen – keine Frage, daß sie ihr Ziel erreicht hätten, und zwar in sehr kurzer Zeit.

Überdies zählte die Masse und die daraus folgende relative Schwerfälligkeit der einzelnen Krieger unschätzbar zu unseren Gunsten. So waren wir zwei als Duo unendlich behender als die verworrene Front, die uns gegenüberstand. Sie gerieten sich durch die schiere Direktheit ihres gedrängten Angriffs gegenseitig in die Quere, und ihre Toten türmten sich um uns wie ein Schutzwall. Sie schienen ohne die geringste Ahnung vom Verteidigungskampf.

Wir stürzten uns beide wie besessen in dieses Gefecht, mit keinem andern Gedanken, als, daß uns das unausweichliche, das vorbestimmte Ende erwartete.

Diese Schlacht war wie ein Vorwort zu Walhall! Ich erinnere mich des aufkeimenden Gedankens, daß eine Auseinandersetzung wie diese eine Angelegenheit von äußerster Sinnlosigkeit war! Diese aufragenden, wimmelnden Legionäre aus einem ungeahnten Rückstau der Vergangenheit hatten sicherlich keinen Grund, uns anzugreifen. Dennoch bekenne ich, mich mit einem Gefühl der Erleichterung ins Blutvergießen gestürzt zu haben, mit einer deutlich spürbaren Befriedigung, einer Lust! Diese riesenhaften, blutrünstigen, braungebrannten, bärtigen Kreaturen waren Diener, waren ein essentieller Teil jener feindseligen Semigottheit, jenes grundlegenden Anachronismus, der uns peinigte.

Auf sie, *Seine* Schergen, einzuschlagen, hieß *Ihn* zu treffen – geistvolle Treffer, fürwahr …

Wir teilten aus, Wilkes und ich. Ich fand mein großes, unhandlich aussehendes Schwert überraschend gut ausbalanciert und scharf. Erst als ich glatt durch die dicken Nackenmuskeln und Rippen meines ersten erreichbaren Gegners geschnitten hatte, wurde mir bewußt, was ein Schwert darstellen konnte! Jede Hemmung verflog. Verschwommene, atavistische Instinkte wucherten in meinem blutheißen Denken. Ich wurde halb irrsinnig vor Gier, zu töten. Ich frohlockte, wenn mein großes Schwert zubiß, immer und immer wieder sein Ziel fand. Halbartikulierte Schreie brachen von meinen zusamengepreßten Lippen; furchtbare Gedanken und ein schreckliches, anpeitschendes Selbstvertrauen brodelten in meinem Hirn, während ich focht und stieß und hieb; verschwommene Instinkte gärten plötzlich auf zu schäumender Lebendigkeit und Kraft; das Erbe zahlloser nordischer Ahnen, Helden aus Lied und Sage, Männer meiner schottischen Urheimat, die sich ihren rücksichtslosen Weg zur Clanherrschaft erkämpft hatten, Recken mit blutigen Klingen.

Mich überrollte eine rasende Woge der Sicherheit und einer erschreckenden Zuversicht. Ich war mehr als ein Mensch. Auch ich war ein Gott, erhöht durch die Ruhmestaten jener alten Canevins, die weder Tod noch Teufel gefürchtet hatten in den alten Zeiten der Siege unseres Clans auf den blutigroten Schlachtfeldern – eine Empfindung sonderbaren Glücks, der Vorbestimmung, eines uralten Schicksals, das zur Erfüllung kam wie das Anschwellen einer gewaltigen Flut. Dies ist, nehme ich an, was die Menschen als Blutrausch bezeichnen. Ich weiß es nicht. Ich weiß nur, daß ich mich im Kampfe verlor, mein Denken klar, mein Schwertarm nimmermüde, meine Füße und Beine eine feste Balance für die weiten, mähenden Streiche, mit denen ich den Raum um mich herum säuberte und wieder säuberte und die Schichten der Toten zu einem Bollwerk zwischen mir und jenen unerschöpflichen, riesigen Berserkern türmte, die unablässlich nachdrängten und die Reihen ihrer aufgeschlitzten, hinsinkenden Kombattanten füllten.

Die Macht meines Erbes hatte ihre schwere Hand auf mich gelegt, als ich rechts und links und ewig vor mir Blut vergoß. Es war, sage ich, als finde irgendein Geschick seine Erfüllung. Sonderbare Schreie, tiefe, urtümliche Schlachtrufe brachen von meinen Lippen. Ich hieb auf die Angreifer vor mir ein – wir waren längst umzingelt – und, im Gefühl von Wilkes' Kameradschaft im Rücken, der mit seiner Eisenkeule um sich schlug und traf und seine Ernte an Hirn und berstenden Schädeln einbrachte, steigerte ich mich in ein Lied, einen machtvollen Schlachtruf, der über die unablässig regenerierende Front meiner Feinde hereinbrach, drosch mein großes Schwert durch weiches Fleisch und feste Knochen und Sehnen, immer höher zur nackten Ekstase und Schierheit des Blutvergießens.

Von Zeit zu Zeit kam der eine oder andere an mich heran und brachte mir eine Wunde bei, doch das Blut des alten Kriegsclans der Canevins achtete dessen nicht.

Mein Bronzeschwert trank gierig, während ich unersättlich durch Fleisch und Sehnen schnitt. Vor mir, einem Banner gleich, loderte ein tiefroter Nebel in jenen dumpfen Schlachtkammern, wo Blut sich mit atemlähmenden Staubwolken mischte. Es war elementar; Hand gegen Hand; Kampf in seiner ureigensten Gestalt. Meine Seele jubilierte und sang, während ich mich ins Getümmel pflügte und Wilkes' abgehackte Rufe bei jedem Treffer seiner

Eisenkeule den Rhythmus meiner furchtbaren Hiebe gegen die vielköpfige feindliche Phalanx unterstrichen.

Ich hieb und hieb, und mein Schwert trank und trank.

Inzwischen watete ich durch Haufen von Leichen, suchte einen Halt für die Füße, eine bessere Basis für meine Schwertstreiche. Gegen diese herzerfreuende Übermacht, gleichgültig gegen den Tod, ohne Gefühl für die Stüber und Wunden, die ich empfing, wütete ich in einer noch immer zunehmenden Raserei äußerster Vernichtung. Ich trieb sie zu Dutzenden, zu hunderten vor mir her ...

Dann, eindringlich, lähmend, erfolgte der letzte Schlag, der markerschütternde Widerhall des großen Gongs.

Bei diesem mächtigen Ton, gleich dem Ruf des Schicksals, erstarb das Gemetzel um mich herum. Die verbissene Kampfeswut verschwand aus den verzerrten Gesichtern vor mir. Ihre Waffen fielen zu Boden. Ich hörte Wilkes' schnelles *Ha!,* als sein letzer Schlag einen Schädel zermalmte, und dann hing mein Schwert auf einmal müßig in meiner scharlachroten Hand; der Druck unserer Umzingelung ließ nach, verflüchtigte sich zu Nichts. Ich atmete wieder ohne dieses erstickte Keuchen eine Luft, die verpestet war vom Gestank von Staub und Blut – uraltem Staub, frisch vergossenem Blut.

Wir standen beisammen, immer noch Rücken an Rücken, unsere angestrengten Herzmuskel hämmerten wild, unsere rot verschleierte Sicht klärte sich. Wir befanden uns nun dicht an der äußersten rückwärtigen Tempelwand, so heftig war der Schub ins Mittelschiff gewesen.

Wie auf Verabredung drehten wir uns um und blickten einander in die Augen. Dann, als ein Aufbranden feierlichen Gesangs weit oben am Altar die beginnende Kulthandlung einleitete, die die Aufmerksamkeit jener entfesselten Horde von uns abgelenkt hatte, entschlüpften wir lautlos durch den Vorraum hinaus in den Garten, der jetzt unter den ersten Schatten der Abenddämmerung bebte. Wir legten uns mit den Gesichern nach unten Seite an Seite ins kurze Gras, entspannten unsere versehrten, entkräfteten Körper, und drehten uns um und sprachen leise miteinander, und blickten hinauf zu den freundlichen Sternen, und schlossen unsere Augen und fielen sogleich in den schnellen, tiefen Schlaf der gänzlichen und restlosen Erschöpfung.

Wilkes war es, der mich wachrüttelte. Es war stockdunkel, zumindest beinahe, da der Mond gerade von Wolken verdeckt wurde. Ein leichter, erfrischender Regen fiel, und meine triefende Nässe von Kopf bis Fuß zeugte von einem heftigeren Regenguß während unseres gemeinsamen Schlafes. Meine Blessuren und Wunden aus jenem furchtbaren Handgemenge schmerzten und brannten und pochten. Dennoch hatte ich nur wenig Blut verloren, wie es schien, und als ich aufstand und ein wenig herumging, schien meine gewohnte Beweglichkeit gänzlich zurückzukehren. Das Leuchtzifferblatt meiner Armbanduhr – die das Gemetzel heil überstanden hatte – zeigte an, daß es halb fünf Uhr morgens war.

»Ich hab die Umgebung ein wenig erkundet«, erklärte Wilkes. »Die Düsternis ist gar nicht so schlimm, wenn man sich erstmal ein wenig daran gewöhnt hat. Ich habe einen Sapodillabaum entdeckt. Aus diesem Grund habe ich Sie aufgeweckt, Canevin – dachte, Sie könnten ein bißchen was zu beißen gebrauchen, was meinen Sie?«

Er hielt mir vier der runden, dunkelbraunen Früchte entgegen, die wie irische Kartoffeln aussahen. Ich nahm sie begierig, die erste Nahrung seit vielen Stunden. Ich kann mich an kein befriedigenderes Mahl in meinem ganzen Leben erinnern.

Höchst erfrischt wusch ich meine Hände im Regen und wischte sie im kurzen, nassen Gras sauber. Wilkes sprach wieder: »Diese Menschen! Es gibt keine solchen Menschen auf der Welt, in unserer Zeit – außer hier, glaube ich. Was ist Ihre Ansicht? Das heißt, falls Sie nach all dem Zeit zum Nachdenken hatten. Guter Gott, Mann, was für ein Gladiator müssen Sie in irgendeiner längst vergangenen Existenz gewesen sein! Aber, um auf diese Leute dort drinnen zurückzukommen: ich habe den Eindruck, als ob – nun, entweder sind dies die echten Maya, die an diesem Ort überdauert haben, wo immer das sein mag, oder aber – hielten Sie es für möglich, daß *Er* sie – nun ja – unsterblich machen konnte, irgendwas in der Art, falls Sie verstehen, was ich meine? Klingt lachhaft. Da geb ich Ihnen recht, sicher, aber trotzdem, diese ganze Angelegenheit ist ...«

Er hielt inne und überließ es mir, das Adjektiv zu finden. Ich trat auf etwas Hartes. Ich bückte mich und hob das mächtige Schwert auf, das ich hier in den Garten hinausgetragen hatte, als wir in der vergangenen Nacht den Tempel verlassen hatten. Ich wog es in meiner Hand. Im noch immer düsteren Licht sah ich Wilkes an.

»Es ist wahrlich, in gewissem Sinne, das größte Rätsel von allen«, äußerte ich nachdenklich. »Sie haben natürlich recht. Gar keine Frage, Mann! Diese Menschen waren – nun ja, alles mögliche, außer was ich unsere Zeitgenossen nennen würde. Ich bin beinahe versucht, zu sagen, daß die Unsterblichkeits-Variante meinen Zuschlag erhält.«

»Lassen Sie uns zurückkehren und selbst nachsehen. Anscheinend haben wir ja bei diesem Trip keine große Entscheidungsfreiheit. Jetzt scheint einer der ruhigen Momente zu herrschen. Lassen Sie uns wieder hineingehen und hinter diesem Altar und dem Standbild da oben nachsehen, was sich an der

Stelle befindet, wo sie alle hinausmarschiert sind, was meinen Sie? Drinnen scheint jetzt alles ruhig geworden zu sein; bereits seit Stunden, würde ich sagen. Wir sind unbehelligt geblieben, als wir trotz des dichten Regens schliefen.«

Ich nickte. Ein Mann kann nur einmal sterben, und die *Macht* konnte mit uns ohnehin machen was sie wollte. Der Regen hörte, wie es für tropische Regenfälle typisch ist, urplötzlich auf. Der süße Duft irgendeines blühenden Busches durchzog die Luft. Die Wolken gaben den Mond frei.

»Einverstanden«, sagte ich. »Also los.« Ohne ein weiteres Wort betraten wir den steinernen Vorraum, durchquerten ihn bis zu der Stelle, wo der Durchgang in den Tempel sich geöffnet hatte, und – hielten inne. Die Tür war jetzt zu. Im schwachen Mondlicht, das durch die Maueröffnungen einfiel, war sie nicht einmal mehr erkennbar. Dort war nicht das Geringste zu sehen, und wäre es nur ein Spalt im soliden Gefüge der Mauer gewesen, der auf das Vorhandensein einer Tür hinwies.

»Wir werden den Tempel von außen umrunden müssen«, sagte Wilkes, nachdem wir eine Weile in perplexem Schweigen dagestanden hatten. »Es muß einen Zugang geben.«

Ich lachte und zitierte: »Es heißt: ›Wo ein Wille ist, ist auch ein Weg‹.«

»Gut denn, versuchen wir es außerhalb«, entschied Wilkes; und wieder gingen wir in den Garten hinaus.

Es gab keine besonderen Schwierigkeiten dabei, diesen ›Weg‹ zu finden. Wir umrundeten einfach das Ende des schmalen Baus, den ich als Vorraum bezeichnet habe, und folgten der scheinbar endlos hohen, aus poliertem Stein gefügten Außenmauer des Tempels. Das Voranschreiten war nicht schwierig, denn der Bewuchs bestand hauptsächlich aus niedrigen Büschen. Schließlich erreichten wir das Ende der Tempelmauer und bogen um die scharfe Kante, die sie am Beginn einer flachen Rampe bildete, welche in der von uns eingeschlagenen Richtung sachte abwärts führte.

Zu unserer Überraschung, denn wir hatten nichts dergleichen erwartet, erstreckte sich vor uns über eine größere Entfernung, als wir in dem von schnell segelnden Wolken gebrochenen Mondlicht überblicken konnten, eine Reihe weiterer Gebäude, die offenbar sämtlich eben jener frühzivilisierten Epoche des ersten Mayareiches entstammten; rundliche Bauten größtenteils, welche die charakteristischen architektonischen Merkmale und Verzierungen aufwiesen. Gigantisch wie der enorme Tempel war – das Areal, das diese zahlreichen gedrängten Bauwerke füllten, eins neben dem andern, majestätisch in ihrer schweren, festgefügten Pracht, war weit größer. Das nächstgelegene Gebäude, weniger als halb so hoch wie die aufragenden

Tempelmauern, war direkt an den Tempel angebaut und erstreckte sich in weitere Ferne, als unsere Sicht reichte. Wir standen da und blickten an ihm hoch.

Wilkes war der erste, der Worte fand: »Die Kathedralen der Alten Welt, die Pyramiden … Mann, Canevin, gemessen an dem hier wirken sie wie gestern errichtet! Diese Mauern können gut und gern Jahrtausenden standgehalten haben …«

»Ohne Zweifel«, stimmte ich zu, während ich neben ihm stand und an dem wuchtigen, leicht rissigen Mauerwerk hinaufblickte, erhaben und betörend schön im weichen, unsteten Mondlicht.

Kein Geräusch, nicht ein Zirpen, und sei es von einem nächtlichen Insekt, störte die totengleiche Stille.

Ich dachte an die große Urwaldlichtung.

»Das ist SEIN Territorium, ganz sicher«, murmelte ich; und Wilkes nickte.

»Saisonbedingt geschlossen!« kommentierte er leichthin und zündete sich eine Zigarette an.

Ich ließ mich neben Wilkes nieder und tastete nach meinem Zigarettenetui. Ich hatte es in der Tasche meiner Drillichjacke stecken gelassen, als ich sie ausgezogen und neben Pelletier auf den Boden gelegt hatte, ehe ich den Baum erklomm. Seltsamerweise hatte ich in der ganzen bisher verstrichenen Zeit nicht ans Rauchen gedacht. Wilkes reichte mir sein Etui, und wir saßen dort nebeneinander und schwiegen. Ein Blick auf das schwere Schwert, das ich über meine Knie gelegt hatte, erinnerte mich an unsere gegenwärtige Mission.

»Wir werden mindestens den ganzen Weg bis ans Ende dieser Mauerstrecke zurücklegen müssen«, sagte ich, »bevor wir ins Innere gelangen können!«

Wilkes warf den Stummel seiner Zigarette fort, stand auf und reckte seine Arme. »Also dann, auf geht's.«

Es kostete uns eine Viertelstunde strammen Marsches, ehe wir die nächste Mauerecke erreichten.

Wir bogen um sie herum, gingen bis zum Ende dieses gewaltigen Bauwerks und kamen zu einer Art offenem Platz, sehr ähnlich dem Innenhof einer modernen Universität, wenn auch mehrfach so groß, im vorherrschenden Licht düster eingefaßt von weiteren Gebäuden und an einer Flanke begrenzt von dem großen Gebäude, das wir umrundet hatten. Das Mondlicht war auf dieser Seite vor dem Hintergrund der langen ebenen Steinmauer etwas heller.

Plötzlich packte Wilkes mich am Arm. Er äußerte einen typisch britischen

Fluch. »Bei meiner Hutschnur! Sehen Sie nur, Canevin, es hat nicht ein einziges Fenster!«

Dort standen wir und blickten am Gebäude hoch.

»Seltsam«, kommentierte Wilkes. »Andere alte Maya-Bauten besitzen Fenster – dieser kleine Vorraum, in dem wir waren, bevor wir den Tempel betraten, hat Fenster, auf beiden Seiten. Warum fehlen sie hier?«

»Vielleicht ist es ein Lagerhaus«, schlug ich vor. »In diesem Fall bräuchte es keine Fenster.«

»Das bezweifle ich – vielleicht eine Art Instinkt. Die ganze Zeit über hatte ich den Gedanken, daß diese – na ja – Kultgemeinde von hier in den Tempel gelangte. Es schließt an ihn an – das konnten wir von außen sehen; nur deswegen mußten wir es umrunden.«

»Falls Sie recht haben«, sagte ich nachdenklich, »falls dort drinnen Menschen sind – nun, dann benötigen sie keine Fenster – kein Licht.«

»Falls ja, warum nicht?« stieß Wilkes hervor; und ich wußte keine Antwort.

Wir standen da und starrten an der glatten, schmucklosen, dicht gemauerten Steinwand empor.

»Seltsam!« ließ sich Wilkes wieder vernehmen. »Wirklich seltsam! Könnte eher für meine Vermutung sprechen – wissen Sie noch, Canevin? Ich meine diese ›Unsterblichkeits‹-Theorie. Falls *Er* sie – tja – sozusagen konserviert hat, bereit zur Wiederbelebung, zum ›Inbetriebnehmen‹, wann immer *Er* sie verlangt – oder *braucht*, hm? Wie Sie bemerkten, waren sie nicht gerade ›Zeitgenossen‹ von uns! *Er* hat diese ganze Sache auf seine eigene Weise in Angriff genommen, die ganze Zeit über; nicht in der Art, in der wir Menschen sie anpacken würden. *Er* – na ja – benötigte sie, um uns dort drinnen abzumurksen, im Tempel, meine ich. Sie versuchten es, wie Sie wissen! Vergeigten es, genauer gesagt! Wir sind noch immer im Spiel, Canevin! Und davon abgesehen – weshalb, um die Überlegungen fortzuführen, hat *Er* uns hier abgesetzt, wieder auf der Erde, aber nicht an unserem ersten Standort, wo wir die alte Propellermühle stehen haben, auf dieser Urwaldlichtung, unter dem Baum? Das ist vielleicht nur nebensächlich, aber – nun ja, *warum*, Canevin? Ich meine, warum hier und nicht dort? Es lohnt auf jeden Fall, darüber nachzudenken. Wenn Sie mich fragen, für mich hat es den Anschein, als habe *Er* versucht, auf *Seine* eigentümliche Weise, uns zu erledigen, und dabei, jedenfalls bis jetzt, versagt.«

Ich dachte über diese lange Rede von Wilkes nach, die längste, die ich bisher von ihm gehört hatte. Wie viele, die mit Technik zu tun haben, neigte er eher zur Einsilbigkeit als zum Gegenteil. Es war eine sonderbare Beweiskette. Gleichwohl war alles, was von diesem in jeder Situation verläßlichen Kameraden kam, als der er sich erwiesen hatte, des Bedenkens wert. Es mochte ›Instinkt‹ sein, wie er es genannt hatte, oder sonst etwas. Es mochte die Wahrheit sein.

In diesem Augenblick war ich – und dasselbe gilt, wie ich glaube, auch für Wilkes, trotz seiner sonderbar andeutungsreichen Thesen – sehr weit davon entfernt, zu erkennen, daß dieses äußerst fremdartige Abenteuer, das uns fortgerissen hatte, innerhalb kürzester Frist davor stand, uns seine letzte und, bei eingehender Beurteilung, seine vielleicht garstigste Überraschung zu bereiten. Gewarnt, wie ich durch Wilkes' seltsame Mutmaßungen hätte sein müssen, war ich doch unvorbereitet auf das, was wir im Inneren des Gebäudes finden sollten.

Langsam folgten wir der ›inneren Mauer‹ des ausgedehnten Komplexes, der an das äußerste Ende des Tempels anschloß. Minute um Minute schritten wir an ihr entlang, wobei wir fortlaufend an ihr emporsahen, immer auf Ausschau nach einem Eingang. Die Wände blieben völlig glatt, ohne Ritzen oder Zierwerk. Allem Anschein nach mochte es sich bei dem gewaltigen Bauwerk um ein vorgeschichtliches Speicherhaus oder Lagergebäude handeln.

Schließlich erreichten wir sein Ende, jenes Ende, das an die Rückwand des Tempels gebaut war. Wir gingen direkt zu dieser Stelle, wo die beiden Bauwerke einen scharfen Winkel bildeten.

Es gab keinen Zugang, außer vermutlich durch den Tempel, irgendwo dort drinnen, hinter dem Altar. Unser halbstündiger Rundmarsch um jene massiven Zeugen vorzeitlicher Baukunst war umsonst gewesen. Im klaren Mondlicht zeigte meine Uhr drei Minuten nach fünf. Die Wolken hatten sich inzwischen Richtung Horizont verzogen, jetzt, als wir ganz verblüfft an diesem Mauerwinkel standen.

Inzwischen sehr ermüdet, wandten wir uns im rechten Winkel zu unserer bisherigen Wegrichtung ab und stapften durch das Gras am Fuß der aufragenden Rückwand des Tempels. Und nach halber Strecke kamen wir zu einer Öffnung, einem überwölbten Durchgang ohne Tür.

Baß erstaunt hielten wir inne und blickten einander an.

»Sollen wir …?« flüsterte Wilkes.

Ich nickte und schritt hindurch, das große Schwert, das ich bisher wie eine Muskete über der Schulter getragen hatte, jetzt einsatzbereit in der rechten Faust.

Wir fanden uns in einem Wandelgang wieder, einem halbrunden Korridor hinter dem Altar. Wir wandten uns nach links, in Richtung der Mauerecke, wo der Tempel mit dem von uns umrundeten Gebäude zusammenstieß, und wateten erneut durch tiefen Staub, wie er schon das Mittelschiff überlagert hatte, unsere Schritte lautlos in einer gleichfalls lautlosen Umgebung.

Als wir aus diesem halbrunden Gang seitlich des Altars hervortraten, konnten wir von diesem günstigen Punkt aus den hochgelegenen Durchbruch sehen, durch den am Tag zuvor die Strahlen der Nachmittagssonne hereingeströmt waren. Es handelte sich dabei um eine große offene Fläche in der Dachkonstruktion, hoch über unseren Köpfen, und in weiteren fünf oder sieben Metern Höhe überbaut von scheinbar einer zweiten Überdachung, die einfach dazu diente, den Regen abzuhalten.

Jetzt, im Mondschein der bevorstehenden Morgendämmerung, waren sowohl der Altar wie auch die Skulptur von unirdischer Schönheit. Wir standen überwältigt da und blickten am Altar vorbei direkt in das Antlitz der Statue.

»Schauen Sie, Canevin!« sagte Wilkes plötzlich. Mein Blick folgte der Richtung seines ausgestreckten Armes, der an der Statue vorbei ins Mittelschiff wies, wo unser blutiger Kampf gegen jene archaischen Krieger getobt hatte. »Haben wir das Gemetzel nur geträumt?«

Ich erkannte sofort, was er meinte. Das Mittelschiff war leer – keine Leiche, kein Schwert, kein Ausrüstungsteil – nichts zeugte mehr von dem unverhofften Sieg, den wir gegen jene hoffnunglose Übermacht errungen hatten; selbst die Blutlachen waren unsichtbar geworden, nachdem der im Kampf aufgewirbelte Staub sich gelegt hatte und als dicke Schicht auf den Steinboden zurückgesunken war.

»Wenn sie ihre Gefallenen über Nacht fortgeschafft haben – wieso haben sie dann keine Spuren im Staub zurückgelassen?« äußerte Wilkes laut, was mir im selben Augenblick durch den Kopf ging.

Diesmal war ich es, der Wilkes' Ellbogen anstieß. »Es ist viertel nach fünf«, warnte ich ihn. »Wenn wir einen Blick auf diese Menschen werfen wollen, sollten wir es besser jetzt tun, bevor der Tag anbricht. Wir haben nicht mehr viel Zeit. Und falls sie – nun, gewöhnliche Sterbliche, normale menschliche Wesen sind, ein isoliert überlebendes Volk und nicht – na ja – ›konserviert‹, oder was immer Sie im Sinn hatten, dann sollten wir einen schnellen Blick wagen und uns davonmachen, bevor sie erwachen!«

Wir lösten uns von der glänzenden, fahlen Pracht des Altars und des Standbildes und schritten dem erahnten Durchgang zu, der aus dem Tempel zur Ruhestätte seiner einstigen Kultverrichter führte.

Selbst als Blinde hätten wir zu sagen vermocht, wo er begann, dank der Empfindung des festgetretenen Staubs unter unseren Sohlen, nicht des gehäuften, weichen Staubes, wie wir ihn erlebt hatten – Staub, den der Druck von zehntausend Füßen zur Festigkeit von Filz gestampft hatte.

Wir gingen über diesen Teppich auf dem Steinboden eines geräumigen Korridors, wachsam jetzt, da wir nicht wissen konnten, was uns begegnen würde, auf ein hohes, breites Bogentor zu, das den Zugang zu der fensterlosen Remise oder Lagerhalle deutlich kennzeichnete, die wir vor kurzem inspiziert hatten.

Das Mondlicht war hier nur sehr schwach. Wir konnten nicht weit sehen, wenn auch weit genug, um zu erkennen, um welchen Ort es sich handelte, in dessen Bezirke wir vorgedrungen waren. Wir blieben stehen, kaum daß wir das Bogentor durchschritten hatten, und schauten …

Dort, in jenem Lagerhaus, erstreckten sich direkt vor uns und so weit das blasse Mondlicht uns Sicht gewährte – bis sie sich im Dunkel verloren und nur noch für die aufgewühlte Phantasie zu sehen waren – endlos gereihte Menschenleiber, Strecke für Strecke in gleichförmigen Abständen, Zeile neben dichtgedrängter Zeile; still, bewegungslos, mumienhaft, in der erhabenen Ruhe ihrer Abgeschiedenheit; ihr Leben unterbrochen – ihr Leben verwandelt in ein tiefes, unergründliches Koma. Dies war tatsächlich eine Lagerhalle, im wahrsten Sinne: der letzte Aufenthaltsort jener alten Maya der ersten Hochkultur, das klassische Rätsel der Archäologen – ein Rätsel nicht länger für Wilkes und mich, als einzige unter den heutigen Menschen; eine Zivilisation, eine Nation, in den Fesseln jener *Macht*, die uns noch immer in einem ironischen, unnachgiebigen Griff hielt – den Fesseln *Jenes*, den diese Uralten anbeteten und gnädig stimmten, des *Prinzen der Mächte der Luft* …

Ohne ein Wort rannten wir aus diesem schrecklichen Haus der lebenden Toten zurück in den Tempel und eilten wieder lautlos durch den Wandelgang und durch das türlose Zutrittstor zurück in die beginnende Morgendämmerung eines neuen Tages, unter den verblassenden Sternen eines neuen Morgens.

Und als wir hinaustraten, marschierte querfeldein über den von mir so genannten ›Innenhof‹ in gleichmäßiger, disziplinierter Ordnung fest und entschlossen eine riesige Horde großer brauner Männer auf uns zu, angeführt von zwei Gestalten, die feierlich vorausschritten, an der Spitze jener formierten Zigtausend. Der auf der linken Seite war ein hochgewachsener, braunhäutiger Mann von königlicher Körperhaltung, dessen Hand eine kleine, brennende Fackel hielt, in noch jugendlichem Alter, jedoch von der gebieterischen Würde dessen, der zu herrschen gewohnt ist. Rechts flankierte ihn eine massige, schwerfällige Gestalt, die ermattet vorwärtsschritt, wenngleich nicht ohne eine besondere Würde eigener Art, eine Gestalt von gewisser Vertrautheit – die Gestalt von Pelletier!

Mein unmittelbarer Impuls war, vor plötzlicher Erleichterung zu weinen und sofort nach vorn zu stürzen. Auf einmal fühlte ich mich, als müsse mein Herz zerspringen. Pelletier hier – von allen Männern, die dieser Planet möglicherweise hervorzaubern konnte, ausgerechnet er! Pelletier, der allerwillkommenste Anblick …

Wie auch immer, ich konnte unmöglich so handeln, selbst wenn ich dem Impuls, den ich schilderte, erlegen wäre. Denn Pelletier rief mir entgegen, in einer sonderbaren Stimmlage, wie ich plötzlich mit einer gewissen Verwirrung bemerkte – in einer Art holprigen, improvisierten Gesanges: »Kaltes Blut, Canevin, kaltes Blut siegt im Gefecht, spricht die englische Marine! Geht auf uns zu, ihr beide, einer an des andern Seite; hoch das Kinn; tut's so würdig, wie ihr es versteht – geht langsam; wie zwei Würdenträger, die dem Volke Gunst erweisen. Beachtet keinen außer mir. Haltet nun vor mir an. Verbeugen werden wir uns voreinander; nicht zu tief. Danach, wenn *er* seine Verneigung macht, legt die Hände auf sein Haar – wie zur Segnung, ist das klar? Auf diesen Riesenburschen neben mir, will ich damit sagen. Ihr dürft's jetzt nicht verpfuschen, keiner von euch beiden. Es ist wichtig … Gut! So läuft's richtig! Also los; zieht jetzt die Schau exakt so durch, wie ich es euch sagte.«

Wie führten diese erstaunlichen Anweisungen getreu bis zum i-Tüpfelchen aus. Abgesehen von der generellen Absicht, Eindruck bei Pelletiers unerklärlicher Gefolgschaft zu schinden, kamen sie uns allerdings ziemlich undurchschaubar vor. Dennoch, wir durchliefen das Ganze in peinlicher Befolgung dieser unheimlichen, gesungenen Instruktionen – wie Regiebefehle irgendeines Geisteskranken, eines Paranoiden! ›Genie und Wahnsinn!‹ Unwillkürlich kam mir die alte Phrase in den Sinn. Sogar der junge Häuptling erfüllte seine Rolle, indem er feierlich vor uns niederkniete, sobald wir unsere Begrüßung Pelletiers vollzogen hatten und von ihm majestätisch zurückgegrüßt worden waren.

Sofort nach diesen zeremoniellen Verrichtungen, die von der Streitmacht – die Kämpen waren in genügender Anzahl vertreten, um solch eine Bezeichnung zu rechtfertigen – in feierlichem Schweigen aufgenommen worden waren, zog Pelletier uns beiseite und sprach hastig und ein wenig zu Lasten seines feierlichen Gehabes. »Ich werde all das später erklären. Sagt mir zunächst: Wie lange seid ihr an diesem Ort gewesen?«

Wie berichteten ihm, daß wir die Nacht hier verbracht hatten und setzten zu einer Skizze unserer Abenteuer an, doch Pelletier fiel uns ins Wort.

»Ein andermal. Das hier ist überlebenswichtig, dringend. Gibt es hier irgend etwas – Ich weiß nicht recht, wie ich klarmachen soll, was genau ich meine; ihr werdet euren Verstand gebrauchen müssen; ich hab' jetzt nicht die Zeit für ein langes Palaver, und wir dürfen nicht eine Minute verlieren. Egal, ich meine etwas, das zu dem Baum passen würde, den ihr Burschen hinaufgefahren seid; anders ausgedrückt, etwas, daß – nun ja – IHM als Brücke dienen könnte, als ein Mittel, Zugang zur Erde zu erhalten? Ich weiß nicht, wie ich es verständlicher sagen soll. Vielleicht kapiert ihr, worauf ich hinaus will.«

»Hinter uns gibt es einen Tempel«, sagte Wilkes, »mit einem Altar –«

»Und einem Standbild«, redete ich an seiner Stelle weiter, »ein großartiges Ding von heroischen Ausmaßen; sieht der Gestalt des Aquarius aus den Tierkreiszeichen mehr als ähnlich. Möglicherwei –«

»Führt uns sofort dorthin«, befahl Pelletier, wandte sich um und sprach schnell in klangvollem Spanisch zu dem braunhäutigen Häuptling. Er wies ihn an, einhundert oder mehr seiner verläßlichsten Krieger abzukommandieren und uns ohne die geringste Verzögerung zu folgen, eine Aufgabe, derer sich der junge Anführer sogleich annahm. Seine Autorität schien so unbestritten, daß uns diese auserlesene Begleitung innerhalb von zwei Minuten im Laufschritt zurück zum Tempeleingang folgte, zurück durch den gebogenen Wandelgang, zurück in die Nähe des Altars und der Statue.

Wir hielten an der Stelle an, wo diese erstmals sichtbar wurden, und Pelletier betrachtete die Skulptur einen langen Moment.

»Der perfekte Konzentrationspunkt!« murmelte er, drehte sich um und wandte sich erneut an den Häuptling.

»Rückt mit uns in dichter Formation gegen das Standbild des Mannes vor, der das Weihgefäß hält«, kommandierte er. »Zieh deine Männer an seiner Flanke zusammen, auf dieser Seite, und sobald ich dir das Zeichen gebe, kippt ihr es seitwärts um!«

Dieser Befehl, der umgehend an die Indianer weitergegeben wurde, brachte sofort Bewegung in die kräftigen Burschen, die eifrig auf die Statue zudrängten.

Wir waren fast bis zu ihr gelangt, als das plötzliche Donnern des großen Gongs, fast schon neben uns, die stille Luft erschütterte. Ich fuhr zusammen, Wilkes ebenso, und die Indianer verhielten im Schritt. Automatisch umschloß meine Faust das Heft meines Bronzeschwertes, als ich Wilkes' beruhigende Hand meine Schulter umfassen fühlte.

Dann erhob Pelletier seine tiefe, dröhnende Stimme und begann auf Spanisch zu singen, irgendetwas über ›das vernichtende Feuer‹! Er trieb jene

Indianeransammlung förmlich zur Inangriffnahme der ihr gestellten Aufgabe. Nicht ohne ein gewisses Zögern, ein Widerstreben, wie mir schien, reihten sie sich befehlsgetreu neben der Statue auf, wenn auch mit verdrehten Augen und furchtsamen Blicken in alle Richtungen, die ahnen ließen, daß nicht weit unter dem gemeinsamen Anstrich strengen Gehorsams die Panik lauerte. Dann, auf Pelletiers Signalruf hin, hob die geballte Horde mit vereinter Kraft das Steinbild an. Die riesige Statue bewegte sich knirschend auf ihrem fest verankerten Sockel.

»Und noch einmal!« brüllte Pelletier und brachte das Gewicht seines eigenen massigen Körpers in den Kraftakt ein.

Die Statue wankte jetzt, kippte gefährlich zur Seite, und krachte schließlich mit einer Gewalt, die das Füllhorn und die darum geschlossenen, wundervoll modellierten Arme und Hände zerschmetterte, in genau demselben Augenblick auf den Steinboden, als der zweite, tiefe Ton des Gongs widerhallte.

Pelletier begutachtete die Zerstörung, die er angerichtet hatte; dann wandte er sich gemeinsam mit dem Rest von uns der Prozession zu, die durch den überwölbten Zugang Einzug hielt, ganz so, wie wir es in der anbrechenden Abendämmerung des vorangegangenen Tages mitangesehen hatten. Nun aber herrschte das frische, klare Licht des frühen Morgens, und ich gestehe, daß mir in dieser besseren Beleuchtung der Atem stockte angesichts dessen, was ich tags zuvor nicht wahrgenommen hatte.

Auf den Kleidern, ja sogar auf den markanten, kraftvollen Gesichtern der Teilnehmer dieser priesterlichen Abordnung, die jetzt feierlich auf uns zukam, in ihren Haaren und in ihren Bärten, sogar in ihren zottigen Augenbrauen, klebte der dicke Staub der Jahrhunderte!

Dennoch, Wilkes und ich zögerten bei diesem seltsamen Anblick nicht. Wir wußten, warum *Er* diese *Seine* Schergen erneut aus ihrem schlafähnlichen Tod in jenen *Seinen* Vorratskammern – jenen Sklavenkasernen – zusammengerufen hatte.

»Raus hier, um Gottes willen, raus, so schnell Sie die Leute in Bewegung setzen können!« schrie ich Pelletier zu. »Es sind tausende von ihnen!« Und er, der jetzt, nachdem er erreicht hatte, weswegen er hergekommen war, keine Minute mehr mit dem Gedanken an einen Kampf gegen diese von mir angedeutete massive Übermacht verschwendete, erteilte seinen Indianern sofort den Befehl zum Rückzug.

Aber selbst diese seine unmittelbare Reaktion auf meine Warnung erfolgte nicht schnell genug. Wir waren gesichtet worden, und noch während er dem Häuptling zurief, erhob sich jener vielstimmige Aufschrei des Hasses und

Zorns, vervielfachte sich, als mehr und mehr Stimmen in dieses furchterregende Getöse einfielen. Schon öffneten die vordersten der priesterlichen Wächter jenes nunmehr entweihten Heiligtums ihre Reihen, um die Kriegerhorde auf uns loszulassen, die begierig zum Angriff drängte.

Ich war tödlich erschöpft. Dennoch verlieh mir etwas von dem alten kriegerischen Blut der Canevins, irgendeine atavistische, von meinen kampferprobten Vorvätern überkommene Kampfeslust, urplötzlich Kraft. Meine Ahnen hatten keine Schlacht gemieden, sofern ihr Erbe treulich durch die Zeiten wirkte. Ich riß das große Bronzeschwert empor; ein sonderbarer, ferner, jedoch unmißverständlicher Ruf aus längst vergangenen Tagen blutroten Kampfes schürte mein Blut, bis es brannte. Mit einem Aufschrei trat ich aus unserer Gruppe nach vorn, bereit, dem nahenden Ansturm zu trotzen, wenn nötig allein.

Aber ich wurde in dieser wahnwitzigen, instinktgeborenen Geste enttäuscht – enttäuscht, sage ich, und zwar auf die denkbar seltsamste Art. Denn ich war nicht der einzige, der in die freie Fläche zwischen unserer Gruppe und den anstürmenden Kämpfern aus wiederbelebter Vorzeit hinaustrat. Nein. Neben mich drängte sich – hochgewachsen, schlank, gebieterisch – die edle Gestalt des jungen Häuptlings, unbewaffnet, seine langen Arme geradeaus emporgereckt, die Innenflächen seiner Hände in einer uralten Geste der Befehlsgewalt nach vorn gekehrt.

Dann löste sich von seinen Lippen der Fluß einer fremdartigen, volltönenden Rede, bei deren Klang die anbrandenden Krieger wie gelähmt erstarrten.

Ich verhielt in der Bewegung, verwundert über dieses gänzlich unerwartete Geschehen. Unwillkürlich senkte ich mein Schwert, als ich die von den andern eben noch drohend geschwungenen Waffen ebenfalls sinken sah.

Weiter und weiter strömte die gebieterische Ansprache, bis sie plötzlich so abrupt versiegte, wie sie begonnen hatte, und der junge Häuptling seine Hände senkte, seine Arme vor der Brust kreuzte, und der nunmehr stummen Masse aus braunhäutigen, bärtigen Kriegern und den dahinter versammelten Priestern des seltsamen Kultes gegenüberstand. Sie waren alle bewegungslos vor ihm erstarrt und richteten ihre geballte Aufmerksamkeit auf ihn allein, wie eine Ansammlung steinerner Standbilder.

Und dann, aus ihrer Mitte heraus, trat ein einzelner bärtiger Hüne. Dieser Mann, offenkundig ihr Anführer, schritt direkt auf die Stelle zu, wo wir hinter dem Redner zusammenstanden, hielt vor diesem an, und dann warf dieser standbildgleiche Krieger sein Bronzeschwert klirrend vor ihm nieder und sich selbst ihm zu Füßen. Der junge Häuptling machte zwei feierliche

Schritte nach vorn und legte seinen sandalenbekleideten Fuß in den Nacken des sich Unterwerfenden. Aufgewühlt trat ich zu ihm hin und legte mein eigenes großes Bronzeschwert in seine Hand.

Darüber, wie wir durch einen mit Knapokbäumen, Otaheitebäumen und Guinea-Tamarinden durchwachsenen Mahagoniwald zurück zu der großen Urwaldlichtung gelangten, will ich nur wenig berichten. Wir überquerten Ebenen und Senken und überwanden Gefälle und umrundeten Sümpfe. Wir wanderten auf schmalen Pfaden, die im Gänsemarsch beschritten werden mußten. Wir kamen durch Rodungen, die erst vor kurzem von dichtem Gebüsch und herabhängenden Lianensträngen gesäubert worden waren. Manchmal sprangen kleine, tapirähnliche Vierbeiner förmlich unter unseren Füßen auf, gestört bei ihrer frühmorgendlichen Futtersuche in diesem undurchdringlichen Dschungel. Dann und wann kamen wir durch Gebiete, die vom Duft der Frangipanblüten und der schweren, öligen Süße der blühenden Vanilleorchidee erfüllt waren.

Und endlich gelangten wir wieder zum Saum der großen Urwaldlichtung, um Viertel vor Neun laut meiner treuen Armbanduhr, die während all dieser Aufregungen und Exkursionen keinen Tick ausgesetzt hatte. Hier machte Pelletier Halt und verabschiedete mit einer langen, gefühlvollen, auf Spanisch gehaltenen Ansprache seine Streitmacht, die sich, nach tiefen Verbeugungen in unsere Richtung, in die tiefen Wälder verflüchtigte, welche das Hinterland dieses Dschungelrandes ausmachten. Vierzig oder mehr Geiseln, die von uns aus der Gemeinschaft jener Uralten mitgeschleppt worden waren und die Oberherrschaft des eindrucksvollen jungen Häuptlings anerkannt hatten, zogen mit ihnen. Wir sahen sie nicht wieder.

Ich war bei weitem zu erschöpft – und der bedauernswerte Wilkes sank fast schon im Stehen hin – um besonders aufmerksam auf das zu hören, was Pelletier zu den Indianern sagte. Sobald der letzte von ihnen außer Sicht war, begannen wir drei den restlichen Weg über den Abschnitt kurzen Grases zurückzulegen, die leichte Steigung hinan auf die Lichtungsmitte zu, wo unser Flugzeug noch immer auf seinem Landeplatz stand. Pelletier eilte voraus, um seinen Erste-Hilfe-Koffer zu holen und unsere Wunden zu versorgen.

Der große Baum war fort!

Es war beinahe zehn Uhr abends, als wir uns endlich in den angenehmen Schatten der Tragflächen unseres Flugzeugs niederlegten, und meine letzte Erinnerung, ehe ich in den Schlaf sackte, aus dem ich eineinhalb Stunden später geweckt wurde, betrifft Pelletier, der mir eine unserer Feldflaschen an den Mund hielt, und das Gefühl der Wohltat, welche das schale, lauwarme Wasser daraus meiner ausgedörrten Kehle bereitete.

Es war das Brummen des Suchflugzeugs, das mich eine halbe Stunde vor Mitternacht weckte.

Wir erreichten Belize wenige Minuten vor zwei. Ich hatte einen Teil der Luftreise verschlafen, was keine geringe Leistung ist, wenn man an das donnernde Brüllen der Motoren denkt. Ich stolperte in mein Hotelzimmer hinauf, und rührte mich bis um sieben Uhr am folgenden Morgen nicht in den Kissen.

Als ich erwachte, zerschlagen vor Erschöpfung, stand Pelletier neben meinem Bett. »Ich dachte, ich sollte Ihnen besser so schnell wie möglich erzählen«, sagte er freundlich, »daß ich der Rettungscrew bereits alles Notwendige mitgeteilt habe. Sie und Wilkes waren auf Erkundung aus, tätigten Entdeckungen, und haben im Verlaufe dessen ihre Kräfte ordentlich verausgabt. Die haben das problemlos geschluckt. Es war eine gewöhnliche Motorpanne, die uns dort draußen in die Quere kam, wo sie uns fanden. Außerdem hatten wir keinen Treibstoff mehr. Das bewies der leere Tank. Ich werde Ihnen später erzählen, wo der Sprit hin ist. Dies geht auf meine Verantwortung. Auch Sie halten sich besser an dieselbe schlichte Version. Ich habe Wilkes bereits eingeweiht.«

Ich nickte und fiel wieder in Schlaf, nachdem ich das Zeug in dem Glas, das Pelletier mir reichte, ohne zu fragen runtergekippt hatte. Ich erinnere mich nicht einmal mehr an den Geschmack, und ich habe keinen Schimmer, um was für ein Gebräu es sich handelte. Aber kurz vor Mittag, als ich erneut wach wurde, war ich wieder ich selbst. Ich stand auf, badete ausgiebig, und verpaßte mir eine dringend benötigte Rasur. Nach dem Essen suchte ich den Bischof von Britisch Honduras auf und gab ihm das Fernglas, das er mir freundlicherweise geliehen hatte, mit dem Dank des ganzen Teams zurück.

Am folgenden Morgen nahmen Pelletier und ich Abschied von dem famosen Wilkes, und ebenso von unseren übrigen Belizer Freunden und Bekannten. Wir hatten Passage auf einem Bananenfrachter gebucht, der mittags nach Kingston auslief, der ersten Station auf unser Rückreise nach St. Thomas.

Gegen vier Uhr am selben Nachmittag schlenderte Pelletier, den ich seit dem Bordlunch nicht mehr gesehen hatte, über's Deck und hielt an meinem Stuhl an.

»Würden Sie jetzt gerne den Schluß all dessen von mir hören – oder wäre es Ihnen später lieber?« fragte er. Er grinste auf mich herab.

»Lieber später – in St. Thomas am besten, falls es Ihnen recht ist, Pelletier«, antworte ich ihm. »Momentan möchte ich meine Gedanken davon frei halten und mich davon lösen. Also wirklich lieber später, mit den häuslichen Dingen, der heimischen Atmosphäre um mich herum, sofern es Ihnen nichts ausmacht. Gerade jetzt ziehe ich es vor, nichts zu tun und nichts zu denken und nichts zu hören, was nicht mit Eiswasser, Obstessen und Schlaf zu tun hat!«

»Ich werfe es Ihnen nicht vor«, gab Pelletier zurück, als er nachdenklich davonschlurfte, wobei der Qualm seiner dicken schwarzen Zigarre hinter ihm herzog.

Wir machten zehn Knoten oder so, bei Wind von achtern – vor dem Wind. Ich trank Eiswasser. Ich aß Früchte. Ich schlief. Und in Etappen, die wir bis zur Küste Mittelamerikas abklapperten, gelangten wir zurück zur gesetzten Friedfertigkeit und Annehmlichkeit der Unteren Antillen; zur freundlichen Kultiviertheit, welche die liebliche kleine Stadt St. Thomas verkörpert; zur ruhigen Tüchtigkeit der bewährten Bediensteten in meinem Haus auf dem Denmark Hill. Nur dort konnte ich es einigermaßen ertragen, meinen Geist erneut für jene Vorgänge im tiefsten Dschungel von Quintana Roo zu öffnen, wo ER aus unvorstellbaren Tiefen der Zeit seinen ›Brennpunkt‹ errichtet hatte ...Denn es ist nicht immer gut für einen Mann, Dinge zu sehen, wie sie zu sehen Wilkes und mir bestimmt war.

Es gab Zeiten, selbst nachdem ich heimgekehrt war und in St. Thomas zu meinem gewohnten Alltag zurückgefunden hatte, wo ich schlaflos im Bett lag, während der Duft der Tuberosen und des Kapjasmins durch meine Fenster strömte, und rätselte, was sich dort draußen nun wirklich ereignet hatte; ob oder ob nicht bestimmte Aspekte jenes Abenteuers von Grund auf unglaubwürdig seien. Mit anderen Worten: ob meine Einbildungskraft mich nicht möglicherweise genarrt hatte; ob die ganze irre Affäre wirklich und tatsächlich stattgefunden hatte; und ob ich, Gerald Canevin, Gelegenheitsverfasser von Geschichten, die auf den etwas sonderbaren Begebenheiten dieser Inseln der Unteren Antillen basieren, nicht irgendeine schaudererregende Veränderung durchgemacht hatte.

Bei solchen Gelegenheiten fand ich es heilsam, meine Aufmerksamkeit, sofern es sich als machbar erwies, etwas anderem zuzuwenden, etwas davon so Grundverschiedenem wie nur möglich.

Ich erinnere mich, während jener Perioden des Zweifels und der geistigen Bedrängnis häufig Kontraktbridge gespielt zu haben. Ich nahm mehr Einladungen an, als es meiner Gewohnheit entsprach. Ich wollte alles in allem so oft es ging mit Menschen zusammen sein, mit geistig gesunden, alltäglichen, durchschnittlichen Menschen, meinen Nachbarn und Freunden. Ich verlor etwas Gewicht, wie ich mich entsinne.

Erst als ich Pelletiers Bericht über seine Erlebnisse in der Zeit zwischen meinem Verschwinden im Geäst (ich erinnerte mich, daß der Baum bei unserer Rückkunft auf der großen Urwaldlichtung fehlte, ohne daß ich Pelletier gefragt hatte, was damit geschehen war) und seinem Marsch über jenen ›Innenhof‹ an der Spitze seiner Indianerarmee kannte, begann die ganze Äffäre sich zu verflüchtigten und hörte auf, mich zu plagen.

»Ich will versuchen, Ihnen meinen Teil von all dem zu erzählen«, verkündete Pelletier. Er hatte eine für ihn typische Haltung eingenommen, der Länge nach hingegossen über den chinesischen Rattan-Clubsessel auf meiner schattigen westlichen Veranda; ein Cocktail, frisch gemixt von meinem Hausdiener Stephen Penn, wartete auf dem Tisch neben zwei grüngetönten Gläsern in einem silbernen Kühler, an dessen Außenseite Eiswasserperlen glitzerten; Zigaretten brannten; ich selbst ruhte, nachdem ich die Honneurs gemacht hatte, in einem zweiten Stuhl; wir beide steckten in frischem, weißem Drillich, kühl und bequem.

»Ich hatte sehr wenig, um meine Schlüsse zu ziehen«, sagte Pelletier nach einem herzhaften Schluck aus seinem hohen, grünen Glas und mit einem gleichzeitigen leisen Grunzer tiefinnerster Befriedigung, »wie Sie sich vorstellen können, Canevin, wirklich sehr wenig. Und doch kam Licht in die Sache, enträtselte sie sich auf fast natürliche Weise. Es war, wie ich vermute, zum Teil Instinkt, eine Art sechster Sinn, wenn Sie so wollen. Denn ich hatte keine andere Vermutung als Sie oder Wilkes, nämlich daß wir es mit einem – nun ja, einem *Überbleibsel* zu tun hatten, als ich aus dem Flugzeugfenster hinunterblickte und zum ersten Mal diese kreisrunde Lichtung sah, die einem ins Auge sprang wie – wie ein Hautfleck!

Das erste definitive Anzeichen, der erste Hinweis, war natürlich dieser eigenwillige Windstoß ›aus dem hintersten Winkel der Hölle‹, wie Wilkes es ausdrückte. Wind ist Luft, und daran hielten sich meine Gedanken logischerweise fest. Es bedurfte keiner besonderen Brillianz meinerseits, um auf einen Elementargeist der Lüfte zu schließen, oder diese Möglichkeit im Verlauf der verschiedenen Geschehnisse zumindest im Hinterkopf zu behalten; der Geschehnisse, bevor Sie den Baum zu erklettern begannen, meine ich: der Wind aus dem Nichts; das Verschwinden von Wilkes; das Fehlen von Tieren oder Insekten; diese Indianer, die sich um uns sammelten. Alles paßte irgendwie zusammen, unter den herrschenden Umständen und nach allem, was wir beide vom Überleben der Magie in unseren Tagen gesehen haben – wo zwei Drittel der Erdbevölkerung an sie glauben, sie praktizieren: Herrgott, schauen Sie doch nur nach Haiti!

Nun, ich dachte mir, falls es etwas Übernatürliches war, etwas nicht ganz von dieser Welt, also dann, Canevin, deutete die Logik hinter all dem eher auf den einzigen möglichen Elementargeist hin, der überdauert haben mochte, als auf irgendetwas anderes.

Denn der Mensch – begreifen Sie nicht? – hat die anderen von ihnen entthront, dank seiner eigenen Macht über die drei übrigen Elemente, Erde, Feuer und Wasser! Praktisch die gesamte Landoberfläche dieses Planeten ist dem Menschen nutzbar gemacht – Ackerbau, Minen, auf ihr errichtete Städte – und dasselbe gilt für das Wasser. Wir haben die Herrschaft über das Element Wasser angetreten, es auf seinen Platz in dieser vom Menschen beherrschten Welt verwiesen – Schiffe, U-Boote, Dampfkraft – Gott im Himmel, unserem Gebrauch des Wassers sind keinerlei Grenzen gesetzt! Nicht anders ist es mit dem Feuer, Canevin. Wir haben es – nun – domestiziert, uns zu Diensten gestellt – in dem Maschinenraum eines jeden Schiffes, in jedem Verbrennungsaggregat, jeder Fabrik, jedem Hochofen, Küchenherd, Lagerfeuer, Automobil.

Und in diesem ganzen langen Prozeß der Zivilisierung bleib nur ein einziges Element der Unterwerfung, der Zähmung entzogen – und zwar die Luft. Wir sind ein großes Stück von dem entfernt, was die Leute anmaßend ›die Eroberung der Lüfte‹ nennen, Canevin, ein verdammt großes Stück, obwohl wir auch hiermit bereits begonnen haben. Selbst das Feuer ist kontrollierbar. Feuer bricht nicht von selbst aus. So etwas wie ›plötzliche Selbstentzündung‹ gibt es nicht! Aber wer, Canevin, ist in der Lage, den Winden des Himmels zu gebieten?

Vielleicht steckt mehr hinter dem, was ich gerade gesagt habe, als auf den ersten Blick erkennbar ist. Nehmen Sie nur einmal die Astrologie. Die moderne Wissenschaft spottet über die Astrologie, steckt sie in dieselbe Schublade wie jene Körpersäfte, den melancholischen Saft und so weiter! Die heutigen Astronomen, die Wissenschaftler, die geschäftig Lichtjahre abmessen, die chemische Zusammensetzung des Sternbilds Antares erforschen, nach Barium auf dem Mars suchen, die wahrscheinliche Masse des Eros berechnen, oder den ›Neuen‹, den Planeten Pluto, beobachten – diese Burschen erzählen uns, daß die alten Vorstellungen über die Sterne nichts als Humbug sind. Und warum? Nun, weil, wie sie behaupten, die alten Ansichten über Dinge wie die Anordnung von Himmelskörpern zu Sternzeichen und dergleichen ›unwissenschaftlich‹ sind, geformt lediglich aufgrund des Bildes, das die Sterne von der Erdoberfläche gesehen bieten! Unecht, unwissenschaftlich! Die Sterne müssen mathematisch betrachtet werden, erklären sie uns, nicht so, wie sie bei Nacht von dieser Veranda aus erscheinen.

Aber, Canevin, wer von diesen neuzeitlichen Supergescheiten hat uns gesagt, wo jemand *stehen muß*, um das Firmanent zu beobachten? Und – pragmatisch gesprochen; dies ist schließlich eine ordentliche Welt der Wissenschaft! – wer von ihnen hat mehr getan, als lediglich Massen und Entfernungen zu errechnen – und was ist das schon, außer trockenen Annäherungen an vorgegebene Fakten, Canevin? Ein Haufen Formeln wie der Innenteil eines Algebrabuches. Wer von ihnen, den modernen wissenschaftlichen Astronomen, angefangen bei meinem guten alten Professor Pickering in Harvard – denn er war ihrer aller ungekröntes Haupt – hat der Menschheit aufgrund seiner hypermodernen zeitgenössischen Wissenschaft auch nur ein einzige wertvolle, praktisch nutzbare Erkenntnis geschenkt? Antwort: nicht einer, Canevin!

Und das ist die Schwachstelle dieses Standpunkts – betrachten Sie es im Lichte der Relativität, oder der Quantentheorie, wenn Sie mögen; das ist ›modern‹ und ›wissenschaftlich‹ genug. Weiß Gott: die astrologische Herangehensweise ist die normale Herangehensweise, Canevin, was *die Menschen auf diesem Planeten* betrifft. Wir müssen die Sterne von hier aus betrachten, denn hier ist es, wo Gott der Allmächtige, der uns und sie geschaffen hat, uns hinstellte. Das ist die einzige Betrachtungsweise, die uns zur Verfügung steht, Canevin, und – sie funktioniert; sie besitzt die pragmatische Weihe des gesunden Menschenverstandes!

Nun gut, um zum Kern dieser Sache vorzustoßen, will sagen, der Sache, die wir beide durchgemacht haben: Was ist es, soweit wir menschliche Wesen, gefesselt an die Erde und ihre Lebensbedingungen, es beurteilen können, das unsere Projekte, Pläne und Berechnungen scheitern läßt, wann immer wir mit jenen drei Elementen umgehen, die wir unter Kontrolle gebracht und uns unterworfen *haben?* Es ist die Luft, Canevin.

Es ist die Luft und nur die Luft, die Wirbelstürme in diese Breiten schickt und die Mühen und Hoffnungen von Jahrzehnten zuschanden macht; die Ernten, Vieh, Gebäude vernichtet. Es ist die Luft, die gerade in der jetzigen Jahreszeit nicht weit von hier, in Nicaragua, ein Bild der Verwüstung hinterließ und Santo Domingo City in eine Schutthalde verwandelte. Pflanzen, besonders Blattpflanzen, können ohne Luft nicht wachsen. Ohne Luft vermag selbst das Feuer nicht zu brennen. Das ist das Funktionsprinzip aller brauchbaren Feuerlöscher. Ohne Luft können Menschen und Tiere nicht atmen, sterben sie qualvoll wie Fische ohne Wasser. Ohne Luft – aber wozu sollte es gut sein, die Aufzählung fortzuführen, Canevin?

Alleingelassen, hatte ich ja nun den ersten Tag und die erste Nacht für mich, um nachzudenken. All diese Dinge, und noch einiges mehr, flossen in meine Überlegungen unter jenem Baum auf der großen Lichtung ein, bevor und nachdem ich dort auf mich selbst gestellt war. Verstehen Sie? Alles in allem war es nicht so furchtbar schwer, der Sache auf den Grund zu kommen.

Doch der Sache auf den Grund zu kommen, machte kaum den halben Kampf aus. Entsetzen erfüllte mich, Canevin, wie ich dort mit meinem doch nur menschlichen Verstand die Möglichkeiten dessen erwog, was *Er* zu tun vermochte, falls *Er* es sich in *Seinen* Kopf zu setzen beliebte. *Seinen* Kopf! Nun, *Er* hätte lediglich die Atemluft um uns drei Eindringlinge herum abzuziehen brauchen, und wir wären umgesackt und an Ort und Stelle hingeschieden. Mit einem Hurrikan hätte *Er* jeden Moment Kleinholz aus uns machen können. *Er* hätte – nun ja, es bringt nicht viel, all die Dinge zu benennen, die *Er* in meiner Vorstellung hätte anrichten können. Die Wege der Götter und Gottwesen waren niemals die Wege der Menschen, Canevin. Alles Schrifttum bestätigt dies. Wie dem auch sei, *Er* tat nichts von alledem. Er packte es auf *Seine* Art an. Wie ihn überlisten, wenn es an der Zeit war? *Darin* bestand das eigentliche Problem!

Mir standen, zumindest theoretisch, alle drei der übrigen Elemente zu Gebote, um sie gegen *Ihn* anzuwenden, dieselben, die jedem Menschen verfügbar sind – zum Beispiel ein Unterstand aus Erde, wie drüben in Kansas, gegen einen Tornado; eine Feuerrodung, um die Verwüstungen eines Neu England-Blizzards zu beseitigen. Ich konzentrierte meine Gedanken darauf, Canevin, und entschied mich, Feuer einzusetzen – *den Baum niederzubrennen!*

Ich tat es, in der Abendämmerung des zweiten Tages. Mit dem Benzin aus den Tanks des Flugzeugs tränkte ich den gesamten unteren Teil des Stammes so weit hinauf, wie ich schütten und spritzen konnte. Ich verbrauchte alles. Ich rechnete, wie Sie sehen, mit der Rettungsmaschine, die unsere Route am nächsten Morgen abflog, nachdem wir nicht in Belize aufgetaucht waren; allerdings, falls ich Sie und Wilkes nicht zurückbekommen hätte, wäre ich so oder so ganz ordentlich in der Klemme gewesen, und ihr Burschen nicht weniger.

Ich zündete den Baum an und rannte, Canevin, rannte aus seinem Schatten heraus – binnem kurzem würde ohnehin nicht viel davon übrig bleiben – und hinüber zum Flugzeug, und ich setzte mich unter die abgewandte Tragfläche, von wo aus ich durch das Fernglas eine gute Sicht auf diese Wilden dort unten hatte. Ich wollte sehen, welche Wirkung der von mir ausgeführte Gedanke, ein Element mit dem anderen zu bekämpfen, auf sie erzielte.

Er erzielte fürwahr eine schlagende Wirkung!

Ich hatte jede Menge Benzin zur Verfügung gehabt. Das Feuer brauste den trockenen Baum hinauf. Zwei Minuten, nachdem ich ihn in Brand gesetzt hatte, schien jeder Zweig zu lodern. Stellen Sie sich eine Studie über Urangst vor! Psychologie! Hier hatte ich sie, überall um mich herum. Der einzige Wermutstropfen, mit dem ich mich abfinden mußte, lag darin, daß ich nicht alles zugleich im Auge behalten konnte. Es war wie der Versuch, einen Zirkus mit vierzig Arenen mittels eines einzigen Augenpaares in sich aufzunehmen!

Es gefiel ihnen, Canevin! Soviel jedenfalls war klar ersichtlich.

Ein mittelgroßer, halb abgebrannter Ast, der runterbrach und zwischen mich und das Hauptfeuer fiel, brachte mich plötzlich auf den großen Einfall. Bis dahin hatte ich nicht über die Zerstörung des Baumes hinausgeplant, diese *Seine* Brücke zwischen der Erde und wo immer *Er* sich aufhielt. Aber dann schoß es mir plötzlich durch den Sinn, daß sich hier eine Möglichkeit bot, diese Ureinwohner zu rekrutieren, während sie alle versammelt und in der passenden Stimmung waren – sozusagen. Ich ging hin und hob dieses brennende Aststück auf. Es gab eine großartige Fackel ab, und indem ich es hoch über meinen Kopf hielt, wo es hell loderte, während ich durch die sinkende Dämmerung schritt, bewegte ich mich langsam und würdevoll hinab zu der Stelle am Saum des Urwalds hin, wo die Indios am dichtesten geballt schienen.

Ich war klug genug, zu singen, Canevin! Das hätten Sie nie vermutet, daß ich singen kann, oder? Die ganze Zeit über versuchte ich so gut ich konnte, eine Art Siegeshymne zu intonieren. Sie verstehen, worauf ich hinaus will? Ich schritt unbeirrt dahin, wobei ich krakeelte, was meine Simmbänder hergaben. Mein Gelärme wies keine bestimmten Wörter auf – nur sehr, sehr große Lautstärke!

Auf halbem Weg den Hang hinab kam es mir in den Sinn, daß einige aus jenen zigtausend sicherlich Spanisch verstehen würden. Dieser Einfall packte mich, und als ich nah genug gekommen war, um mich ihnen verständlich zu machen, hatte ich mir einige Sätze überlegt, die sie umhauen würden, sofern sie Zugang zu ihren schlichten Hirnen fänden! Ich hielt an und reckte die Fackel hoch über meinen Kopf, und schmetterte sie heraus wie der selige Cortez einen Angriffsbefehl!

Danach wartete ich einige Augenblicke, um die Wirkung abzuwarten, falls sich eine solche einstellte. Sie schienen mehr oder weniger in Gruppen und Haufen umherzuwuseln. Das bedeutete, so vermutete ich, daß die Burschen, die Spanisch verstanden, es den anderen übersetzten. Und dann – dann funktionierte es, Canevin! Sie warfen sich zu Boden, in ganzen Reihen, ganzen Batallionen, ganzen Stämmen! Und jeder von ihnen, bemerkte ich, hielt sich noch immer in der sicheren Zuflucht der Wälder. Sehen Sie, Canevin – ich hatte ihnen kundgetan, wer ich war! Ich war der Herr des Feuers, das war alles; der große Freund aller Menschen, der Beherrscher, der Vernichter, der hohe Obermufti und große Wunderwilli sämtlicher Elemente, und auch noch nahezu alles andere. Spanisch bietet sich irgendwie von selbst zu solch wortreichen, bombastischen Ansprachen an.

Und dann hatte ich noch einen Einfall. Ich sammelte mich nach dieser ersten Ladung, die ich auf sie abgefeuert hatte, und ließ ihr die nächste folgen! Ich informierte sie darüber, daß ich im Begriff war, meinen Feind zu vernichten, den Beherrscher der Lüfte, der auch ihr Feind war – was ich natürlich aus ihrer Furcht vor der Lichtung geschlossen hatte – und der zweitausend Jahre oder länger auf seine eigene Weise mit ihnen umgesprungen war: wie sie mit ihren eigenen Augen sehen könnten, daß ich hier vor ihnen auf dem Tabuplatz der Lichtung stand, und zwar unverletzt; und dann forderte ich Freiwillige auf, aus dem Wald zu kommen und *neben mich auf die Lichtung zu treten!*

Canevin, es herrschte eine Stille, durch die Sie mit dem Messer hätten schneiden können. Sie hielt an und an und an!

Ich begann zu fürchten, daß ich womöglich zu weit gegangen sei, auf irgendeine nicht erkennbare Weise – nicht ein einziger Laut, nicht ein Wispern, kam von dieser Bande Wilder, auf der die Furcht von sechzig Generationen lastete.

Dann – begleitet von einem anschwellenden Murmeln, das sich in einen einstimmigen Aufschrei des Erstaunens steigerte – trat einer von ihnen, ein aufragender junger Mann mit einem intelligenten Gesicht – heraus und auf mich zu. Ich vermute, diesem Burschen und seinen Nachkommen werden während der nächsten sechzig Generationen epische Lieder gesungen, in vielen Vollmondnächten.

Ich hatte den ungefähren Plan, müssen Sie wissen, die Bande umzustimmen, mit Hilfe der neuen Harmlosigkeit des uralten Tabuplatzes als schlüssigem Beweis, und sie dann für mich einzuspannen. Was genau ich mit ihnen anfangen sollte, für welche Aufgabe ich sie einsetzen könnte, darüber war ich mir nicht so klar wie über die grundsätzliche Absicht, sie hinter mich zu scharen.

Und genau da, als es funktionierte, alles zu meinen Gunsten verlief, hätte ich um ein Haar meine Autorität verleihende Fackel fallenlassen, mein Symbol der Feuermacht! Ich gefror von Kopf bis Fuß, Canevin; absolut krank vor schierer, schlotternder, zähneklappernder Angst! Stürmten sie auf einmal alle auf mich ein, mit ihren Wurfpfeilen und Blasrohren? Fuhr ein unerwarteter Wirbelsturm auf mich herab? Nein. Nichts Derartiges. Ich hatte lediglich, ganz plötzlich, scheinbar grundlos, an etwas gedacht. Die Luft um mich herum war so ruhig wie immer. Kein einziger Indianer vollführte eine feindselige Geste.

Es war ein Gedanke, der mir eben gekommen war – Narr der ich war, Idiot!

Mir war gerade mittendrin eingefallen, daß ich, als ich den Baum zerstörte – *Seine* Brücke zur Erde – Sie und Wilkes womöglich auf ewig der Chance zur Rückkehr beraubt hatte. Dies war es, was mir den abrupten kalten Schweiß in die Augen rinnen ließ; das war es, weswegen mich Wogen der Übelkeit überschwemmten.

Ich stand da und schwitzte und zitterte von Kopf bis Fuß. Es war reine Willenskraft, dank deren ich die Fackel in der Luft hielt, mein Schutz vor jenen stummen Vieltausenden. Mein Geist rotierte vor dieser Anstrengung. Und dann, nach all den Minuten der Stille, schrieen sie sich die Seelen aus dem Leib vor Begeisterung über diesen Helden aller Helden, der es gewagt hatte, den Fuß auf den verbotenen Boden zu setzen; die Lichtung zum ersten Mal im Laufe der Geschichte – ihrer Geschichte – zu betreten.

Dieser Mutige war nun nah heran, ruhig voranschreitend, selbstgewiß, bis er fast bei mir war. Meine Augen wandten sich ihm zu. Er war ein hübsches, wohlproportioniertes Individuum.

Er hielt an, hob die Hände über den Kopf und entbot mir eine Art tiefer Verneigung.

Die gesamte heulende Horde wurde dabei wieder still – begierig, zu sehen, was ich mit ihm anstellen würde, wie ich vermute.

Ich trat auf ihn zu und übergab ihm die Fackel.

Er nahm sie entgegen und blickte mir in die Augen. Er war schon ein Kerl, dieser junge Indianer!

Ich sprach zu ihm, auf Spanisch: ›Erhabener Diener des Feuers, weise mir nun die Richtung des anderen verbotenen Platzes, wo *Er vom Winde* seinen Fuß auf die Erde setzt.‹ Alle Chancen, die wir drei auf Erden hatten, hingen von dieser Frage ab, Canevin; von der Vermutung, die ihr zugrunde lag; von der Möglichkeit, daß es mehr als einen Brücken-Ort wie diese große Lichtung gab, auf der wir standen. Es handelte sich natürlich um reine Mutmaßung.

Und, Canevin, er hob seinen anderen Arm, denjenigen, welcher nicht die Fackel hielt, und wies die Richtung und antwortete: ›Gerade nach Süden, Herr des Feuers!‹

Canevin, ich hätte diesen Indianer küssen mögen! Eine zweite Chance! Ich trat an ihn heran und umarmte ihn wie ein Bär. Ich weiß nicht, was er davon hielt. Ich ließ ihm keine Zeit zum Denken, dazu, einen Entschluß zu fassen. Ich hielt ihn auf Armeslänge vor mich, als handle es sich bei ihm um meinen Lieblingsschwager, den ich einige Jahre nicht gesehen hatte!

Ich sagte zu ihm: ›Sprich, heldenhafter Diener des Feuers – was soll deine Belohnung sein?‹

Er zögerte auch nicht einen Augenblick. Er wußte, was er wollte, dieser Bursche – erkannte, daß sich hier seine große Chance bot. Er atmete schwer. Ich konnte seine mächtige Brust arbeiten sehen. Er wird noch einen weiten Weg zurücklegen, Canevin, glauben Sie mir!

›Die Herrschaft über – jene!‹ erklärte er, tief Luft holend, und beschrieb mit der Fackel einen Kreis, der den runden Saum der Lichtung umfaßte.

Ich reckte beide Hände über meinen Kopf und erhob meine Stimme: ›Höret, Männer dieses Volkes! Seht hier euren obersten Herrscher, der da mit seinen Söhnen und Sohnessöhnen und Abkömmlingen seiner Sohnessöhne über all eure Völker und Stämme und Stammesbrüder gebieten soll bis ans Ende der Zeiten. Nieder mit euch – und huldigt eurem Herrscher!‹

Ein wenig später, als sie es begriffen hatten, als sie in Reihen auf die Gesichter fielen, Canevin, wandte ich mich diesem Burschen zu, der die Fackel hielt, und gebot ihm: ›Ruf sie zusammen; laß sie in einem Kreis hier um uns niedersitzen. Daraufhin ist das erste, was du tun mußt, die Männer auszuwählen, von denen du willst, daß sie dir dabei helfen, dein Volk zu regieren. Danach sag ihnen, daß sie mir zuhören sollen!‹

Wieder blickte er mir in die Augen, und nickte. Oh, er besaß Intelligenz, dieser Bursche!

Um die Geschichte abzukürzen, er tat wie geheißen; und Sie können sich uns dort im Schein des Mondes vorstellen, der längst aufgegangen war, als die Indianer in die von mir gewünschte Ordnung gebracht worden waren, kommandiert von ihrem neuen König, als habe dieser nie etwas anderes getan. Wir standen in der Mitte und hielten ihnen eine tönende Ansprache, die in den Pausen, die ich einlegte, von den spanisch Sprechenden für die anderen verdolmetscht wurde.

Das Ende all dessen war, daß wir zu jenem Ort aufbrachen, jenem anderen Ort, wo *Er* ›seinen Fuß auf die Erde setzen‹ konnte, wie ich gesagt hatte, dem Ort, wo wir Sie fanden.«

Ich dankte Pelletier für die Geschichte. Er hatte bereits eine Kurzfassung der meinen gehört, die ich hier etwas ausführlicher wiedergegeben habe. Ich ließ seinen Bericht auf mich wirken, und danach war ich, wie ich schon sagte, fähig, wieder ich selbst zu sein. Möglicherweise hatte Pelletiers durchweg gesunder Menschenverstand, die Nüchernheit seines Berichtes, etwas mit dieser wünschenswerten Wirkung zu tun. Ich weiß es nicht, aber ich bin froh, den Umstand festhalten zu können.

»Da ist noch eine Sache, über die ich mir noch nicht ganz klar bin«, bekannte ich, nachdem Pelletier geendet hatte.

»Ja?« erwiderte Pelletier ermutigend.

»Diese Figur in dem Tempel – Aquarius«, begann ich. »Wie sind Sie auf die gekommen? Ich begreife ja, warum Sie sie zerstört haben. Sie war, wie auch der Baum, einer *Seiner* ›Brennpunkte‹, eine ›Brücke‹ zur Erde. Indem Sie diese vernichteten, brachen Sie, falls ich es recht verstehe, seine ›irdische Macht‹; Sie verschlossen seine Einfallstore. Es ist zwar immer noch mysteriös, aber in bestimmter Weise faßlich. Doch woher wußten Sie, um es so auszudrücken, daß *dies* der Brennpunkt war? Warum die Statue? Warum nicht, um ein Beispiel zu nehmen, der Altar?«

Pelletier nickte, über meine Fragen sinnend. Dann lächelte er schief. »Sie scheinen der Astrologie nicht kundig, Canevin!« sagte er, wobei er seine Körpermasse nachdrücklich mit einem Arm hochwuchtete und mich offen ansah. Er grinste breit wie ein Lausbub. »Sie erinnern sich – wir hatten das bereits – wie wichtig diese als ein Bestandteil einer modernen Erziehung ist, oder sein sollte! Aquarius würde Sie zum Narren halten; würde jeden irreführen, versichere ich Ihnen – jeden, der die Astrologie nicht kennt! Aus seinem Namen würden Sie schließen, daß er mit dem Element des Wassers verbunden ist, nicht wahr, Canevin? Der Name legt das im Grunde nahe: ›Aquarius‹ – Wasserträger. Dies wäre Ihre Schlußfolgerung, falls Sie, wie ich betone, die Astrologie nicht beherrschten!«

»Was meinen Sie damit? Das ist mir zu hoch, Pelletier. Sie müssen es mir schon erklären, fürchte ich.« Es war offenkundig, daß Pelletier ein As im Ärmel versteckt hielt.

»Haben Sie jemals ein Bildnis des Aquarius gesehen, Canevin, auf dem er – halt, denken Sie einen Augenblick darüber nach – *nicht* dabei gezeigt wird, *wie er Wasser aus seinem Weihgefäß gießt?* Aquarius ist nicht die Figur, die das Wasser *repräsentiert*, Canevin. Das genaue Gegenteil trifft zu. Er ist der Bursche, der das Wasser beseitigt, um Platz für die Luft zu schaffen. Aquarius ist trotz seines Namens das Sternzeichen für *die Luft*, nicht das Wasser, wie Sie sich einbilden würden, sofern Sie die Astrologie nicht beherrschten. Er ist immer beim *Ausgießen*, beim Beseitigen von Wasser dargestellt. Aquarius ist nicht das Sinnbild des Wassers. Er ist der Vorbote, der Wegbereiter der Luft!« Während er dies sagte, wedelte Dr. Pelletier mit einer seiner großen, plump wirkenden Hände – ein sicheres Zeichen, daß in seinem Kopf etwas vorging.

Ich lachte. Freimütig gab ich zu, daß meine Schulerziehung vernachlässigt worden war.

»Und was kommt jetzt?« fragte ich und lächelte meinen großen Freund an.

Er lachte dieses ihm eigene kräftige, ansteckende Lachen. »Canevin«, sagte er und schüttelte den Kopf. »Ich frage mich, welcher von den Archäologen, oder auch irgendein krasser Außenseiter, der eine Superlaufbahn absolviert und die Doktorhüte von Havard bis zur Universität von Upsala sammelt – wer von ihnen wird der erste sein, der ›entdeckt‹, daß die erste Mayazivilisation *nicht* erloschen ist; der die beste moderne archäologische Wissenschaft wieder einmal komplett über den Haufen wirft; so wie es dauernd auf jedem ›wissenschaftlichem‹ Gebiet geschieht, von Darwin bis zu Kirsopp Lake! Wieder mal eine ›epochale Entdeckung‹!«

Dann, nachdenklich, ernsthaft, wenn auch mit einem Zwinkern in seinen freundlichen braunen Augen: »Ich setze große Hoffnung in die Führung, die sie bekommen werden, die sie just in diesem Augenblick bekommen, Canevin. Das war schon ein vielversprechender Junge, ein echter Kerl, dieser neue König in Quintana Roo, jener, den ich gekürt habe, der neue Gebieter des Dschungels! Haben Sie ihn gesehen, Canevin, wie der dort stand und ihnen sagte, was zu tun sei?

Wissen Sie, ich habe noch nicht einmal seinen Namen erfahren! Er ist, nebenbei erwähnt – er erzählte es mir auf dem Rückmarsch zu der großen Lichtung – einer der sehr wenigen, welche die alte Sprache erlernt haben. Sie wurde, müssen Sie wissen, von den Priestern überliefert, hier und dort, unverfälscht, genauso, wie sie vor zweitausend Jahren gesprochen wurde. Nun denn, Sie haben gehört, wie er sie benutzte! Gerade mal eine kleine Gruppe, glaube ich, hält sie am Leben, vor allem in und um Chichen-Itza herum. Er hat ihnen erzählt, sagte er mir, wie das Feuer über ihre traditionelle Luft triumphierte – Aquarius, von seinem Sockel gestürzt, lag dort als Beweis!«

Ich war froh, dem jungen Häuptling mein Bronzeschwert gegeben zu haben. Vielleicht wird es ihm helfen, seine Autorität über jene alten Maya zu festigen. Dieser Riese, aus dessen Hand ich es ursprünglich dort im Tempel an mich genommen hatte, mochte gut und gern ihr Anführer gewesen sein. Er war groß genug gewesen und seine Füße schnell genug; er besaß die elementaren Führerqualitäten, ohne Zweifel. Er hatte außerordentlich eindrucksvoll gewirkt, als er seinen Mannen voran herangestürmt kam, im Angriff auf uns durch die Schleier aus Staub.

Ich habe das streifenförmige Stückchen aufgehoben, das Wilkes, der bedauernswerte Bursche, aus der Innenfläche der großen Hand geschnitten hatte. Ich entdeckte es, eingerollt und hart und spröde geworden, in der Tasche meiner Hose in dem Hotel in Belize, als ich frische Kleider anzog.

Ich bewahre es in einer Schublade meines Schreibpultes auf, der in meinem Schlafzimmer steht. Niemand sieht es dort; niemand fragt, was es ist.

HOWARD PHILLIPS LOVECRAFT

Eine Erinnerung von Muriel E. Eddy

Es war Mitte August des Jahres 1923, als der mittlerweile verstorbene Howard Phillips Lovecraft, Esquire, zum ersten Mal persönlich in unserem Leben auftauchte. Das erste, was uns an ihm auffiel, waren seine Augen, die uns hinter den Brillengläsern freundlich anstrahlten – sie waren sanft, gütig, lächelnd und von einem solch tiefen Braun, daß sie fast schwarz schienen. Er trug einen Matrosenhut aus Stroh, einen makellosen, hellgrauen Palm-Beach-Anzug, ein weißes Hemd und eine schwarze Vierspännerkrawatte. Als er seinen Hut abnahm, sahen wir, daß sein Haar sorgfältig gepflegt und von einem tiefen, schimmernden Schwarz war. Zu jener Zeit neigte er zur Beleibtheit, und trotz seiner hohlen Wangen erschienen seine Gesichtszüge engelhaft. Er streckte uns seine schlanken Finger in einer Geste entgegen, die wir später als für ihn typisch ansahen, und wir bemerkten, daß seine Hände trotz der fürchterlichen Hitze jenes Tages kalt waren.

Unter dem Arm trug er eine Aktenmappe aus Leder, die vor lauter *National Amateur*-Veröffentlichungen und Manuskripten aus seiner eigenen Feder fast aus den Nähten platzte. Zu jener Zeit schrieb er umsonst für die Amateurzeitschriften, da er noch nicht ernsthaft erwogen hatte, seine Werke kommerziell zu vermarkten.

Schon bei diesem ersten Treffen wußten wir, daß wir es hier mit einem Mann zu tun hatten, der uns ein treuer Freund sein würde. Seit einigen Monaten hatten wir über die Literatur und ihre Feinheiten diskutiert, und Lovecraft hatte uns mit einigen Amateurzeitschriften in Verbindung gebracht, die daraufhin unsere Gedichte veröffentlichten. Zu jener Zeit war Lovecraft selbst ein guter Dichter, und wir hatten durch unsere Korrespondenz mit ihm viel über den Aufbau eines Gedichtes gelernt. Wir unterhielten uns nur selten am Telefon, da Lovecraft eine tiefverwurzelte Abneigung gegen alles hegte, was nach den technischen Neuerungen der Gegenwart roch, und es vorzog, sich selbst als einen Gentleman alter Schule zu betrachten, aus einer Zeit lange vor den Tagen des Telefons und ähnlicher zeitsparender Hilfsmittel.

Zu jener Zeit lebten wir nur drei Meilen Luftlinie voneinander entfernt. Lovecraft und seine beiden Tanten, Mrs. Gamwell und Mrs. Clark, hatten ihr Domizil in der Angell Street in Providence, während wir vom Eddy-Clan in der Second Street in East Providence wohnten.

Viele Werke Lovecrafts waren in einer kleinen Amateurzeitschrift erschienen, die er uns vorgestellt hatte; sie hieß *The Tryout* und wurde von C.W. Smith aus Haverhill in Massachusetts herausgebracht. Von Lovecraft erhielten wir stets die neueste Ausgabe, und je mehr wir von seinen Werken lasen, desto mehr kamen wir zu der Überzeugung, daß wir es hier mit einem Genie zu tun hatten, das vielleicht von den meisten verkannt blieb, doch trotzdem ein wahres, ungezügeltes Genie war. Wir hatten die Absicht, Lovecraft zu überzeugen, wie wichtig es sei, seine Werke einem größeren Publikum vorzustellen, und dabei schwebte uns das neue Magazin für sogenannte »Horrorgeschichten« vor: *Weird Tales*. Mr. Eddy war mit dem Herausgeber Edwin Baird durch eine umfassende Korrespondenz bekannt; tatsächlich war mein Gatte damals selbst dabei, eine unheimliche Erzählung mit dem Arbeitstitel ›The Beloved Dead‹ zu schreiben, und er wollte Lovecraft das Manuskript zum Lesen geben, bevor er sie einreichte.

Wir ließen uns in dem winzigen Wohnzimmer unseres Heimes in der Second Street nieder und verloren keine Zeit damit, um den heißen Brei zu reden. Lovecraft strahlte, als wir seine Werke oder zumindest den kleinen Teil, den wir davon kannten, lobten. Dann zuckte er ablehnend mit den Schultern, kicherte in sich hinein und sagte: »Ich fürchte, Sie überschätzen den Wert meiner Geschichten, nur weil Sie selbst gerne meinen Schund lesen – ich versichere Ihnen, es ist nichts Außergewöhnliches an meinen Geschichten; die meisten sind das Ergebnis einer lebhaften Vorstellungskraft, das ist alles. Übrigens, ich bin zu Fuß zu Ihnen gekommen und fand es höchst angenehm. Das muß ich unbedingt wiederholen.«

Wir holten tief Luft, als wir hörten, daß unser Gast bei einer Temperatur von weit über dreißig Grad von seiner Wohnung in der oberen Angell Street zu unserem Heim in East Providence *gelaufen* war – und das Seltsamste daran war, daß er nicht einmal schwitzte! Als wir Lovecraft besser kennenlernten, stellten wir fest, daß er selbst die größte Hitze ertragen konnte, Kälte jedoch ganz und gar nicht.

Wir sprachen stundenlang in dem drückend heißen Wohnzimmer über unheimliche Geschichten, und er trug aus seinen Manuskripten vor, einschließlich einem, das er im zarten Alter von vierzehn Jahren verfaßt hatte[1] – sein natürliches Talent für die unheimliche Phantastik war schon damals erkennbar. Er erzählte uns, daß es der Schlüssel zum Erfolg einer unheimlichen Geschichte sei, die Vorstellungskraft des Lesers wie im Fieber zu halten und schreckliche Dinge nur anzudeuten, anstatt sie von vornherein zu offenbaren. Als er über das Schreiben unheimlicher Geschichten sprach, erzählte er uns von ›The Lurking Fear‹, einer Fortsetzungsgeschichte von ihm, die damals in einem kleinen, monatlich erscheinenden Magazin veröffentlicht wurde, das ein guter Freund von ihm herausgab. Er sprach von seiner Methode, das Element des Schreckens in die Fortsetzungen durch Anspielungen und vage Hinweise auf das »Unbekannte« einzubringen – die Grabhügel, die sich manchmal zu bewegen scheinen; die geschwollenen Bäume auf dem Friedhof, unnatürlich geformt und mit verdrehten Gliedern; vage Hinweise, daß diese Bäume sich von begrabenen Dingen ernähren; seltsame Geräusche und Schreie in der Nacht; das unerklärbare Verschwinden von Menschen; und Häuser, die schreiend von vergangenem Wahnsinn erzählten. Er beendete seine Ausführungen mit der Behauptung, daß in der fürchterlichen Macht der Andeutung das Geheimnis des Erfolges aller unheimlicher Literatur begründet liege.

Als wir ihm vorschlugen, seine Werke bei dem Herausgeber von *Weird Tales* einzureichen, lächelte er geheimnisvoll. Wohl hatte er seinem guten Freund Julius erlaubt, ›The Lurking Fear‹ zu veröffentlichen – es hatte ihm »einen irren Kick« gegeben (mein Ausdruck, nicht seiner) die abnormen Illustrationen zu sehen, die ein Künstler[2] von seinen Charakteren angefertigt hatte; doch wenn es darum ging, seine Werke bei einem modernen Magazin zu vermarkten, zu dem so viele Autoren verschiedener Sparten der unheimlichen Phantastik beitrugen, zeigte er kein Interesse. Er sagte uns ganz offen, daß er nie ernsthaft darüber nachgedacht hatte, seine Werke kommerziell zu verwerten – die künstlerische Seite der Autorenschaft hatte ihn sein Leben lang angezogen, doch der Gedanke, seine Schriften zu verkaufen, stieß ihn ab – er zuckte unverbindlich mit den Achseln, faltete seine Manuskripte methodisch zusammen und legte sie zurück in die abgetragene Aktenmappe aus Leder.

Den Rest der Zeit verbrachte Lovecraft mit dem Lesen von Mr. Eddys Manuskript mit dem Arbeitstitel ›The Beloved Dead‹, das später in *Weird Tales* unter dem Titel ›The Loved Dead‹ erschien – eine Geschichte, die bei manchen Lesern Furore machte, da sie sich mit etwas für das Genre der unheimlichen Phantastik damals Neuem auseinandersetzte: den Gedanken und Gefühlen eines nekrologischen Menschen.[3] Das Manuskript gefiel Lovecraft außerordentlich, und er bestand darauf, es laut vorzulesen. Er beschwor Mr. Eddy, mit einer Einreichung nicht länger zu zögern, und prophezeite eine sofortige Annahme durch den Herausgeber. Ich glaube, daß es seine Begeisterung für Mr. Eddys Geschichte war, die ihn letztlich davon überzeugt hatte, selbst einige Manuskripte bei Mr. Baird einzureichen. Daß sie sofort angenommen wurden, weiß jeder Leser dieses dem Unheimlichen gewidmeten Magazins, denn wieder und wieder wurden Lovecrafts

Geschichten von jener Zeitschrift gedruckt, auch Jahre später noch auf Wunsch der Leser.

Nach diesem ersten Besuch von Howard Phillips Lovecraft war unsere Freundschaft gefestigt. Er war noch immer ein verschlossener Einsiedler, und so waren seine Besuche in der ersten Zeit nicht sehr häufig, doch unsere Korrespondenz füllte Bände. Als wir aus East Providence fortzogen, war Lovecraft der erste Besucher in unserem neuen Heim. Wie üblich brachte er einige Manuskripte mit, unter anderem die mittlerweile berühmte Erzählung ›The Rats In The Walls‹. Er begann um Mitternacht damit, uns diese schauerliche Geschichte vorzulesen – dabei legte er besonderen Nachdruck auf gewisse Wörter, und sein Gesichtsausdruck änderte sich derart, daß er die Geschichte nicht nur vorzulesen, sondern zu *durchleben* schien. Der Schluß der Geschichte verschlug uns buchstäblich den Atem! Ich glaube, in jenem Augenblick hatten wir beide erkannt, daß dieser Mann das größte Talent zum Schreiben unheimlicher Geschichten seit Edgar Allan Poe besaß. Nicht nur seine Charaktere lebten und atmeten – auch der Ort der Handlung war lebendig! Jene Nacht werde ich nie vergessen! Damals wurden in vielen Häusern in Providence Gaslampen verwendet, und Lovecrafts Gesicht im flackernden Schein des Gaslichts, während er seine eigene, überaus phantastische Schöpfung vorlas, war wirklich »nicht von dieser Welt« und wird mir ewig in Erinnerung bleiben. In jener Nacht schlief ich schlotternd in meinem Bett ein!

Oftmals überraschte Lovecraft uns, indem er Süßigkeiten für unsere Kinder mitbrachte, die damals noch klein waren – am liebsten Schokoladenriegel –, und es schien, als habe er stets etwas auf Vorrat. Einmal hatten wir noch kaltes Huhn im Kühlschrank, und als wir unserem Gast davon bei einer unserer häufigen mitternächtlichen Zusammenkünfte anboten, überraschte er uns mit dem Ausruf: »Na, sicher – und machen Sie sich keine Mühe mit dem Besteck; es macht viel mehr Spaß, Huhn mit den Fingern zu essen!«

Er liebte heißen Kaffee mit sehr viel Zucker und Sahne. Er aß Käse leidenschaftlich gerne, und häufig gab es Käsesandwiches zu Essen. Jede Art von Fisch haßte er – tatsächlich waren diesem Meister der unheimlichen Phantastik alle Arten von Meeresfrüchten zuwider. Viele seiner beliebtesten Schauergeschichten handeln von namenlosen Ungeheuern aus der Tiefsee. Er hatte eine Leidenschaft für Eiscreme und konnte ohne Probleme einen Liter auf einmal verzehren. Schokolade schien sein Lieblingsgeschmack zu sein, obwohl er alle Sorten mochte. Blätterteiggebäck schmeckte ihm, und manchmal suchte er Bäckereien auf, die sich darauf spezialisiert hatten.

Wenn ich an Lovecrafts Angst vor Kälte denke, kommt mir vor allem eine

Nacht in den Sinn. Es war Ende Februar und bitterkalt, das Thermometer fiel beständig. Es war schon sehr spät; die Straßenbahn fuhr nicht mehr, und wir hatten kein Telefon, um ein Taxi zu rufen. Unser genialer Gast hatte keine Vorstellung davon, wie kalt es draußen war, und erklärte, daß es ihm gut tun würde, nach Hause zu laufen. Vielleicht, so fügte er hinzu, könnte er auf dem Weg noch einige Entdeckungen machen – einer seiner liebsten Zeitvertreibe war die Erforschung malerischer kleiner Alleen und Seitenstraßen, die ihm zuvor nicht aufgefallen waren; für gewöhnlich begleitete Mr. Eddy ihn auf diesen Entdeckungsreisen lange nach Mitternacht. Ohne groß nachzudenken, bot Mr. Eddy ihm auch jetzt seine Gesellschaft für einen Teil des Heimweges an, und das war ein großes Glück, denn ein paar Häuserzeilen weiter fiel Lovecraft von der beißenden Kälte überwältigt auf den Gehsteig, und hätte es in der Nähe keine Apotheke mit Nachtschalter gegeben, wohin man Lovecraft brachte und wiederbelebte, wäre die Geschichte vielleicht anders ausgegangen. So setzte er seinen Heimweg in einem Taxi fort. Es war das letzte Mal, daß er sich bei derart kaltem Winterwetter vor die Tür wagte.

Während der heißen Sommermonate bat Lovecraft Mr. Eddy, ihn auf der Suche nach einem sogenannten »Schwarzen Sumpf« irgendwo, wie es hieß, in der Wildnis von Chepachet auf Rhode Island zu begleiten – ein Sumpf, der dermaßen von Bäumen überdeckt sein sollte, daß kein Sonnenstrahl je seinen Weg dorthin fand. Immer auf der Suche nach den Sonderbarkeiten der Natur, war Lovecraft derart fasziniert von dem Gedanken, einen solchen Sumpf zu sehen, daß er für den ganzen Tag seine Arbeit am Schreibtisch verschmähte und so gespannt wie ein Schuljunge war, dieses Phänomen der Natur zu erforschen. Es ist noch immer ein Rätsel, wo sich dieser Sumpf – wenn es ihn überhaupt gibt – befindet, jedenfalls konnte man ihn nie lokalisieren. Mr. Eddy mußte Lovecraft mindestens eine Meile von dieser ländlichen Exkursion bis zur Straßenbahn stützen, denn der Verfasser makabrer Geschichten war zu jener Zeit nicht an solche Anstrengungen gewöhnt und bald so erschöpft, daß er kaum einen Fuß vor den anderen setzen konnte. Es war eine große Enttäuschung für Lovecraft, daß der Ausflug ein Fehlschlag war, zumindest, was die Suche nach dem Sumpf anging; doch die ländlichen Merkmale des Dorfes entzückten ihn und fanden, da bin ich mir sicher, Eingang in viele seiner späteren Geschichten.

Lovecraft erzählte uns häufig, daß er nichts vom Aberglauben und abergläubischen Lehren hielt, wenn seine Geschichten dem auch zu widersprechen scheinen. Er besaß eine Ausgabe von Cotton Mather[4] und hatte Zugang zu der ganzen unheimlichen Literatur von Autoren der Vergangenheit. Ambrose Bierce gehörte zu seinen Favoriten. Lovecraft liebte es, über zeitgenössische Schriftsteller zu sprechen, und war sich nie zu schade dafür, eine Geschichte, die ihm besonders gefiel, in den höchsten Tönen zu loben. Ich bin mir sicher, daß ihm ein Gefühl wie Neid völlig fremd war. Tatsächlich genoß er es, anderen, die am Schreiben Interesse hatten, dabei zu helfen, »es zu schaffen« – seine Arbeit als Lektor war äußerst umfangreich und vielfältig, und die Welt weiß nicht mal die Hälfte von dem, was er in dieser Hinsicht geleistet hat. Die Gedichte, die er überarbeitete und für andere verkäuflich machte, erschienen im ganzen Land, und manche davon erregten viel Aufmerksamkeit, ohne daß Lovecraft dieser Verdienst je angerechnet wurde – er wollte es auch nicht anders. In späteren Jahren arbeitete Lovecraft als *ghostwriter* für viele Prominente, und diese wurden als Autoren berühmt, ohne daß irgend jemand auch nur vermutete, daß hinter ihrem Ruhm die gewandte Feder von H. P. Lovecraft, Esquire, stand. Er prahlte nie damit; für ihn gehörte das alles zum Tagwerk, und häufig halfen wir ihm beim Abtippen der Manuskripte, die er als *ghostwriter* verfaßt hatte – bis zu seinem Tode haßte er das Schreiben an der Maschine, da es für ihn, glaube ich, zu sehr zur modernen Welt gehörte.

Es ist unter seinen ihm vertrauten Schriftstellerkollegen allgemein bekannt, daß er sich selbst gerne »Grandpa Theobald« nannte. Seine Briefe an uns waren oftmals so unterschrieben, und im Gästebuch einer Kirche zeichnete er mit »Howard Phillips Lovecraft, Esquire, Gentleman« – das war, als er mit meinem Mann einmal an einem Werktag Providences älteste und malerischste Kirche besuchte. Der Kirchturm faszinierte Lovecraft besonders und regte seine Vorstellungskraft an, die sich stets dann zu Höhenflügen aufschwang, wenn er altertümliche Architektur besichtigte.

Mir ist nie ein Mensch begegnet, der eine derart große Zuneigung zu Katzen hegte wie Lovecraft. Oftmals beobachtete ich ihn, wie er sich bückte, um eine herumstreunende, verletzte Katze zu streicheln und zu trösten (indem er sich einer besonderen Sprache bemächtigte, die Katzen zu verstehen schienen); und ich weiß auch, daß er liebend gerne herrenlose Katzen fütterte.

Es war ein herber Schlag für ihn, als sein eigener geliebter Kater »Nigger Man« eines nachts sonderbarerweise verschwand und nie mehr auftauchte. Danach nahm seine Liebe zu Katzen noch zu – immer wenn er eine schwarze Katze sah, wurde er an »Nigger Man« erinnert, wie er uns oft sagte. Er verbarg seine Gefühle zwar vor der Öffentlichkeit, aber ich habe keinen Zweifel, daß er voller Anteilnahme war. Ich habe sie in tausend kleinen Arten offenbart gesehen – und das, obwohl er der Letzte gewesen wäre, sich als einen mitleidvollen Menschen zu bezeichnen! Wenn er bei uns war, saß er liebend gerne in einem großen Schaukelstuhl und ließ unsere Katzen auf sich herumklettern. Er kannte jede mit Namen, und auch sie kannten und liebten ihn. Besondere Zuneigung hegte er für unsere gescheckte Katze »Susie«. Als sie Mutter wurde, sandte er ihr sogar seine »herzlichsten Glückwünsche«!

Von seiner Ehe mit Sonia Greene ist nicht allzuviel bekannt. Er besuchte uns am Vorabend seiner Abreise nach New York, um uns mitzuteilen, daß er sich von Providence verabschiedete und uns fragen wollte, ob wir nicht einige Stücke seines Mobiliars, für das er nun keine Verwendung mehr hatte, gebrauchen könnten. Er erwähnte seine bevorstehende Hochzeit mit keinem Wort. Eines dieser Möbelstücke war eine Kommode mit Marmoraufsatz, die wir noch immer besitzen – das andere war ein Klappbett, das im Laufe der Jahre in die Brüche ging. Beides wurde uns am nächsten Tag von einem Eilboten geliefert.

Am Abend seines Besuches, der für viele Monate der letzte sein sollte, sprach er darüber, daß ihn das »alte New York« mit seinem geschichtlichen Hintergrund und seinen vielen Traditionen schon immer gereizt habe, und daß er hoffe, dort glücklich zu sein, denn von nun an sollte New York seine Wahlheimat sein. Jedoch war er beunruhigt, denn er mußte einen Abgabetermin einhalten – er zeigte uns ein frisch getipptes Manuskript, das er als *ghostwriter* für keinen geringeren als Harry Houdini geschrieben hatte und das von einer unheimlichen Begebenheit handelte, die dem Meistermagier im fernen Ägypten zugestoßen war und in der nächsten Ausgabe von *Weird Tales* erscheinen sollte. Er erzählte uns, daß er hoffe, er würde in der Aufregung der Abreise mit dem Frühzug das Manuskript nicht vergessen und zurücklassen! Es war unbedingt erforderlich, daß das Manuskript dem Herausgeber zu einem gewissen Zeitpunkt vorlag.

Ach – die wohlgefügten Pläne von Mäusen und Menschen! Als er auf dem Bahnhof von Providence auf den Zug wartete und ein »Nickerchen« machte, geschah das Schlimmste – das Manuskript ging verloren! Wir erfuhren davon aus einer kleinen, verzweifelten Annonce in der nächsten Ausgabe des *Providence Journal* unter der Rubrik ›Verloren und gefunden‹, wo dem Finder eine große Belohnung versprochen wurde.[5] Das Manuskript tauchte nie wieder auf, doch glücklicherweise hatte Lovecraft dank seines sechsten Sinnes in solchen Angelegenheiten das handschriftliche Original des Manuskriptes mit nach New York genommen, das ein Stenograf flink wieder abtippte.[6]

Die nächste Nachricht, die wir von Lovecraft erfuhren, war die Ankündigung seiner Hochzeit mit Sonia Greene. Eine ganz simple Ankündigung, die uns aber derart überraschte, daß wir mehrere Stunden brauchten, um sie völlig zu verdauen. Die Ehe, die nur kurze Zeit währen sollte, nahm ihren Anfang im Frühling des Jahres 1924 in New York. Lovecraft sandte uns Schnappschüsse von sich und Sonia – die im Laufe der Jahre nachgedunkelt sind –, und in seinen Briefen an uns vergaß er nie den Satz: »Sonia grüßt herzlich und hofft, Euch eines Tages kennenzulernen.« Auf den Schnappschüssen erschien Sonia Greene Lovecraft als eine große, hübsche Frau, dunkel und stattlich. Lovecraft selbst sah vollkommen glücklich und mit sich und der Welt zufrieden aus.

Zumindest eine Schauergeschichte von Sonia erschien in *Weird Tales,* als sie noch Greene hieß, und diese trug unverkennbar die Spuren von Lovecrafts Lektorat.[7] Da Sonia auch Schriftstellerin war, erhofften wir eine lange und glückliche Ehe, doch das sollte nicht sein – nach ein paar Monaten, in welchen Lovecrafts Briefe immer spärlicher wurden, erhielten wir von ihm Postkarten, die an verschiedenen Orten abgestempelt worden waren, und da wußten wir, daß er New York und vielleicht auch Sonia verlassen hatte.[8]

Vor Lovecrafts plötzlicher Abreise aus Providence hatte er großes Interesse an der Idee meines Mannes gezeigt, eine Geschichte über einen blinden, tauben und stummen Menschen zu schreiben, der alleine in einem Spukhaus lebt. Lovecrafts Ermutigungen, Vorschläge und Komplimente bei der Entstehung der Geschichte trugen dazu bei, daß Mr. Eddys ›Deaf, Dumb and Blind‹ vom *Weird Tales*-Herausgeber angenommen wurde, und wir freuten uns sehr über Lovecrafts Glückwünsche zu der Veröffentlichung. Er fühlte sich geehrt, so versicherte er Mr. Eddy, daß er bei der Zeugung anwesend gewesen war und so natürlich ein väterliches Interesse verspürte. Er betrachtete diese Geschichte immer als Mr. Eddys beste.

Dann, nach einem Zeitraum von mehreren Monaten, erschien unser genialer Freund wieder an unserem Horizont. Er trug noch immer jenes zutrauliche Lächeln, als er uns besuchte, doch er hatte seit seinem Aufenthalt in New York viel an Gewicht verloren. Es sei gut, behauptete er, wieder den Boden von Providence unter den Füßen zu spüren. Daß er sein Talent für unheimliche Phantastik nicht verloren hatte, bewies ein wahres Meisterwerk, das im alten New York spielte und den Titel ›The Horror At Red Hook‹ trug – eine der schauerlichsten Geschichten, die Lovecraft je geschrieben hat. Lovecraft besaß die seltene Gabe, eine Geschichte in alter Architektur aufzuspüren, indem er altersschwache und modrige Gebäude mit seinen Figuren bevölkerte, und ›The Horror at Red Hook‹ übertrifft mit ihren Andeutungen und Rückschlüssen meiner Meinung nach viele seiner anderen Geschichten.

Oftmals machten wir selbst uns daran, seine Manuskripte abzutippen; wir hatten keine Schwierigkeiten, seine kleine Schrift zu entziffern, sondern genossen vielmehr die Möglichkeit, seine neuesten Werke vor ihrer Veröffentlichung zu lesen. Er ging äußerst sparsam mit Papier um, und so waren seine Manuskripte oft auf der Rückseite alter Briefe, Flugblätter oder jedem anderen Stück Papier geschrieben, das genügend Platz dazu bot. Noch während der Entstehung verbesserte er seine Werke, so daß wir häufig die Seite eines Manuskriptes herumdrehen oder in jeder Ecke und auf jedem Rand nach Pfeilen suchen mußten, die auf die Wörter verwiesen, die er noch einzubauen wünschte. Er hatte eine wahnsinnige Angst vor Fehlern, weshalb eine seiner festen Konditionen beim Verkauf einer Geschichte das ständige Vorrecht war, sein Werk noch einmal Korrektur zu lesen, bevor es an den Drucker ging. Er scheute nie die Mühe, eine Geschichte gleich welcher Länge neu abzuschreiben, wenn er einen Fehler darin bemerkte.

Obwohl uns bewußt war, daß Howard Phillips Lovecraft nie eine stabile Gesundheit besessen hatte, waren wir schockiert, als uns an jenem trüben Tag im März des Jahres 1937 die Nachricht von seinem Tode erreichte – wir waren so sprachlos, daß uns die Worte fehlten, seiner hinterbliebenen Tante, Mrs. Annie Gamwell, unser Beileid auszusprechen, als sie uns die traurige Nachricht übers Telefon mitteilte. Er starb im Jane-Brown-Hospital, und zur Unterstützung der Ärzte, die ihn gepflegt hatten, hinterließ er eine Anzahl von Notizen über sein körperliches Befinden kurz vor seinem Ende. Wie gewohnt galten auch seine letzten Gedanken anderen. Jene letzte Geste zeichnet ein beredtes Bild von dem, den ich für den wahren Lovecraft halte – einen wirklichen Gentleman der alten Schule und einer vergangenen Ära, die er liebte.

Sein Begräbnis fand zur Mittagsstunde auf dem Friedhof seiner Heimat statt, und obwohl es der Wille der niederen Schicksalsgötter war, daß wir zum Gottesdienst zu spät kamen, besuchten wir den Swan-Point-Friedhof mit seinen vielen Gräbern, gewundenen Gehwegen und wundervollen Monumenten – und bildete ich es mir nur ein, oder schwebte der Geist unseres lieben Freundes und Kollegen über uns, als wir uns ehrfürchtig vor dem Andenken eines der edelsten Menschen und größten Genies, die je auf der Erde wandelten, verbeugten? Ein Mann, den die Masse vielleicht wenig kennt, doch trotzdem einer, der für alle, die mehr als oberflächlichen Kontakt mit ihm pflegten, eine Verkörperung aller guten Eigenschaften des Menschen darstellte.

Möge der Geist von »Howard Phillips Lovecraft, Esquire, Gentleman« lange leben!

Anmerkungen:

Alle Anmerkungen von S. T. Joshi. Abdruck mit freundlicher Genehmigung des Autors und der Necronomicon Press, West Warwick/USA.

[1] ›The Beast in the Cave‹ (1905).

[2] Clark Ashton Smith.

[3] Mrs. Eddy meint damit, daß die Geschichte von einem Nekrophilen handelt, oder jemandem, der Leichen liebt.

[4] Die Erstausgabe von Mathers *Magnalia Christi Americana* (1702).

[5] Die Annonce, die im *Providence Journal* vom 3. März 1924 erschien, lautet wie folgt: »Verlorenes MANUSKRIPT – Titel der Geschichte: ›Under The Pyramids‹, Sonntag nachmittag, Bahnhof oder Umgebung. Bitte an H. P. Lovecraft, 259 Parkside Ave., Brooklyn, New York schicken.« Die Geschichte war lange Zeit unter dem Titel ›Imprisoned With The Pharaohs‹ bekannt, unter dem sie auch in *Weird Tales* erschien.

[6] Tatsächlich tippte seine Verlobte Sonia die Geschichte, wie HPL sie ihr in diversen Stenografenbüros in Philadelphia diktierte.

[7] ›The Horror at Martin's Beach‹ (1922), veröffentlicht unter dem Titel ›The Invisible Monster‹ (*Weird Tales,* November 1923).

[8] Tatsächlich schickte HPL diese Postkarten wohl von verschiedenen Orten ab, die er während seines Aufenthaltes in New York besichtigte.

Übersetzungs- und Copyrightangaben:

Der neue Superstar der US-Phantastik.

BRIAN HODGE

RUNE

Ein unheimlicher Roman

ISBN 3-932171-24-1
224 Seiten – Hardcover
Deutsche Erstveröffentlichung

Mount Vernon/USA: Chris Anderson und seine beiden Freunde Rick und Phil sind glücklich, als sie einen idyllischen Platz umgeben von Wäldern und Seen für sich entdecken. Sie taufen ihn Tri-Lakes. Hier, abseits der Stadt, können sie Bier trinken, Mädchen verführen und sich auf ihr Erwachsenendasein vorbereiten.
Aber Tri-Lakes besitzt ein böses Eigenleben und stützt Chris und seine Freunde in einen Wirbel unheimlicher Ereignisse. Der Ort giert nach Blut, denn der uralte Runenfluch eines Wikingers liegt auf Tri-Lakes ...

Ein Schriftsteller von verwegenem, außergewöhnlichem Talent.
PETER STRAUB

Ein literarisches Äquivalent zum Regisseur David Cronenberg.
FANGORIA

Der Fantasy-Klassiker

ABRAHAM MERRITT

Insel der Zauberer

ISBN 3-932171-97-7
224 Seiten – Hardcover

Durch Magie aus unserer Welt in eine fremde Dimension gerissen, findet sich der Archäologe John Kenton als Rudersklave auf einer Galeere wieder, die von den Göttern dazu verdammt wurde, für alle Ewigkeit die Ozeane einer fremden Welt zu befahren.
Zusammen mit der Ischtar-Priesterin Sharane, in die er sich verliebt, nimmt John Kenton teil am ewigen Kampf der Götter – ein Kampf zwischen Ischtar, der Göttin der Liebe und der Rache, und Nergal, dem Gott der Toten.

Abraham Merritts ›The Ship of Ishtar‹ *ist ein unübertroffener Höhepunkt der internationalen Fantasy-Literatur. Ein Abenteuer voll fesselnder Spannung.*

EDITION METZENGERSTEIN
Band 12

DAN SIMMONS

LOVEDEATH

Liebe und Tod

ISBN 3-932171-22-5
352 Seiten – Paperback
Deutsche Erstveröffentlichung

Der amerikanische Bestsellerautor Dan Simmons führt den Leser in Bereiche weit hinter die Grenze des Vertrauten.

Lovedeath ist zweifellos Dan Simmons' ambitioniertestes Buch.
Diese fünf Novellen sind in ihrer Darstellung von Erotik und Schrecken manchmal so gewagt, daß bisher kein deutscher Verlag ihre Veröffentlichung riskierte!

DEAN KOONTZ: *»Dan Simmons schreibt brillant.«*

SEATTLE POST-INTELLIGENCER: *»Dies ist kein Schriftsteller, der nur große Versprechungen macht – er hält sie.«*

STEPHEN KING: *»Vor Dan Simmons habe ich Ehrfurcht.«*

ISBN 3-932171-54-3

NECROSCOPE

Die ultimative Vampir-Saga

Der Bestsellerautor Brian Lumley schuf mit den bizarren Abenteuern um Harry Keogh, den Totenhorcher Necroscope, eine der erfolgreichsten Horrorserien der Welt.

F. Paul Wilson: ***»Lumleys ausgefeilter Mix aus epischer Fantasy und Vampir-Mythologie ist ein Fest für jeden Horror-Fan.«***

TEIL 1: DAS ERWACHEN

NECROSCOPE – der spannendste Kampf zwischen den Lebenden und den Toten, den es je gab. Endlich dürfen auch die deutschen Leser daran teilnehmen.

TEIL 2: VAMPIRBLUT

Liegt in Rumänien wirklich ein Vampir in der Erde und wartet auf seine Befreiung? Oder bildet sich Boris Dragosani das gierige Flüstern im Wind nur ein?

ISBN 3-89840-021-2

ISBN 3-89840-022-3

TEIL 3: KREATUREN DER NACHT

Zu glauben, der Kampf gegen die Untoten sei entschieden, war ein Irrtum von Harry Keogh. Er kannte Yulian Bodescu noch nicht, der vor seiner Geburt mit den Fähigkeiten der Vampire ausgestattet worden war …

Je 176 Seiten im Paperback

Bestellungen über jede Buchhandlung oder portofrei und auf Rechnung im In- & Ausland bei unserem Auslieferungsdienst:

ROMANTRUHE-Buchversand
Hermann-Seger-Straße 33-35 • D-50226 Frechen
Tel.: (02234) 273528 • Fax: (02234) 273627
Mail: info@Romantruhe.de • www@BLITZ-Verlag.de

www.BLITZ-Verlag.de

BLITZ

51556 Windeck • PF 1168
24h-Händlerbestellannahme
Fax: (0 26 81) 98 99 01

asuka@ASUKA-KEEN.de